百年の散歩

多和田葉子著

新潮社版

11228

目　次

Berlin

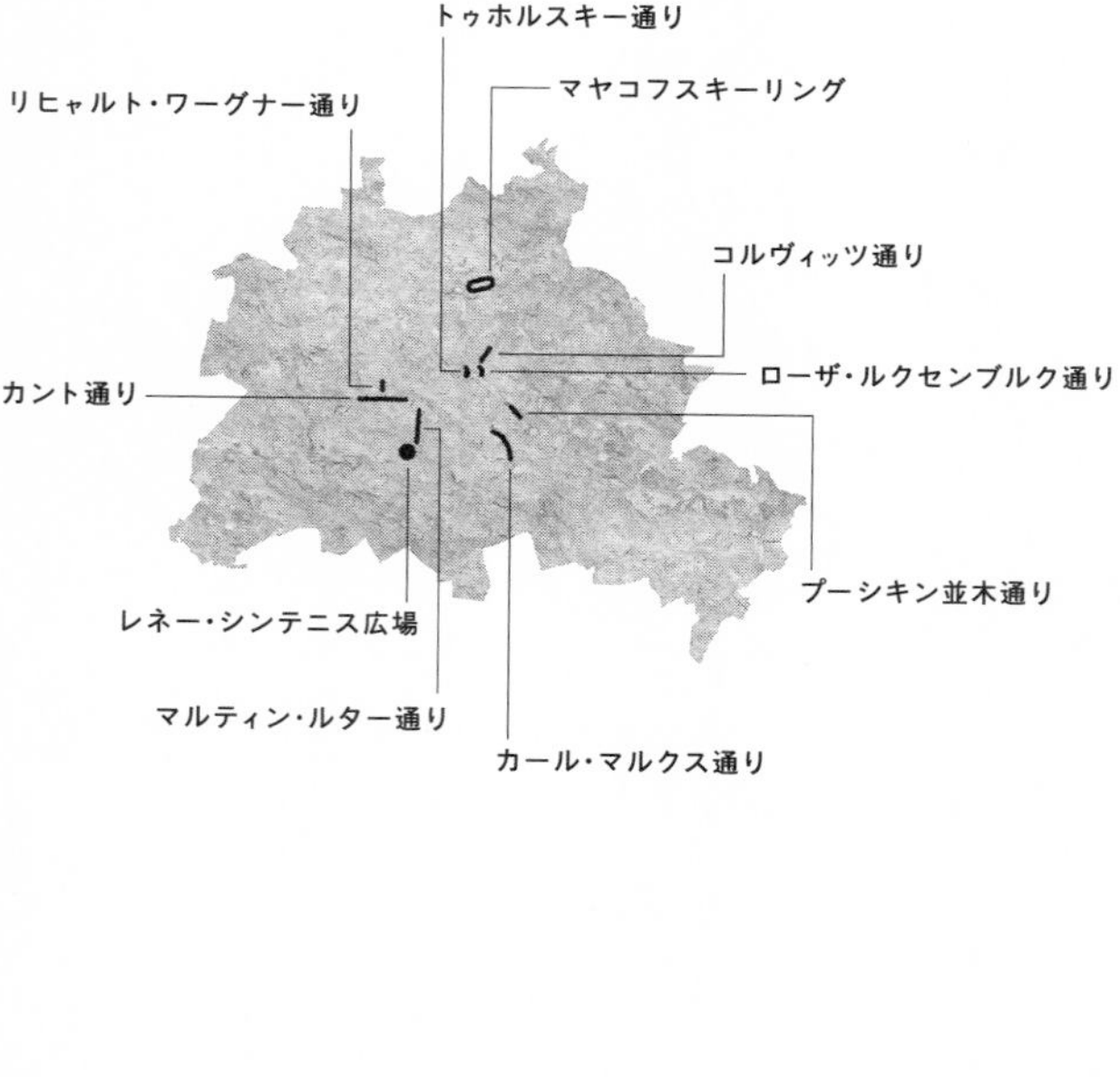

地図　村橋貴博

百年の散歩

カント通り

わたしは、黒い奇異茶店で、喫茶店でその人を待っていた。カント通りにある店だった。

店の中は暗いけれども、その暗さは暗さと明るさを対比して暗いのではなく、泣く、泣く泣く、暗さを追い出そうという糸など紡《つむ》がれぬままに、たとえ照明はごく控えめであっても、どこかから明るさがにじみ出てくる。お天道様《てんとさま》ではなく、舞台のスポットライトでもなく、脳から生まれる明るさは、暗い店内を好むのだ。

店に靴を踏み入れたトタン、中は深海、泳ぐようにゆっくりと両手を鰭《ひれ》にして動かしながら、首を左へ右へとまわして、あいている席を探し、そのまま一番奥にたどりついて二人がけの小さなテーブルを選んだ。店全体が見える方の席に腰をかけたが、また立ち上がって、ジャケットの袖《そで》から右腕を引き出し、左腕を引き出し、それにしても中からどんどん腕が出てくる衣服の袖というものも不思議なもので、手品師がシルクハットから次々鳩《はと》を出すように、腕を出していけるのは、腕が小さく折りたたまれて秘密の場所に何本も詰め込まれているからであって、だからこんなにしびれている。ジャケットを椅子《いす》の背にかけ、また腰をおろしたが、細身の木の椅子がぐらぐらする気がして、左の肘《ひじ》を煉瓦《れんが》の壁に押しつけた。まるでそうしなければ、背後の別宮、別宮浮かん、別空間に落っこちてしまうとでもいうように。かつては煙草《たばこ》の自動販売機と公衆電話が置いてあったに違いない空間がぽっかり背後にあいている。背後に壁がないと気持ちが落ち着かない。ベルリンの壁がなくなってもう四分の一世紀がたってしまったのに、まだ壁にもたれようとする背中には学習能力が欠けているのか、もたれようとして後ろに傾き、壁がないのでもんどりうって、東の世界に転がり込む。あこがれの、焦《こ》がれの、焦げついた、じりじり燃える、燃えつきた、熱い、輝くポーランドへ、ベラルーシへ、チェコへ、ロシアへ。

壁の白い喫茶店が多い時代にこのように煉瓦の壁に囲まれた喫茶店をわざわざ選んで待ち合わせをしたのは、三十年前に戻りたいという願望のあらわれなのかもしれない。

西ドイツの地方都市の高校生たちはインターネットもない七十年代の終わりにすで

にこの店の名前を耳にしていた。そして八十年代半ば、まだハンブルクで暮らしていたわたしは、友達三人と甲虫《かぶとむし》と呼ばれる小さな車で、町中が石炭ストーブの煙でいぶし出されている西ベルリンに来て、この喫茶店に立ち寄ったことがあった。その日たまたま、わたしたちは隣りあわせのテーブルに座っていたかもしれない。その頃のわたしは、まわりの人たちを観察することもなく、コーヒーを一口飲むなりいっしょにいる友達と話し始めて、日が暮れても、夜が更《ふ》けても、いつまでも、マルレーン・ハウスホーファーの「壁」読んでどうだったこうだったとか、そんな話をいつまでも、いつまでも。からっぽになったカップの底にコーヒーの粉の残りが読めない運命を描いていることに気づいて、あわててビールを注文することはあっても、「おつまみ」という概念はなく、おつまず、つままず、つつましく、きつねにつままれ、つまらなくなるまで話し続けた。

煉瓦というのはひんやりしているもので、暖房が効きすぎた室内でさえも自分だけはすがすがしさを保ち、直接熱せられた時だけ熱くなる。ところがわたしの隣の壁の煉瓦は、ひんやりしていない。コンクリートで作られた偽《にせ》の煉瓦だった。アイロンのかかった木綿のテーブルクロスの表面を思わず手のひらで撫《な》でると、こちらは本物の木綿で、それをめくると、その下にあるテーブルは本物の木でできていた。テーブルの上には、切り子細工のグラスが置かれ、その中で円盤形の蠟燭《ろうそく》が萌《も》えている、燃えている。斜め前には、テーブルクロスのかかっていない大理石のテーブルがある。わたしは目の前に見える物を次々日本語に訳していった。「大理石」はどこか「総理大臣」と似たところがあって、この石には似合わない。それなら「Marmor」というドイツ語が似合うかと言うと、これも丸すぎて似合わない。ぴったりの名前を見つけてもらえないままの石がごろごろ脳の中にころがっている。早くどうにかしてあげないと。たとえば「ミルクが汚れをまきこんで固まってできたような石」と呼んでもいい。でも、「ミルク」という単語は、連絡網が大き過ぎて、一度こぼれてしまうと、勝手にいろいろな方向に流れていって、なにもかもがミルクに濡《ぬ》れて、たとえば黒いミルク、そして汚染されたミルク、または。

目の前には、壁に沿って緑の革を張った六メートルくらいの長さの椅子が店の向こうの端まで続いていて、そこに夏のワンピースを着て腕を剝《む》き出しにした体格のいい金髪の女性がすわっている。「革を張った」と書いたが、それは本革ではなく多分ビニールで、金髪の女性と書いたが生まれつき金髪なのではなく染めているのだと思う。その女性を仮にナタリーと名付けてみる。もしあの人が今店内に入って来て、わたしの向かいにすわったら、視界を遮られてナタリーは見えなくなってしまう。

ナタリーは二人の男とさっきから顔を寄せ合ってドイツ語で話をしているが、何を話しているのか内容までは聞こえない。三人とも話しながら時々身体《からだ》を前後に動かす癖があるので、ボートに乗っているようにも見える。言葉の縁、すきま、かすれ、抑揚などだけが聞こえてくる。わたしはいつまでも音だけを聞いている。話の中味を盗み聞きする気はない。子供の頃から、声だけに耳をすまして内容は頭に入れない練習をしてきた。おかげで授業中も先生の声に邪魔されずに、考え事をしたり、ノートに詩を書いたりすることができた。

今わたしが待っているあの人はそれが不得意で、レストランでは隣の人の話が一語一句脳に刻み込まれ、わたしとの会話に集中できない。わたしは嫉妬《しっと》して、言葉と言葉の間を更に密にして、相手の顔をえぐるように見つめて話し続ける。するとあの人の注意はますます拡散していく。だから喫茶店やレストランは苦手で、できれば鳥の声しか聞こえない山のナマでのんびりしたいのだそうだ。でもたまには町中に出てクマンバチのように襲ってくる他人の声に身を任せるのもいいんじゃないかな。それができなくなってしまったら、やっぱり何か欠けていることにならないかな。だって、わたしたちの身体の中にはすでに一つの都市ができあがっていて、たとえ森で暮らすようになっても、その都市はいつまでも憧憬《しょうけい》の叫びを挙げ続けるのだから。

Kellner が来て「Was darf es sein?」と注文をきいた。わたしなりに直訳すれば「それが何であることを許すか」である。わたしは、それがコーヒーであることを許すのか、それとも林檎《りんご》ジュースであることを許すのか考えた末、グリーンピースとマンゴーのスープの存在を許した。まさか、わたしの許可を待ってから調理するわけではないだろうけれど、スープがあたためられ、おたまですくわれ、救われ、スープ皿に入って、このテーブルの上に現れることを許した。Kellner は太り気味だが動きは機敏で、袖からはみ出した腕と、バンドで締め上げられた腰は、脂肪のだるさではなく、肉肉しい精力を感じさせた。

わたしから見て左斜め前にあるテーブルには、フレームの黒い眼鏡をかけ、ブルーのワイシャツに薄いグレーのジャケットを着た男が二人、向かい合って話をしている。同じ服装をして待ち合わせるのも楽しそうだなと思う。テーブルの上にはからっぽのミネラルウォーターの小瓶とからっぽのグラスが置かれている。

右側の男は、両手を大きく動かしながら話している。むやみに梨《なし》を投げるような動かし方ではなく、両手が常に同じ動きをする。四角形を描いたり、鼻先に水平線を引いたり、上から下へ雨を降らせたり、手のひらが天に向かって花開いたり、左右の手の指が戦友のように抱き合って泣いたり、拳骨《げんこつ》になってテーブルの上に落ちてグラスを震撼《しんかん》させたり。

多分、恋ではなく、文化について語っているのだと思う。恋について語る人は決して左右対称的に手を動かすことはなく、そうしなければ突風に吹き飛ばされてしまうとでもいうようにワイングラスの細い首に指でつかまって背中を後方にそらし、胸板を上下させて、天井に向かって何か宣言したり、前屈《まえかが》みになって唾《つば》をのみこんだり、指を櫛《くし》にしてやたらと髪の毛を梳《す》いたりするものだ。

スープが来た。かすかに灰色がかった黄緑色のもさもさした表面に、セロリの葉と少し焦げ目のあるピーナッツがのっている。わたしはその豆を見て、「グリーンピース」というカタカナを思い浮かべた。グリーンピースというのは、わたしの脳の中では同名の自然保護団体のことで、その団体が送ってきた会報で見た写真が思い出された。若い女性が小型ボートから捕鯨船に飛び乗る瞬間を撮影した写真だった。着ている服は防水服のように見えるが、もしかしたら防弾服なのかもしれない。生みを、海を、股《また》の下に見下ろして、船から船へ跳び移る瞬間、身体は力強くねじれ、左半身が前に出て、髪の毛が後ろに靡《なび》く。ぎゅっと結ばれた唇、真っ直《す》ぐ前を睨《にら》む真剣なまなざし。先月の月報で、ロシアの石油タンカーに飛び乗って警官たちに銃を向けられていた二十代初めの女性よりも更に年が若い。まだ二十歳になっていないかもしれない。

そんな若い命が日本の捕鯨の実態を調べるためにこんな危ない跳躍を。

Walfang という言葉が聞こえてきたので、わたしは首をすくめた。捕鯨。誰かが捕鯨の話をしている。わたしが日本人であることに気がつかないといいのだけれど。絶滅しそうな鯨やマグロをわざわざ獲《と》って食べなければならないほど貧しい国出身の人間であると思われていることを恥じているとか、そういうことではない。知りたいのに教えてもらえないことが肌を焼かれるくらいもどかしいのだ。知りたい、知りたい、捕鯨をすることでどんな日本人が何人くらい、年に幾らくらいお金を稼いでいるのか、その人たちは本当に他の仕事をして生活することができないのか、それとも儲《もう》けはすべて、どこかの金の亡者《もうじゃ》の財布に入ってしまうのか、知りたい、知りたい。何も知らないままに、わたしだけが鯨殺しの責任者にされるのは嫌だ。少なくともこの店内には、わたし以外に捕鯨の責任を負わされる人間はいないのだから。「調査のためではなく金儲けのために鯨を殺している」という見出しの下で、ばっさり切り離された鯨の頭の切断面からほとばしる血液。それを浴びて、ねとねと濡れたわたしの顔は、鏡がないので自分では見えないけれど、多分、阿修羅《あしゅら》のごとく赤く、そういう赤い顔を洗うこともできずに、大切な人を待っている。

スープの中味をグリーンピースと呼ぶのはやめよう。これは Erbse、複数形は

Erbsen である。そしてこの言葉を聞いてすぐに思い浮かぶのは、Die Prinzessin auf der Erbse という童話だ。豆の上のお姫様。ふいに遠藤さんという名前が浮かんだ。そうだ、グリーンピースは日本語では、えんどう豆と言うのかもしれないが、今すぐ確かめてみることはできない。わたしの豆知識は豆より小さく、この間まで、枝豆が大豆であることさえ知らなかった。

あるお姫様が道に迷ってみすぼらしい姿になって、ある王子様のお城に辿《たど》り着く。本人はお姫様だと言うが、証拠がないので、王子様は布団《ふとん》を二十枚重ねて敷いて、その一番下に豆を一つ隠しておいた。翌朝お姫様に、よく眠れたかと訊《き》くと、何か固い物が布団の下にあってよく眠れなかった、という答えが返ってくる。それで本物のお姫様であることが分かった、という話だった。ドイツで何度聞かされたかわからない。その度に「せんべい布団」という日本語が浮かんだ。豆の入ったおせんべいもあることをお姫様は知っていたのだろうか。

スープの表面をスプーンの腹で割ろうとした瞬間、遠くから突風のように「しぇるしぇ」というフランス語が飛んで来た。視線を泳がせて、声の源を捜すと、前方のかなり遠いところに女性が三人すわって話している。そんな遠い席から、ドイツ語の網を通り抜けて、ここまでまっすぐ飛んで来た単語。ものすごい勢いで飛んで来て、わたしの脳の表面にぶつかった瞬間、ひらがなに変身した。しぇるしぇ。ひらがなになってしまったのは恐らく、ドイツ語と区別しておかなければいけないという脳の選別機能のスイッチが自動的に入ったせいだろう。でも区別しておくことのメリットって一体何だろう。わたしは、自分自身の脳味噌《のうみそ》という会社の社長をやっているつもりでいたのに、いつの間にか窓際族《まどぎわぞく》になっている。

聞こえないなりに宙を埋めている何千というドイツ語の単語の間を切り抜けて、ものすごく遠くからシュートが飛んで来て、わたしの脳の正面にいるゴールキーパーの手をすり抜けて、入ってきたこの「しぇるしぇ」をどうしていいのかわからないまま、わたしはスープを食べた。飲んだ、というのが日本語なら正しいのだけれど、食べた瞬間、日本語が不在だったので、飲んだのではなく食べたのだった。

すぐ右隣で、ばさっと音がした。天使が羽根をひろげたのかと思えば、そうではなく新聞だった。となりのテーブルで、臙脂色《えんじいろ》の運動靴をはいたジーパンの脚を伸ばして軽く重ね、新聞を大きくひろげて読んでいるその人は、女なのか男なのかわからない。だからわたしはこの人にルカという名前をつけてみた。ドイツでひどく人気のあるこのイタリア風の名前は、女の子にも男の子にもつけられる。短く刈り上げた栗毛《くりげ》と黒縁眼鏡、デニムのシャツは少年風だが、肌は桜餅《さくらもち》のようだ。ルカは見たこともない「桜餅」に形容されていることを知ったら迷惑に思うだろう。でも、わたしだって他人の視線にさらされて、まだ見たこともないようなポルトガル、ルーマニア、レバノン、アルバニアなどの食べ物と比べられているに違いない。メトロポリスに暮らす人間はそのくらいの覚悟はしておかなければ。

ルカの向こうには長さ二メートルくらいの長椅子があって、学生が三人、話しこんでいる。おちつきのない上半身の動きから、脚の組み方を一分に何度も変えていることが分かる。どこかの国の政府を批判しているような口調と抑揚だが、「問題はね」とか「僕らはすでに努力を重ねてきたんだよ」とか「ドイツではすでに」という文章の断片は、会社経営というパズルのパーツでもありうる。

わたしの視線は、スープをすくいあげるスプーンが上下するその合間に、すばやく他の席に走るが、一つの顔に留まることはない。

一つだけ毛色の違うテーブルがある。テーブルに毛色があるのかないのか知らないが、とにかく、そこだけ違っている。斜め右前方の壁際のテーブルで、どこが変わっているのかしばらく考えてやっと思い当たった。男女二人という組み合わせなのだ。他のテーブルはすべて同性二人か、三人組、あるいは一人である。そして一人で来ている客以外はみんな、溢《あふ》れるようにおしゃべりしているのに、この男女は全く口をきかない。皿に当たるナイフとフォークの音だけが嫌に大きく、わたしのところまで聞こえてくる。もしかしたら、その音で二人だけの言語をつくって密談をかわしているのかもしれない。ナイフで小さなジャガイモを真上から刺すのが「ich わたしは」、二つに切れば「dich あなたを」、インゲン豆を切りながらナイフでお皿を引っ搔《か》いて不快な音を出せば、「hassen 嫌っている」という意味なのかもしれない。語尾変化なんかインゲン豆の曲線に任せておけばいい。きいきいきい、嫌いよ、あんたなんか。そういう会話をナイフとフォークが交わしている。

曇りガラスを通してかろうじてさしこむ自然光も夕暮れとともに弱くなっていくと、蠟燭の炎が存在を主張し始める。どのテーブルにも一つの魂が灯《とも》っている。

室内の光の加減が変わったせいか、フランス語を話している遠い席の女性三人の顔がはっきり見えるようになった。ほとんど時間を嘗《な》め尽くすように話し続けているのはその中の一人で、あとの二人は声も小さいし、二つ以上の文章を続けて口にすることもない。よくしゃべるその女性をわたしはジャンヌと名付けた。はずんだり、つまったり、流れたり、ころげたり、ジャンヌの話し方は変化に富んでいて、聞き手の胸に様々な色をかきおこしながら、時には無遠慮に飛躍し、そんな時も嘲笑《ちょうしょう》を恐れず、声という荒馬にまたがって、旗を掲げて、だるいところの全くないジャンヌ。

Berlin はフランス人がつくった町だ、と昨日の夕方「楽《らく》しー」の運転手に言われた。そのことが今日のわたしの聴覚世界に影響を与え続けている。Taxi をわたしは「楽しー」と呼んでいて、これは日本語でもドイツ語でも英語でもみんな「タクシー」という苺《いちご》、イチゴ、一語、に縮んでしまっているモノリンガリズムを崩すために自分で勝手に造った単語である。

ユグノー派の人々がフランスから逃れてこの土地にやってきた時には、まだ Berlin という都市があったわけではなく、いくつかの村が集まっていただけだった、と楽しーの運転手は語り始めた。まるで最近の出来事を語るような口調だけれども、実際はもう三百年も前の話だ。「Berlin を都市にしたのはフランス人ですよ。今でもベルリン人の五人に一人にはフランスの血が流れている。わたしのようにね」と言った。「Blut 血」という単語に過度に反応してわたしは、「東独の血と西独の血っていうのもあるんですかね」と訊いてみた。運転手はしばらく黙っていたが、そのうち、「そういえばこの間ラジオで聞いたんだけど、日本には血液型で性格が決まるって信じている人がいるそうですね」と言って、はっはっはっはっはっは、と割れるような大声で笑った。

そもそもこの運転手がどうしてフランスの話などし始めたかと言えば、Berlin のテーゲル空港に着いて、タクシーに乗るなりこの運転手に、「休暇ですか。どちらにいらしたんですか」と訊かれ、正直に「パリです」と答えたためだった。休暇などではなく、癌《がん》にかかった友達のところにお見舞いに行った、というところまでは正直に話さなかった。

そのままパリでゆっくりしていてもよかったのにあわててここに帰ってきたのは、あの人が明日からまた旅に出てしまうからだった。もし時間ができたら午後カント通りの黒い喫茶店に来る、と言ってくれた。多分夕方五時か、もしかして六時、でも、もしも七時になっても姿をあらわさなかったらそれは時間がないということだからあきらめてほしい、と言っていた。この店は二十四時間あいているのだから、クラブのハシゴをしている連中が眠気覚ましにコーヒーを飲みにがやがや入ってくる時間帯までここにすわって待っていることもできるし、話しこんで帰るきっかけを逃した学生が徹夜を決心する四時、待ちぼうけを喰らった青年がテーブルにつっぷして眠る五時、顔色のいい早起き旅行者がコーヒーを飲みにくる六時、いつまですわっていても追い出される心配はない。

昨日の夕方、パリのオルリー空港に向かう途中、地下鉄駅に入ろうとしたら入り口が閉鎖されていた。広い並木道の両脇《りょうわき》にフランスと中国の国旗がどこまでもハタハタめいていた。あんなに広くてまっすぐどこまでも伸びた通りは西ベルリンにはない。通りには何メートルかおきに警官が立っていて、車は一台も通っていなかった。歩行者が車道に出られないように鉄の柵《さく》が並んでいた。その柵にもたれてカメラの望遠レンズをいじっている人もいた。子供を肩車している父親もいた。やがて白バイが二台近づいて来て、そのヘッドライトの青く冷たい光が風景全体を刺し通した。見物人たちの身体に緊張感が走り、警官たちは不審者を見分けようという鋭い目でまわりをみまわした。パトカーに先導されて、白バイが群れになって近づいてきた。二十台くらいはあったと思う。サイレンを鳴らし、青い光を脅すように点滅させて、一台の黒い高級車を囲んで通り過ぎていった。「あれ、中国の首相かな」と興奮に息をはずませた日本語が突然背後で聞こえ、思わず振りかえったが、そこにはもう誰もいなかった。「おんあるもん」という塊が飛んで来た。見ると女性三人は店の男とじゃれあうように談笑している。短くて鋭い笑いだ。きのうも似たような笑いを何度か耳にした。異国では聞こえてくる音が危険を意味するのかどうかがすぐに判断できないので、いつもの何倍も神経が研ぎ澄まされる。もうベルリンに戻ってきているのに、フランス語が聞こえると耳がすぐそちらに向けられて緊張するのはそのせいだろう。鼓膜の時差がなおらない。移動のスピードに脳がついていけない。脳もやっぱり身体なのかもしれない。

パリでは、友達の顔が病という骨格に取り憑《つ》かれてかなり変化しているのを見てぎょっとしたわたしも、その表情の中から話をしているうちに、なじみ深い色気が煮こぼれてあふれ出てきた時には安心すると同時に悲しくなった。友達はどこが痛いとか何が食べられないとかそういう話ではなく、同じくパリに住む親友サンドラの話をしてくれた。サンドラは耳の近くを手術用のメスで縦に切り開いて、たるんだ頰の皮を外側にひっぱって、大きな針で縫いつけてもらった。しばらくは傷がひどかったがそれがなおると、つっぱった無表情の偽美人顔で、パートナーを捜し始めた。家を何軒か持っていて趣味は音楽という七十歳の男性をネット上で見つけ、皺《しわ》のなくなった自分の顔をデータにして送って、年齢も十歳もさばよんで三十歳と書いた。三度高級レストランに招待され、四度目に彼の家に招かれた。舞踏会でも開けそうなお屋敷の一番奥の居間にはタイル張りの年代物の暖炉があり、ガラス戸を通して温室と石庭のある庭園が見えた。古いレコードのコレクションが壁を飾り、ギターが二台並んでいた。長くて退屈な音楽の話になることを恐れたサンドラは、自分の方からワインの話を始めた。男は地下室に降りて行って、百年前のワインを出してきて、惜しげもなくコルクをあけ、二つのグラスに注ぎ、ソファーにすわった。サンドラは彼の隣に遠すぎず近過ぎずの距離をおいて腰をおろしてワインを飲みながら、白いものの混ざった髪を耳のところで後ろに撫でつけた彼の横顔の骨格に見とれていた。すると枯葉、彼は、すっと立ち上がってギターを一台かかえて、向かい側にあった座り心地の悪そうな椅子に腰掛け、サンドラの知らないクラシックを一曲弾いた。その指は乾いてしおれて見えたが、動きは機敏だった。サンドラは飛び上がるように拍手した。彼はにっこり笑って、二曲目を弾いた。サンドラは媚《こ》びるように首を四十五度傾けて拍手した。彼は三曲目を弾いた。サンドラは今度は軽くうなずいただけだった。四曲目を弾いた。サンドラは眉《まゆ》をひそめた。五曲目を弾いた。サンドラは頬を膨らまし怨《うら》めしそうに彼の方を睨んだが、趣味のギタリストはサンドラの存在などすっかり忘れてしまったようで、拍手を待たずに六曲目を弾き始めた。サンドラは腹を立てて立ち上がり、わざとゆっくりドアの方に歩き始めた。彼は引き留めるかわりに、七曲目を弾いた。サンドラは憤然として部屋を出てしばらく玄関のところで待っていた。七曲目が終わると彼が立ち上がる音がしたので一瞬喜んだが、それは楽器をとり換えるためで、もう一つのギターが八曲目を奏《かな》でた。サンドラはドアを後ろ手にばたんとしめて、そのまま家に帰ってしまった。それっきり、お互い連絡していない。翌週サンドラは、インターネットで新しい相手を見つけた。パリとノルマンディーに二軒ずつ家を持っている男で、普段はカサブランカに住んでいるらしい。月に一度はパリに来るというので、週末あるバーで待ち合わせて初めて顔を合わせた。それから何度か食事に招待され、サンドラはカサブランカに来ないかと誘われて、航空券も買って送ってもらった。サンドラはカサブランカでも銀のナイフとフォークを握り続け、屋根のない野獣のような高級車に乗せてもらって海岸線を走り、深夜に宝石屋を見て歩き、サファイアの指輪を買ってもらった。三日目の夜、男はサンドラの寝室に入ってきて、ガウンをさっと床に落とした。ベッドの脇に置かれた小さなランプの光が、その男の身体の中央で重力の法則に逆らって、全体の調和を乱すほどの大きさにそそり立つものを照らし出した。サンドラはがばっと身を起こして、「あなた、わたしと寝るつもりで親切にしてくれていたの？　ひどい人」と怒鳴って泣き出した。男はすごすごと自分の部屋に戻っていった。サンドラは翌朝パリに帰ってしまった。男は帰りの航空券も払ってくれたそうだ。それ以来、お互い連絡していない。

「のん」「あろ」「だこ」フランス語の石つぶてが飛んでくる。目の世界と違って、耳の世界では遠近法がひっくりかえることもある。

気がつくと、目の前の三人組はいつの間にかいなくなっていて、かわりに頭髪は白いが眉は真っ黒な男性が、十五歳くらいの女の子を二人連れてきている。二人は黙って店の中を観察している。もしかしたら父親と娘とその親友なのかもしれない。白髪の男がメニューをひらいて、いろいろなところを指さしながら、「これおいしいよ」などと言って教えてやっている。にっこりしてうなずいているのが他人、つんと顔をそむける方が思春期が化膿《かのう》した実の娘である。

隣のテーブルのルカが、きいきい嫌な音をたててスプーンでスープ皿の底をひっかき始めた。最後の一滴まで取り逃さない執念。わたしはそちらを見ないように首を硬くして、入り口の方向を睨んだ。カウンター席の向こうに入り口、Eingangがある。出口、Ausgangと言ってもいい。出入口と言えばもっといいが、それに当たるドイツ語が見あたらない。内側から見える位置には「出口」と書き、外にいる人から見える位置には「入口」と書けばいいのかもしれないけれど、それではなんだか詐欺《さぎ》のようだ。名前はどの方向から見ても正しいものでなければおかしい。

長い時間、同じ席にすわってぼんやり時間をやり過ごしていることができる。それなのに、ある瞬間、何の前兆もなく心の平静が崩れ、もう五分も我慢できなくなって、揺れも傾きもなく垂直に立ち上がってその場を去らずにはいられなくなる。Kellnerが女性たちの席にくっついて他の客のところにまわってこないので、わたしは感情を、勘定を払うことができない。食い逃げという言葉が思い浮かぶ。

隣のルカがスープ皿の底を引っ掻く音が秒を刻み続ける。秒、病、鋲《びょう》が心臓に刺さる、もう我慢できない。Kellner が来るのを待たずにレジで支払いを済ませるのは礼儀には反しているけれど仕方がない。Kellner への批判だとはとってほしくない。そこまで腹をたてているわけではないのだから。二時間二十分も待ってしまった。わたしはもうここにいたくないし、いることができない。

夕空を覆《おお》い尽くす巨大なビルの透明な青いガラスに翼を広げた文字。家具を扱う会社の名前だということは分かっているけれど、わざと直訳すれば、「文体作業」。そんな風に高い位置で勝負している文字たちもあれば、低い位置でやりあっている文字たちもいる。「Paris Bar」の赤い文字とカント通りを挟んで向かい側にある「China Snack」の赤い文字が夕暮れ時の挨拶《あいさつ》を交わし合っている。同じ赤い文字でも古参のパリは寝椅子の上で斜めに身体を崩して優雅に構え、中華軽食の方は一見頼りなくみえるが、それは看板のアルファベットの字体が洗練されていないというだけのことで、麺《めん》の中には九千個の文字が打ち込まれている。中をのぞくと赤い提灯《ちょうちん》がいくつも下がっていて、それを背景に従業員の美しい横顔が見えた。

わたしはまた別の日、カント通りの途中にある小さな公園であの人を待っていた。ツォー駅を降りて旅のトランクをそのまま引きずって、黒い喫茶店の前を通り過ぎ、ウーラント通りを越えたところで急に視界が開けて、芝生を囲んで紫、オレンジ、黄色の花に迎えられた。正方形の芝生の外側が花壇で、そのまた外側に東西南北、ベンチが並んでいる。

左斜め前方のベンチまでは十歩くらいは距離がある。そこに、胸やお腹《なか》がゼリーでできたような巨大な男が一人すわっている。灰色のトレーナーの上下を身につけ、青い野球帽をかぶって、目は遠方を見つめたまま、一定の間隔をおいて、ははははあと機械的に笑う。年は二十代半ばだろうか。笑いがしばらくとまったので、どうしたのかなと視線を戻すとこちらに背を向けて、立って用を足していた。

紺色のセーターを着た男が公園に入って来るのが見えた。まっすぐこちらに近づいてきて、わたしのすぐ隣にすわった。ベンチには、つめれば四人はすわれる長さがある。他のベンチにもそれぞれすでに一人ずつ人がすわっているが、わたしだけが左に身を押しつけるようにしてすわっていたので、それが「どうぞわたしの右隣にすわってください」という風にとられてしまったのかもしれない。わたしが待ち合わせをしているることを知らないから、わたしの隣にすわるのだ。もし今、あの人が現れたら、男は席をあけてくれるだろう。

　そっと横目で観察していると、隣にすわった男はポケットからピーナッツをひとつかみ出して、むさぼり始めた。髪を短く切りそろえ整った顔立ちをしているが、食べている時だけ、口と目の両端がつり上がって、般若《はんにゃ》の顔になる。食べ終わると両手を擦《こす》り合わせて、すっと立ち去ってしまった。鞄《かばん》も持ってないし、上着も着ていないその後ろ姿には、整った顔のつくりとは対照的にどこか不安定な兆《きざ》しが見えた。

　ベンチの後ろで雀《すずめ》が騒いでいる。可愛《かわい》いとうるさいをいっしょにして、「うるさがわいい」という言葉をつくってみる。公園の中央部をなす芝生は、細い針金の柵で囲まれている。立ち入り禁止という意味なのだろうが、その芝生の真ん中に堂々とすわって、小さくうなずいたり、指で芝生をほじくるような仕草をしたり、爪《つめ》を嚙《か》んだりしながら、黒いセーターを着た高校生くらいの女の子が友達と向かい合って話をしている。相手はわたしに背を向けているので女の子なのか男の子なのかは分からないが、美しい碧色《みどりいろ》の上着を着て、首に灰色のスカーフを巻き、紫色の毛糸の帽子をかぶっている。二人は急に両腕を伸ばして抱き合った。恋愛ではなく友情を思わせる抱擁だったが、一度抱き合うといつまでも離れず、抱き合ったまま横に倒れて接吻《せっぷん》し始めた。こうなると、中央の芝生が舞台で、それを囲んですわっているわたしたちは観客である。二人はしばらくするとゆっくり立ち上り、鞄を肩にかけて、まわりを見まわした。二人とも女の子だった。どちらも肌がきれいで姿勢がよかった。

その時、高いヒールをかっかと鳴らして、本屋の名前の入った木綿の袋を肩からさげた女性が目の前を通り過ぎていった。クロウタドリが一羽、ミミズをくわえて茂みからぴょんぴょん跳ねながら登場した。するともう一羽のクロウタドリが飛んで来て、ミミズを奪い取ろうとしたが、青い運動靴が四つ近づいてきたので、二羽とも飛び立っていった。青い運動靴をはいた女性の化粧っ気のない顔に夕日があたると無数の皺が微笑《ほほえ》みといっしょに浮かび上がり、お揃《そろ》いの靴をはいた男性の方は、無農薬食品チェーン店の大きな茶色い紙袋を胸に抱えたまま、しゃべり続けた。

公園の右隣の道路は交通量が多く、歩道に立った広告時計の針を見て、わたしは胸が重くなった。待っているということさえ忘れられれば、この公園で肌寒くなるまでずっと時間を潰《つぶ》し続けるのもわるくない。それにしても時間を潰すなんて傲慢《ごうまん》な考え方だ。わたしが時間に潰されることはあっても、時間は蜜柑《みかん》ではないのだから、たとえトラックが何台上を走っていっても潰されることなどない。Die Zeit totschlagen、時間を叩《たた》き殺す。こちらは、かなり犯罪的に響く。

その時計の背後に鉄橋が見える。赤い電車が通り過ぎていった。満タンの大きなビニール袋を二つ持った男が公園に入ってきて、わたしの隣にすわった。袋の口からは衣服と水を入れたペットボトルと白いプラスチックのフォークがはみ出して見える。ひょっとしたら、わたしはたった一人の人間を待つようにはできていないのかもしれない。すわる場所を求めてやってくる人たちを誰でも受け入れ、その人たちを観察するために生まれてきたのかもしれない。

カント通りに足を踏み入れる時、わたしは期待に満ちている。ツォー駅をバス停のある側に出て右に曲がり、二つ目の通りがカント通りだ。大手デパートのスポーツ用品館が左手にあるせいか、通りをはさんで向かい側にあるショーウインドウの前を通る時、そこに飾ってある色とりどりのプラスチックのオブジェがすべてスポーツ用品に見えてしまう。握って振りまわしたり、上下に動かしたりするためのミニ・ダンベルのように見えるその商品は、実は身体に入れたり出したりして遊ぶために製造された品であることを遅くともパステルカラーのペニスがずらりと並び、黒い革の下着を着たマネキン人形が乳房を鎖に押しつけているところまで来ると思い出す。あ、そう、そう、これは有名なお色遊びのお店でした。そのすぐ隣が「ベッド院」ではなく、「FUTON」という名前のベッド屋で、ここで売られているのは、分厚い布団がマットレスの代わりに入っている高さ十五センチの家具で、ドイツでは広く普及している。布団なのに、「バルセロナ」とか「ボローニャ」という名前のついたものばかりが並んでいるので、せめて一つくらい日本の地名はないものかと、別に日本が恋しいわけでもないのにむきになって捜していくうちに、やっと見つけた。「Hokkaido」。北海道は、布団の名前として、ふさわしいだろうか。なんだか冷えてきた。わたしはカント通りに向かって伸び始めた期待の芽を鋏《はさみ》で裁ち切り、まわれ右して、反対側にある動物園に向かって歩き始めた。

カール・マルクス通り

チカチカする。地下でグノームたちがふるうツルハシが鉱石にぶつかる度に飛び散る火花が地下鉄の窓から見える。ちかっちかっ。ここはU《ウー》の世界。Untergrund、地面の下。そこを走るBahn、路線、鉄道、電車、軌跡、U-Bahn《ウーバーン》に乗れば、地上の壁も垣根も信号も昔の国境も無視して直線を突っ走ることができる。他人の車の尻《しり》ばかり睨《にら》んでのろのろ進むタクシーとは違って、地下鉄に乗ると予想よりもずっと早く目的地についてしまう。

地下を移動している間は地上にいる時よりも時間がゆっくり流れるのは都市の不思議のひとつかもしれない。腕時計に目をやると、約束の時間までまだ一時間以上もあった。

生まれて初めてあの人が地下鉄に乗ったのは二十歳の時だと言う。今でもよほどの理由がなければ乗りたがらない。今日も車で来るのだろう。

浦島太郎と同じで地下鉄の中では年をとらないと喜んでいると、ドアがあいた途端に玉手箱をあけたように一瞬のうちに年をとり、蒸し暑さが肩にのしかかってきて足が重い。

天国へ至る階段を登っていかなければ、地下鉄駅の外へは出られないのだ。一段、また一段。足が重い。生ぬるく埃《ほこり》っぽい風が斜め上から顔面に吹きつけてくる。砂でも混ざっているのか、ぴちぴちとミクロ単位で肌を穿《うが》つ。しかもそれが、うっとうしいくらい生ぬるい風で、吹かれているだけで朝の気力が萎《な》えてくる。第一、上から顔に吹きつけてくるなんて傲慢《ごうまん》すぎる。雲の上の仙人とは縁のない地区に限って、階段をあがろうとすると極楽から吹く風に押し戻される。埃から眼球を守るため、うつむいたまま階段をあがっていく。まるで断頭台が視界に入るのが恐ろしくて顔を上げることができない罪人のように。下から小さな砂塵《さじん》が巻き上がり、コンタクトレンズと目の縁の間に異物が割り込んでくる。一度入ってしまうと、なかなか出ない。バタバタとまばたきしながら、登り続ける。出そうで出ない涙で膨れた眼球の三十センチくらい前で、米寿色《ベージュ》のスカートの裾《すそ》がゆれていた。布にぴっちり包まれた臀部《でんぶ》。日焼けしたふくらはぎ。薄緑色のビニール製サンダルの底が、ぱったぱったと一歩ごとに踵《かかと》から離れる。もしも次の瞬間、死が襲ってきたら、わたしの人生の最後の数秒間、一番身近にあったお尻は、見知らぬこの女性のお尻だったということになる。小さな村で暮らしていれば、赤の他人たちの間で死ぬことはまずないだろうに。匿名《とくめい》の身体《からだ》になりたくてわざわざ都会の、しかも自分の住んでいない地区をうろうろする。

地上に出るなり、初夏の容赦ない紫外線が頬をちりっと焼き、赤い色が、あ、イチゴ、街頭に台を並べて果物を売っている日焼けした髪の黒い男。イチゴのおもてに均等に配分された多数のピリオドがあまりに黒い。

男はわたしの目の動きを正確に読み取って、「Erdbeeren はいかがです」と声をかけてきた。Erdbeeren、土のベリーがイチゴ。木になるベリーが木イチゴで、地面になるベリーがイチゴ。木になる実は気になる。地になる実は実逃《みのが》しやすい。ブルーベリーもクランベリーもイチゴもみんなベリーの一種。「いちご」と「りんご」は語呂《ごろ》だけは合うけれど、親戚《しんせき》関係にはない。ベリーが子供の本の中で「スグリ」と訳されていて、「赤スグリ」とか「青スグリ」という言葉を読んでいるだけで酸《す》っぱかった思い出がある。カタカナだから可愛《かわい》いけれど、もし漢字で書いたら「酸塊《すぐり》」、字面《じづら》が恐《こわ》い。イチゴも恐い。子供服や傘のデザインに可愛らしげに使われているけれど、イチゴの表面についた黒いつぶつぶは怨念《おんねん》を凝縮したもの。ニスでも塗ったようにテラテラ光るアバタ面をじっと見つめていると、赤の底に酸塊の憎悪《ぞうお》が淀《よど》んでいる。

「どうです、ひとつ。」

日焼けした若い男は、利潤を求めて商品を売るというだけではなく、客に声をかけて自分自身を売り込んでいる。ナンパしているのと同じだ。

「これから大事な待ち合わせがあるんで、今は果物は買えないんです。でも、もしかしたら帰りに」

とかなんとか言ってごまかす。言い訳は省いて、黙ってその場を去るべきだった。一度ナマの声を聴かせてしまったら、魂をからめとられて、すぐには立ち去れなくなる。相手はにやっと笑って、

「じゃあ、サクランボはどうです。サクランボなら今この場で食べていけるでしょう」

と出た。Kirschen の発音が、Kirsche に聞こえて、桜教会になりそうだった。男が顎《あご》でさす方を見ると、スタンドテーブルが置いてある。そこで食べていけというわけである。こうして、売り手はすでにわたし個人の時間にしっかり食い込んでしまっている。わたしは売り手に踏み込まれるとかっとする癖がある。売られる商品には罪がないのに、紅色に熟れたサクランボまで憎らしく感じられる。

サクランボは血豆のように見えるが実はイチゴと違って傷つきやすくないので、箱入り娘にされてはいない。高さ三十センチくらいの山に積んであって、それを子供が砂場で使うようなシャベルですくって量り売りされる。

「すみません、サクランボはわたしの趣味じゃないんです。」

ことわる理由を咄嗟《とっさ》に思いつかなかったので、ずれた言い方になってしまった。サクランボが嫌いだなどと言い張れば偏屈に聞こえるけれど、血豆と呼べば嫌ってもいいような気がする。サクランボは鬼の血豆だ。

ことわった本当の理由は、たぶん、せっかく余っている時間をつぶしたくないということだったと思う。あの人を待っている時間は、お金では買えないわたしだけの大切な財産なので、いつも胸に抱いていたい。これは、悪玉か善玉かわからない他人に貸し出して利子をとって増やすような種類の財産ではない。果実の誘惑に負けて手放すつもりはなかった。

わたしの視線は赤いものたちを避けて、あおざめたアスパラガスの山に移った。半年続いた冬を突き抜けて春一番に白く伸びたアスパラガス。まだ自由の空を仰がないうちに死人の手の骨のようなシャベルで掘り起こされ、切り取られ、生《い》け贄《にえ》にされる。幼子の腕のようになまじろくて細い。買って帰って台所で自分がその皮を剝《は》ぐところを思い浮かべてみる。アスパラガスナイフに撫《な》でられた肌から銀色の帯がくるくると剝がれ、かんなくずのようにまるまって落ちる。ミルクが流れているような筋が剝《む》き出しになる。これだけ深く剝けばいいだろうと思って、茹《ゆ》でてみれば、必ず剝き方が足りなくて、嚙《か》むとまわりに筋が残っている。アスパラガスの皮むきは、どれだけ捨てられるかの試練なのだ。もったいないという気持ちと戦わされる。捨てすぎるのは惜しいし、筋が残ると内部のとろけるような舌触りが味わえない。キュウリのように皮と実が色分けされていれば、どのくらい深く剝けばいいのか誰でもわかるけれど、自分で決めろと言われると、どこまでも不安がつきまとう。

しょうてんがい、という言葉の響き、てんがい、天蓋《てんがい》、てんがいこどく。しょうてんがいこどく。商店街とは、人がパンを買ったり、トマトを買ったり、鉛筆を買ったり、靴下を買ったりできる区域のことだというならば、ここは商店街ではない。店の名前をいちいち読まなくても色彩と活字の選び方だけで値段の安さを売り物にしていることがわかるチェーン店がずらりと看板を並べているけれども、いくら店の数が多くても、日々の暮らしに必要なものは揃《そろ》わない。ロゴの雰囲気だけで、ああ、あの会社、とわかってしまうのに、自分とは縁のない会社ばかりだ。通りの名前の書かれた古びた標識だけが昔の友達のように懐《なつ》かしい。「カール・マルクス通り」。

キオスクの店先のスタンドには、大衆向けの新聞が三種類出してあった。ベルリーナー・ツァイトゥング、ビルト新聞、三つめはトルコ語の新聞で、そのままローマ字読みすると、「ぶらや・かで」と読める。ぶらやかで、ぶらやかで、と心の中でくりかえしていると、古代日本語にはこんな単語もあったのではないかという気がしてくる。

携帯電話を売る店が並んでいるだけで犯罪の酸っぱいにおいがする。携帯電話をいくつも持ったり、番号を頻繁に変えなければならない理由は、詐欺《さぎ》や恐喝、スパイ活動、あるいは借金取りに追われているなど、思い浮かぶのは危ない例ばかり。どれだけ使っても月にいくらという、いわゆる「flat rate」、ふらっと霊となって、気がついたら、とっくに殺されている。

危ないので携帯電話の電源はいつも切っている。あの人がメールを送ってきそうな瞬間は勘でわかるので、その時だけスイッチを入れる。たとえば今は待ち合わせ前なので、連絡してくる理由がない。もし待ち合わせ場所にあの人が現れなければ、その時にスイッチを入れればいい。

たまに電車に揺られながら、ものさびしさから携帯の電源を入れてしまうこともある。二週間前にもそんなことがあった。入れた途端に電話が鳴り出し、それが数年前に番号を教えた人からで、南ドイツで行われるイベント参加を急に頼まれた。断る理由を思いつけずに受けてしまい、電話を切ってから不快になった。携帯は、古い家の壁にあいた穴のようなものだ。その穴から雨や風のように用件が吹き込んでくる。車窓ならば、長いこと田園風景を眺めていても、緑の中から手が伸びてきて、わたしの生活に入り込んでくることはない。

都会を歩き回っている人には都会育ちではない人が多い。まわりが他人ばかりなので実は不安なのだ。知っている人の声を聴きたくなって電波に運ばせる。すると、そこにいない人の声が聞こえてくる。よく知っている人の声ばかりではない。最近パーティで番号交換した人、もう長年連絡のないクラスメートなどが気まぐれに電話してきて、話のなりゆき上会うことになって、そのまま妊娠したという話もあるので、携帯は人間の繁殖を樹木のように風任せにし、花粉をとばしてもらって、たまたま受精したところに若木が生える。これも自然の策略の一つだろう。

携帯電話を扱う店二軒に挟まれて、「Hörgerät」と書かれた店があった。補聴器のことだが、直訳すると「聞くことを助ける器」ではなく、「聞く機械」。もしも機械が人間の代わりにすべての音を聴いてくれることになったら、町は静まりかえるだろう。

携帯電話を売る店と補聴器を売る店が仲良く並んでいることは多い。不思議なのは、どちらも客の姿が全く見えないことだった。気になってしばらく立ち止まって見ていたが、店に入る人はいない。通行人たちは、見向きもしないで前を通り過ぎていく。これでよく潰《つぶ》れないものだ。

ショーケースのガラスというガラスはぴかぴかに磨き上げられ、店内では若い男の店員が、着せ替え人形のように背広を着せられて、無表情で突っ立っている。退屈そうにさえ見えない。人間ではなくクローンなのかもしれない。こんなに売れていないのに店を出しているのは誰だろう。闇《やみ》の洗濯屋がお金を洗っているのではないのか。土地をころがし、住人を追い出し、森を潰し、鹿《しか》をひき殺して、利潤街道をぶっとばしていく。道に倒れて血を流して死んでいる鹿。Mafiosという形容詞。響きだけが不気味に綺麗《きれい》だ。マフィオース。「やくざ」は、賭博《とばく》で意味を持つ数字の「8・9・3」から来ているらしいけれど、それならイチゴは数字の1と5で、肥やしの配分をあらわしているのかもしれない。葡萄《ぶどう》の場合は、この配分が違って、2と10《ふとう》。

闇が生んだお金を、じゃぼじゃぼと洗って、真っ白な洗濯物みたいに竿《さお》に干して乾かすために、全く売れない商品を並べ、クローンに店番をさせている不気味な店が最近増えている。

その隣には眼鏡屋があって、こちらは客が三人ほど入っているのが外からも見えた。補聴器をつけた人は多分眼鏡も必要。携帯なしでは生きていられない人たちにとっては、携帯は身体の欠かせない部品と言えるかもしれない。眼鏡や補聴器なしでは町に出られない人はたくさんいる。わたしたちは自分で自分の部品を買いに出るロボットのようなものだ。

碧《あお》い湖を見つけた。湖といっても、掌《てのひら》より小さい。眼鏡屋のショーケースの真ん中に飾られたサングラスの青いレンズがわたしの湖だ。そこに何か気になるものが映っていた。顔を近づけてよく見ると、わたし自身の姿だった。サングラスに映し出されたわたし。区役所の四角い塔が教会の真似《まね》をして天をさしている。それを背景に、わたしが立っている。いかにも観光客の選びそうな構図。区役所は一見古い教会のように見える。てっぺんに何か付いている。十字架ではなく、人の形をしている。天使かもしれない。とってつけたように見える塔。建物の他の部分は、塔など無視して、自らの四角さの中に留まって、お役所仕事に専念している。屋根に天使がとまっていても、雀《すずめ》がとまっていても、市の職員の仕事には関係ない。区役所は歴史の重みを演出したいのだろうし、同時に、実用を重視しなければ行政が成り立たない。ノイケルン区役所は、ミスマッチ。大きな羽根のついた帽子を被《かぶ》った貴婦人が人民服を着ている。

区役所外壁は、黄土色と灰色の中間くらいの色で、ドイツで百年くらい前に建てられた建物ならめずらしくもなんともない色だが、「何色か」と訊《き》かれると困る。町にあふれる看板や商品の色彩パレットには見あたらない昔の色だ。むしろ京都の伝統色の中に似た色が見つかりそうだと思いついた。「昆布茶《こんぶちゃ》」では濃すぎるし、「銀煤竹《ぎんすすたけ》」では緑が強すぎる。黄土色をくすんだまま黄色に近づけた「黄雀茶《きがらちゃ》」などどうだろう。

店の連なりの途絶えたところに端切《はぎ》れのような小さな緑地があり、ベンチが二つ置いてあったが、どちらも満席だった。犬を連れた若い男女が身を寄せ合って、見たことのないデザインの瓶から炭酸飲料をラッパ飲みにしていた。二人の前に立っている男は、長く伸ばした貧しい金髪を後頭部で束ね、世界地図のような薄茶のしみで汚れた白いTシャツを着て、まだ朝の十時だというのにビール瓶を片手に顔を猩猩緋《しょうじょうひ》に染めている。見知らぬ男にビールくさい息をかけられても若い二人連れは嫌そうな顔も見せず、ゆるりゆるりと対応している。ビール男は何の話をしているのか、

「想像できると思うけど、思ったほど簡単にはいかなかったんだよなあ」

などと言いながら、瓶から一口飲んで、よろめいた。灼熱《しゃくねつ》の中、生ぬるい泡が口の脇《わき》をつたって、ぽっとり、ぽっとりと垂れて、Tシャツの胸と腹に新しいしみをつくった。世界地図に新しい列島が生まれる。まるで国作りに励むコジキの神様みたいだ

った。酔っぱらいは視線を感じたのか、まわりを見回し、わたしと眼が合うと、マシュマロのように微笑《ほほえ》んだ。あまりの柔らかさにわたしは驚いた。ビールに酔うと男も女も攻撃的になることが多い。この人はその反対で、おっとりしてしまっている。俗世間で負けることを何とも思わない「聖」の雰囲気さえ漂わせている。少年時代に、のろまは身勝手だと嫌われ、穏やかさはやる気がない証拠だと誤解され、くつろいでいれば意志が弱いのだと思われ、学校では煙たがられ、卒業後は就職先がやっと見つかっても続かない。自分にやさしくしてくれる人を見つける直感だけが年々研ぎ澄まされていって、朝からここでビールを飲みながら、ベンチにすわった候補者の中から脱落者を差別しない優秀な若い人を選び抜いて、会話を楽しんでいる。そういう優雅な人生があってもいい。

わたしはその酔っぱらいと二人連れの姿を書き残しておきたいと思ってメモ帳を鞄《かばん》から出した。ティッシュ・サイズのメモ帳は表紙があまり硬くないので、左手の指を画架のように立てて、それを支えにして文字を書く。鉛筆の芯《しん》の圧力をかわそうとして、紙がくねくねと動くので書きにくい。まわりの視線がいっせいに集まってくるのを感じ、あわててメモ帳を閉じて、何気ない顔をして歩き始めた。路上で携帯メールを打っていても誰も不思議がらないのに、メモ帳と鉛筆というのはどうやら不審と不安をかきたてるようだった。

建物の横ののっぺりした外壁に看板がかけられていた。まるいパンに茶色い肉の塊と輪切りのトマトとレタス一枚を挟んだ絵をペンキで描いてある。その絵があまり下手なので目が離せなかった。このハンバーガーの値段は一ユーロ四十九セント。これだけの値段で、牛飼いの履く丈夫な靴を買う代金も、農作人が肥料を買うお金も、粉《こな》挽《ひ》き人に払う代金も、パン屋の窯《かま》の修理費も、毎朝材料を仕入れてきてハンバーガーをつくって一日店に立ち通しで売る人の生活費も本当に全部まかなえるんだろうか。それとも古い櫛《くし》からぼろぼろ欠けて落ちていく歯みたいに病気になって仕事場から姿を消していく人たちもいるんだろうか。ハンバーガー・ハンガーストライキ？ ものの「まっとうな」値段はどうすれば割り出せるのですか、と、真友《まとも》な経済学者に訊いてみたい。よくテレビに顔を出して自信ありげに自説を振り回すおかかえ経済学者は駄目。誰がおかかえているのか知らないけれど、もしかしたらおかかが抱えている鰹《かつお》節《ぶし》なら、経済発展節を唸《うな》り続けて、希望の味噌《みそ》汁《しる》の出汁《だし》にもならない薄い栄養と引き替えにたっぷり出演料をせしめているんだろう。

その時、建物の三階の窓が開いて、大きな額を満月のように光らせた男が首を出した。まだ寝間着を着ていて、髭《ひげ》に囲まれた口を大きく開けて欠伸《あくび》してまた窓を閉めた。

誰かに似ている。シェイクスピアだ。もし彼が経済学者に生まれ変わって、カール・マルクス通りに住んでいるならば訪ねていって訊いてみたいことがたくさんある。シェイクスピアという名前には、あの人の名前とかすかに似た響きがある。でも、そのことに気がついているのは多分わたしだけだろう。

流れゆく人の群れからはずれて、とどまっている人たちもいる。豊かな髪をかきあげる度にイヤリングがきらっと光る粋《いき》な若い女性一人と、長髪を後ろで束ねて、手染めのゆったりした服を着た美男二人が地べたにすわってビールを飲んでいる。朝十時から道でビールを飲んでいたらそれだけで犯罪者扱いされる国もあるだろうに、この地区ではめずらしくもないのか誰も目にとめない。

商店街に来る人は財布をあけなければいけない。何も買わないのは規則違反だということになっている。彼らは喫茶店に入らないで、持って来た飲物を外で飲んで団欒《だんらん》しているので、それは反則だけれども、その飲物は自分で生産したものではなく、どこかで買ったものなので、やっぱり経済活動に組み込まれている。

眼だけの女が前からゆっさゆっさと歩いてくる。堂々とした身体は黒い布にすっぽり包まれている。

わたしは喫茶店に入って、今見たことをメモしておきたいと思ったが、喫茶店などという洒落《しやれ》たものは見あたらなかった。

暑苦しい機械音が近づいてくる。道路の舗装工事をしている。ねっとり光るまだ濡《ぬ》れたアスファルトのにおいが鼻をつく。

町を歩いていれば毎秒決断を迫られる。立ち止まってショーウインドウを見るか見ないか、店に入るか入らないか、買うか買わないか。決断に必要なエネルギーは一日に使える量が決まっている。あの人は仕事上、毎日たくさんの決断をくださなければならない。だから一日の最後に、映画に行くか芝居に行くか展覧会に行くか決断する力がもう残っていなくて、結局自宅のバルコニーの寝椅子《ねいす》でいつまでも落ちない夕日とにらめっこしているうちに眠ってしまうのだそうだ。

いつもなら入らない感じの店に足が勝手に入ってしまう。すえた化繊のにおいが鼻を突く。入ってから自分が冷房に誘われて入ったことに気がつく。冷房のきつい店なので、脳味噌はすぐに「入らない」と判断しただろうけれど、肌の方が判断が早くて、脚に賄賂《わいろ》を贈って店に入ってしまったのだ。そのようにわたしの内部で行われている闇政治をやめさせたい。

冷房で冷やされた化繊のにおいを嗅《か》ぐと鼻の中がかゆくなるので、鼻から息を吸い込まないように少し口をひらいて、目を細めて店の中を見回すと、そういう表情をつくっているというだけでなんだか色っぽい気分になってくる。店の中を音もなく滑っていく女性たちはみな二十歳前後で、スカーフで髪を隠している。アラビアンナイトのまばたきは、睫《まつげ》が長いので一回ごとにばさっと重い。女たちは華やかな色の、時には花模様のスカーフをしている。ブラウスの色はピンクやオレンジで、ジーパンにぴっちり包まれた脚はふくらはぎの曲線が強調され、紅色にべったり塗られた足の爪《つめ》がサンダルからはみだしているのが変にずうずうしく、痛々しい。店内では、ハンガーにかけられたブラウスたちが輪を描いてロンドを踊っている。袖《そで》から下がった白い紙布には目玉の飛び出すほど安い値段が書いてある。

外に出るなり大きな犬歯を描いた看板があった。「あまる・しゃきる歯科医院」。トルコ風の名前か。「しゃきる」という日本語があるような気がしてくる。一万年前に房総半島の海辺で貝を集めていた人が腰を伸ばして水平線に目をやり、ふと「しゃきる」とつぶやくところを思い浮かべてみる。その人の身体からはまだアルタイ山脈のにおいが発散されている。ありえない。しゃきる、なんて言うはずがない。なんと言っても終止形すぎる。

あの人はもう長いことベルリンに住んではいるのだけれど、大都市は肌に合わないと言う。山に囲まれ、湖を見下ろすことができて、人のいない場所に行くとほっとするらしい。ベルリンの近くに山はないが、湖ならばいくらでもある。時間があると郊外の湖に車を走らせる。ノイケルン区などへはよほどの用がなければ行きたくないと言う。よほどの用があるような地区ではない。

住宅のように見える建物の中でも、どうやら「営業」が行われているらしい。扉の前に立って煙草《たばこ》を吸っている女がいる。主婦が自分の家の前で煙草を吸うはずがない。この人は、禁煙の職場で働いているのだ。視線は煙に乗って、ぼんやり夢見るようにその場を離れる。鴉色《からすいろ》のマスカラがばたばた羽ばたいて、バルカン半島をめざして飛び立っていった。煙草が燃え尽きると休憩時間も終わって、女は建物の中に戻っていった。

似たようなつくりの店の連なりが途切れて、お目当てのギャラリーが突然姿を現した。約束の時間までまだ四十分もある。いっしょに観《み》るはずの展覧会を一人で先にこっそり観てしまおうと思いつく。後ろめたさで胸がちりちり焼かれる。それが楽しい。後で、初めて観る振りがうまくできるだろうか。秘密を持ってしまえば、二人でいても孤独を感じてしまうかもしれない。わざと秘密をつくってみたい気持ちと何もかも告白して裸になってしまいたい気持ちが激しく交差する。

その展覧会では、若い写真家がロンドンのイーストエンド地区で撮影したという写真を並べていた。ロンドンでも東の果てはここノイケルンと同じで社会全体の抱える問題が凝縮される地区になっている、と最初のパネルに説明がある。世界のいろいろな都市にイーストエンドがあるということになる。

ビール瓶を持って立っている男の写真。何気なく腰のあたりで握った瓶にいらだちが満ちてくるのか、瓶が首を持ち上げている。その角度のせいで武器のようにも見える。ポケットから顔を出したモンスターのようにも見える。

街路樹に鎖で繋《つな》がれている椅子の写真。汚れてゆがみ、誰も盗みそうにない椅子なのに、それを繋ぐ鎖は頑丈で、ずっしりと重そうだ。

カール・マルクス通りには放っておけばギャラリーなどできるはずがなかった。ギャラリーというのはお金と同じで、あるところにはたくさんあるけれど、ないところには絶対にない。たとえば、同じベルリンでも、魅惑のミッテ区の八月通りや線通りにはギャラリーがトコロ狭し、フトコロ裕《ひろ》し、と肩を並べ、ベルリンには五百軒以上のギャラリーがあると聞いても驚かない。ミッテ、観ていって、人混みの中、通して、投資して、と媚《こ》びる絵画が、高級下着を身につけて、ガラスの壁を通してスケスケ。中が見えるので、とても裸な感じ、それでいて冷たい店構えがミッテには多い。

ノイケルン区のカール・マルクス通りを大金出して絵や写真を買う客が偶然通りか

かるはずがない。これは文化事業として、文化関係のお役所がつくったギャラリーだった。

ギャラリーに抱え込まれるようにして「リックス」という店があり、こちらも市の文化政策に合わせてできたのだろう。わたしはそこに立っていた看板のランチメニューを読んだ。文化政策のメニューは、ベジタリアンがパン粉団子の野生のキノコソース和《あ》え、ベジタリアンでない人は、スズキの塩焼きの赤カブ添え。まわりのジャンクな食生活からだいぶ浮いている。でも、あの人は喜ぶだろうなと思う。わたしも実は、こういうものが好きだ。接吻《せっぷん》する度に舌と舌が細胞情報を交換し合うのか、食べ物の趣味はあの人と百パーセント一致している。ただし今日は人類学者のように地元にじっくり惚《ほ》れ込んで身を浸してしまった後なので、自分だけ健康食的社会階層に戻るのが残念な気がする。

「リックス」には庭がついていて、外席の丸いテーブルが五つほどある。庭はドイツ語でガルテン、漢字で書けば、画流転。「リックス」の飾り窓に「アイ・ラブ・N Y《ニューヨーク》」のTシャツが飾ってある。どうして？　ここはニューヨークじゃないはず、それとも、もしかして、と思ってよく見ると、YではなくKだ。アイ・ラブ・ノイケルン。ドイツ語の「ノイ」は英語の「ニュー」。I love NK. ベルリンは目指しているのかもしれない、かつてのニューヨークを。あるいはすでに自信を持っているのかも知れない。もうニューヨークの全盛期は終わった、これからはノイケルンだ、と。

　ギャラリーとカフェとガルテンの敷地をあわせるとかなり広い。ノイケルン区の文化政策の底力が足の裏から伝わってくる。「Heimathafen《故郷の港》」という大衆オペラ座のポスターが貼《は》ってある。ノイケルンの故郷の港？　記憶のお蔵の重い扉を引っ掻《か》く爪。すぐにはあかない。なにか嫌な記憶だ。事件があった。なんだっけ。そうだ、KＮという友達が数ヶ月前に送って来た回覧メール。「故郷の港」でかなり高い地位にある若い金髪女性が両目を指で外側に引っ張って、いわゆる「釣り目」をつくって写真に撮らせ、ポスターに載せた。わたしたち東アジアの人間はこういう目をしていると思われている。アジア系ドイツ人二世の団体から抗議の手紙を受け取った相手は、「ポリティカル・コレクトネスの圧力に屈するつもりはない」と初めは逆上し面子《メンツ》を守る戦いを続けてねばっていたが、最後には公開質問状への答えの中で謝った。

　釣り目という一つのパターンにはめられて見られてしまうというだけで、身の危険を感じる。日本中国韓国越南《ベトナム》あたりにはシラスのような目をした美人もいるが、ドングリ目でもアーモンド目でも一束に括《くく》られてしまえば、いつ大量虐殺《ぎゃくさつ》の対象になるか分からない。KＮのように子供の頃に両親と船でベトナムからまず香港《ホンコン》に逃げ、それから家族全員ドイツ政府にあたたかく迎え入れられ、ドイツの大学を出てドイツの大学で働いている人もいる。踊るために仙台からベルリンに渡ってきた人もいる。バイオリンの勉強のためにソウルから来ている人もいる。南京《ナンキン》から来ているゲーテの研究者もいる。こんな風に普通に町を歩いて何十年も楽しく暮らしていても、ある日、他の通行人たちとは別の列に並ばされて、その列の先で命が切断されるかもしれないのだ。

「通訳付き」という言葉に目を奪われる。出口の側に貼ってあるポスターだった。「戦争、独裁政権によってトラウマに悩む人のためのセラピーです。クルド語、トルコ語、アラビア語の通訳付き」と書いてある。

まだ約束の時間まで二十分はある。文化のオアシスから一度外に出ると、すぐ隣には一ユーロ・ショップが堂々と店をかまえている。ドイツ国旗の黒、赤、黄色にサッカーボールの絵の描かれたナプキンが派手に店先を飾っていた。その他、紙コップと紙皿も国旗の色。この紙コップでビールを飲み、紙皿にのせたオープンサンドを食べながらサッカーの試合を見るのだ。旗やホイッスルなどの応援用具も並んでいる。

トルコ料理屋の看板が何軒か視界に入る。これだけ数があると競争も激しいだろう。ドイツ語ではあまり使われない「Y」、ドイツ語でもよく使われはするけれど一つの単語の中で繰り返されることはない「Ü」が次々現れて、視界を覆う。ニンニクと串焼き羊肉の焼ける匂いに混ざって神経を刺激する。羊、筆字、イスラムのラム。お腹はすいたけれど、展覧会を観たあとであの人といっしょに食事するのが楽しみなので我慢する。食べるつもりはなくてもメニューというのは読んでいて面白いものだ。道に立てられたランチセットの看板を眺めていると、英語で、「このランチ、よさそうね」

と声をかけてきた女性がいる。顔を見ると、いつか観た映画にでてきたミス・マープルそっくりだ、帽子、スーツ。イギリス人の観光客がこんなところにいるなんて。せっかく親切に声をかけてくれたのに無視して通り過ぎるのは悪い。ありがとうございます、でも今食事する気はないんです、と答えようかと思ったが、それならなぜメニューを熱心に読んでいたのか説明がつかないので、顎で軽く会釈《えしやく》して、そのまま通り過ぎた。しばらく歩いてからなぜか気になって振り返ると、ミス・マープルはまだ同じ場所に立っていた。人が通る度に、ランチメニューを指さして「よさそうね」と声をかける。どうやら呼び込みをやっているようだ。それにしてもなぜミス・マープルがトルコ料理屋の呼び込みをしているのだろう。もしかしたら店の主人のトルコ人と結婚しているのかもしれない。その裏にはどんな運命が隠されているかわからない。

この間、シルクロードに関するとても面白い本を読んだ。その本にトルコ経由でドイツに亡命することになったウイグル人ジャーナリストの話が載っていた。今はミュンヘンで串焼き羊肉を売って暮らしているという。それ以来、焼けた羊肉の表面を大きなナイフで削《そ》ぎ落としている男を見ると、この人も故郷では政府を鋭く批判し拷問《ごうもん》を受けたジャーナリストだった可能性があると思うことがある。もしも将来日本が独裁政治に蝕《むしば》まれることになったら、ベルリンに亡命して寿司屋《すしや》をやる人も出てくるんだろうか。

カール・マルクス通りの真ん中あたりにあるカール・マルクス広場では、今朝、市が立っていたのだろう。売り台はもうほとんど片付けられているが、市場の余韻が残っている。これからトラックに積み込まれる木箱の中で売れ残りの桃が寂しそうにあからんでいた。雨が降ったわけでもないのに足の下のコンクリートはびしょびしょに濡れていて、あわただしく飛び去って行く鳩《はと》たちのあとを追うように、広場の脇の道に入った。路地の両端に椅子を置いて話しこむ二人の男。紅茶を入れた小さなガラスのコップを両手で包むように持ち、戸外なのに自宅の客間にでもいるようにくつろいでいる。引き返すわけにもいかず、二人の間を割って通る時、他人の家の中を土足で通り抜けるようで気が引けた。こんな路地を前にも見たことがある。ベトナム、セネガル、インドなどかつて旅した遠い国々の路地だ。移民たちは路地をたたんでトランクに入れて、ドイツに持ってきた。

さびれた洋品店の狭いショーウインドウにウエディングドレスが三着、飾ってあった。目鼻のないマネキン人形はどれも勝手な方向に三十度くらい傾いている。誰もおしてくれる人がいないようだが、このまま放っておいたら花嫁たちは倒れてしまう。NAという友達のことを思い出した。彼女はわたしと同じ歳《とし》だが、すでにドイツに住んでいた会ったこともないトルコ人男性との結婚を勝手に決められ、十八歳の時、イスタンブールからバスに乗せられてベルリンに来た。夫になった男は、自分の怒りをコントロールできない不良品だったが、妻を殴ってもいいという風潮の中で特に自分が悪いと感じたことさえなかった。NAは息子と娘が独立してから、やっと離婚することができたが、離婚後、彼女は重い病にかかってしまった。初めは仕事がきついせいかと思ったが、どうやらそれだけではない。健康を守るために人の身体の中に棲《す》んでいる騎士たちが、彼女の健康を敵と勘違いして攻撃し始めたのだ。自滅病という難しい病気だった。痛みにうなされている時に蘇《よみがえ》ってくるのは、新婚時代に殴られて口の中に溢《あふ》れた血の味ではなく、子供の頃、母親に受けた暴力だった。その母親は、夫から受けた暴力を娘に転送していたのだから仕方がない、暴力はどんどん転送されていく、でも自分は誰にも暴力をふるっていない、と彼女は言う。「転送」はインターネット用語なので、重みがなく、心に触れないだけ、この言葉を使うと話しやすいようだった。

スーパーマンが青いぴちぴちの服に筋肉を包んで空を飛んでいる絵。「世界を救え！」と書いてある。何から救うのかと思って先を読むと「下手な床屋から」と書いてある。ドイツ語の文法だからそういう語順になるのであって、思わせぶりの倒置法などではない。世界を救いたがる宗教団体ではなく、床屋の看板だった。都市の光景を読む時もドイツ語の文法風に読んだ方がいいのか、それとも日本語文法で読んだ方がいいのか。

下手な床屋から世界を救え！　なるほど立派な教えではある。でも世の中には髪の毛よりも大切なことがたくさんあるのではないのか。だから出家したら髪を剃《そ》ってしまうのではないのか。毛先のことだけ考えていてはいけない。髪の毛ではなく他に救うものがあるはず。心の中でそう叫んでも、髪の毛ばかりがわたしの栄養を吸い取ってどんどん伸びていく。

motzという活字が目の前に飛び込んでくる。野宿者の新聞である。こぎれいな身なりをしているが顔の皺《しわ》が深くガリガリに痩《や》せた三十歳くらいの女性が、新聞はいりませんか、と声をかけてくる。頬がこけ、目の縁が赤いので麻薬中毒かもしれないと思ってしまう。いつもなら女性の野宿者からは必ず新聞を買い、それを心の中で「お布施」と呼んでいるが、麻薬中毒の疑いのある人は初めから無視する。ところがこの時、そういう選択の基準を設けている自分の正しそうな構えが急にむなしく感じられ、新聞を買うことにした。

新聞を開くと、地球に見立てたサッカーボールに、ブラジルの国旗が貼り付いている絵。なんだ、野宿者の新聞も話題はやっぱりサッカーしかないのかと少しがっかりしながら、それでも読み始める。

サッカーの世界選手権が行われているブラジルでは、公共交通機関の料金値上げで困った人たちがデモを行っている、と書いてある。さすが野宿者の新聞。いろいろな町にデモが広がっていく様子を日記風に記してある。「Need Food Not Football（必要なのはサッカーじゃなくて食べるものなんだ）」という語呂合わせがブラジルのどこかの町中の壁にスプレーで吹きつけられている写真。政府はスタジアムなど立派な施設を建てることに大金を注ぎこんだ。どうして俺の払った税金を勝手にスタジアム建設に使ったんだ、と怒る国民。サッカーなんてやってもらっても、俺は見にもいけないし、全く儲《もう》からない。儲からない人は、ぼろぼろになっていく。儲かる奴《やつ》はぼろぼろ儲かる。まずスタジアムを建てる土建屋。ホテル。飛行機会社。そして、スポーツ用品会社。アディダス社はブラジル開催のサッカー世界選手権だけで九億ドル儲かったけれども中国には安い給料で健康を危険にさらしてアディダス製品の生産に関わっている人たちがいるのだ、と書いてある。

そう言えば、通りを歩いていて目に入るのは商品を売っている人と買っている人だけだ。つくっている人たちは遠いところにいる。

その時、空色のスニーカーをハンドルにぶらさげて、若い女性が裸足《はだし》で自転車を押しながら近づいて来て、わたしとすれ違った。道に落ちている注射針が刺さったりするのが恐くないんだろうか。靴をはかなくても平気なんだ。この人、名前はなんていうんだろう。たくさんの他人がまわりにいる。その一人一人と知り合える可能性があるのだから、都市には無限の可能性がある。でもこんなにたくさんの人がいて、自分の会いたいたった一人の人とは会えるんだろうか。時間を決めて、場所を決めて、待ち合わせして、約束の時間を楽しみにして、会った後は、そのことを日記に書いて、何度も思い出して、霞《かすみ》のように消えてしまいそうな出逢《であ》いをしっかり固めていこうとするのだけれど、都市は水のように指の間からもれて、人間たちは気体になって蒸発し、期待して、待っても、今日、あの人はきっと来ないだろう。

マルティン・ルター通り

線香花火のようにちりちりと小さい黄色い怒りを四方に飛ばす、そんな花があった。微熱があるのか、紅色の天鵞絨《ビロード》の顔をほんの少し右に傾けている薔薇《ばら》もある。媚《こ》びているようにも見えるが、実は隠しきれない悪意が棘《とげ》になって身体《からだ》から突きだしている。棘の三角形はなんと確信に満ちていることだろう。

たっぷり水分を含んだ葉が熱帯雨林に棲《す》むカエルの背中のようにてらてら緑色に光り、観察者の喉《のど》を潤《うるお》すが、花そのものは鼻糞《はなくそ》のように小さいのもいる。のもいる。もいる。いる。いる。る。植物は「いる」ではなく「ある」か。生きているのに。

最近、花屋が増えているような気がする。どんな言葉を口にしても相手にわるくとられてしまう袋小路に迷い込んだら、無言で大きな花束をさしだせばいい。そう考える人が増えている。わたしだって、そうだ。でも花束に束ねられた花の一つ一つをよく見ると、そこには茎を切られた時の悲しみが必ず宿っている。いくら切り口から水を吸わせても、花は必ず少しずつ枯れていく。花束を贈るかわりに、どうして、「土地を買って、庭に花を植えて、いっしょに暮らそう」と言い出せないんだろう。町の中の土地は値段が高過ぎて手が出ない。庭がほしいなら郊外に住むしかない。でも町の外に住むのはいやだ。すぐ枯れてしまう切り花を汗ばんだ手でしっかり握って、都市にしがみつく人たちのために花屋が増えていく。

店の中から人影がフッシュと出てきた。黒い髪。花模様のエプロンにぴっちり身を包んだ細い上半身が不動のままで、おそらく足だけ素早く動かしているのだろう、地表を滑っていく。ように見える。立ち止まり、あやつり人形みたいに腰を直角に折って、外に置きっぱなしになっていた如雨露《じょうろ》を、水は入っていなかったのだろう、軽々と持ちあげると、また滑るように引きかえしていった。店の中に姿を消す寸前、視線を感じたのか振り返った。どこかで見たことのある顔。むこうもそう感じたのか、頬の肉がかすかに動いたが、思い出せなかったようで、微笑《ほほえ》みを結ばないうちにまたほどけた。わたしも思い出せなかった。

わたしはその女性のあとを追った。店の中に入った途端、百合《ゆり》の香りにふらっと目《め》眩《まい》がした。何か買わなければいけない。「友達の家にお茶に呼ばれているので花束を持って行きたいんですけれど」というセリフが口から飛び出した。全くのつくりごとだったが、口に出して言ってみると、招待状をもらったつもりになってあの人の家に押しかけて行ってもいいような気がしてきた。

レジの近くのバケツに花束がぎゅうぎゅうに押しこまれている。その一つを指さすと、エプロン姿の女性は困ったような顔をして、左斜め上に視線を流した。ガラスの壁を覆《おお》いつくすように紫色の蘭《らん》が飾ってあった。全く同じ色とかたちの蘭だけがこれだけたくさんあると、ぞっとする。同じ顔のクローンが何十人も並んでいるある映画の一場面を思い出した。一つとして同じ色とかたちの見あたらない店内だから余計不気味に見えるのかもしれない。紫色の蝶《ちょう》が身をよじって悶《もだ》えているようにも見える蘭。プラスチックでできているのかなと思って近づいていくと、ある距離まで来たところで、ふいに死にゆくものの湿り気が感じられ、本物だということがわかった。

どうして同じ蘭をこんなにたくさん仕入れたのか。もしかしたらマフィアに脅されているのかもしれない。毎月蘭を百本買わなければ、枯れ葉剤を店に撒《ま》くぞ、とか。戦争が終わって四分の一世紀たってもまだ爆弾のあけた大きな穴が残っている国はある。脚を切断された人たちのところにだって脚がもどってくるわけではない。敵国が撒いた枯れ葉剤をジャングルの中で集めて悪用する組織がないとは限らない。そこまで来て、「十八」という数字が耳に入ったせいか、妄想がわたしをふいに手放した。二十ユーロ札と引き替えにガサゴソと音を立てる紙の着物を着せられて居心地悪そうにわたしの腕に抱かれたのは花束だった。おつりの二ユーロ硬貨を受け取って外に出た。

ちょっと顔を出しただけで町の人たちに喜ばれる太陽も、根を切られた花にとっては刻々水分を奪い取る暴君だ。花束をくくる時に水を含ませた綿を茎の切断面に当てても、傷口にガーゼを押しつけ包帯で縛っただけの手当で足首から下を切断された患者を運ぶようで、残酷きわまりない。相手が花だからできることで、もし猫だったら。

左、右、左、右とアスファルトに跳ね返されながら歩くのはわたしにとっては快いけれど、切り花にとっては軽いビンタを与えられ続けているようにつらく、茎をつくる無数の小さな繊維が内部でどんどん折れていって、最後には重い花を支えきれずに首がポキンと折れてしまうかもしれない。

ひんやり冷たい。花を贈られる人の心があたたかくなるからといって、花そのものをあたたかいと思ってはいけない。花屋はきびしい仕事なのだ。朝四時に起きて買い出しに出て、冷たく濡《ぬ》れた花を店内に飾る。手の甲も指も棘や鋏《はさみ》がつけた小さな傷でいっぱいで、個々の傷はたいしたことはないが疲れてくると菌が勢いを増して、その傷口から身体の中に入りこんでくる。昼頃には、手の甲や腕の内側に、赤い斑点《はんてん》がでてくる。夕方になると、斑点がかすかに膨らんで熱を持ち始める。小さくて目には見えない傷が無数にあるのだと思っただけで、痛さではなく、だるさが手全体を包みこむ。傷が力を奪ってしまうのだ。足首から下が少しずつ冷えていく。

時計の長針が一目盛り進む度に、店の中の花は少しずつ枯れていく。その微妙な変化は枯れないで欲しいと痛切に思う者の目にしか見えない。

客が入ってくると、花の色を映して客の目が輝く。花を買う人の心のはずみが、自分のことのように伝わってくる。しかし花を買って帰った客が三日後に店に戻ってくる時、その唇が少しでもひん曲がっていれば、苦情の内容は聞かなくてもわかる。「この店で買った花、すぐに枯れてしまったんですけれど」と客は不愉快そうに言う。花は枯れるものなのに。「すぐに枯れて」の「すぐ」という時間の長さをこの人はきちんと計ってみたことがあるんだろうか。

花屋は華やかで楽な仕事のように見えるけれど、実際はつらい仕事だということを教えてくれたのは、哲学の勉強をやめてベルリン郊外で花屋に勤めた友人だった。

花束を買ったのはあきらかに失敗だった。大きすぎる包みを抱きかかえて、歩道に立ちすくむ。人影はなかったが、歩道に花束を置いて逃げる覚悟はつかなかった。花屋の隣にはコンクリートの平屋が建っていた。立ち止まって汚れた窓ガラスがもみじの形に割れているところから中をのぞきこむと、剝《む》き出しのコンクリートの壁がからっぽの空間を囲んでいた。カウンターが残っているので、元はレストランか飲み屋かカフェだったのだろうけれど、椅子《いす》もテーブルもすでに運び去られている。人間の頭くらいの大きさの透明のビニール袋が床に落ちている。それがすきま風に押されて、つつっと動いた。奥の暗いところに汚れたベージュのコートを着た男がうずくまっている。ように見えてどきっとしたが、よく見ると昔郵便局が使っていた麻の袋だった。

数歩引き下がって手がかりがないか外壁を調べてみると、上の方に薄いブルーの文字が曲がった釘《くぎ》のようにばらばら残っている。その字体から判断すると、つぶれたのはどうやらギリシャ・レストランらしい。

ギリシャを旅してみたい、と気軽に考えていた頃には、いつでも行けそうな気がしていた。夢の中にコリント式の柱、イオニア式の柱、ドーリア式の柱が立ち並ぶ。実は歴史の教科書で子供の頃に習って以来、ずっとどこかでわたしを待っているような気がしてならないのだった。草原の毛並みを撫《な》でて地中海の風が吹き、前髪が揺れた。ということはすでにギリシャにいる。ということもありうる。と思ったが目が醒《さ》めるとやっぱりベルリンにいた。いつの間にかギリシャに来ていたということはありえない。旅立ちにふさわしいのはいつの季節なのか。夏は太陽にじりじり苦しめられるので、秋に行こうかと思ったけれど、秋は観光客が多く、夫婦や恋人同士の爆発寸前の会話に囲まれながら遺跡を見学するのはつらい。母語を明かさぬ一人旅なら冬だろう。冬に行こう。そう思った途端、石の床から足の裏に冷気が伝わり、骨の中を上昇してきて、同時に石の壁から肌に冷気が入りこんできた。ヨーロッパの南部は暖房が完備していないことも多い。宿泊先の部屋の中で薄い毛布に身をくるんで凍える眠れない夜。冬はよくない。春に行こう。去年はそう思った。ところが春が近づいてきたのでネットで天気予報を調べると、でかけるつもりだった週はずっと雨が降るという予報が出ている。翌日もう一度見ると少し和らいで、雲の合間から太陽がのぞいているイラストに変わっていた。ところが翌日見ると、雷がのさばっていた。予報はあたたかもそこまで正確に未来を予測できるのだと言いたげにイラストだけでなく数字まで出してきて断言する。断言するわりには、予報はどんどん変わっていく。来週の天気が刻々変わっていくので、一時も目が離せない。しばらく放っておくと天気がとんでもない方向に行ってしまいそうな気がする。手綱を手から離さないようにするには天気予報を見続けているしかない。当日になるとまた予報が少しずつ変化してきて、いつの間にか天気がわたしの手の届かないところへ行ってしまう。人間の力ではどうにもならないものを神と呼ぶなら、天気こそ神ではないか。

旅行の計画は練り上がらないうちに土台から崩れていった。古代ギリシャの遺跡なんて本当に存在するんだろうか。どうしたら天気予報の壁を破って、ギリシャの遺跡に辿《たど》り着くことができるんだろう。マルティン・ルターも若い時に雷が恐《こわ》くて神にすがったという。天気を恐がっていたら何もできない。わたしがぐずぐずしている間に、もしギリシャがユーロ組から追い出されたら、お札に印刷されたギリシャ文字が消されて、デザインが変わるんだろうか。それともアテネの遺跡のように、遺跡としてギリシャ文字だけがお札に残るんだろうか。

わたしは花束を抱えなおして、また歩き始めた。道を渡ると、向かい側にも廃墟《はいきょ》があった。ビールジョッキの絵が残っているから飲み屋だったのだろう。どういう名前の店だったのかはもうわからない。正面の扉は少し開いていて、誰でも入ろうと思えばすぐに入れる。中を覗《のぞ》き込むと薄暗い室内は埃色《ほこりいろ》に沈み、黴《かび》と尿の混ざったにおいに満ちている。好奇心の強いわたしでさえ入る気にはなれなかった。入って中の空気を吸いたくない。気になるのは、からっぽの空間の真ん中にたった一つ残されたビリヤード台の存在感だけだった。球も棒もない。台だけが残っている。夜になるとどこからともなく腰の細い粋《いき》な男女が集まってきて球を突き始める。

実はつぶれたギリシャ・レストランも飲み屋も、マルティン・ルター通りではなく、そこから横道に五メートルほど引っ込んだところにあった。本道から派生する細い道に入っていくと心が休まることもあるが、逆に本道の悲劇が凝縮されていることもある。

マルティン・ルター通りは、動物園駅付近とシェーネベルク区の区役所を南北に結ぶ重要なパイプ。賑《にぎ》わってもいいはずなのに、すたれている。諦《あきら》められ、忘れられ、視界の外にずれ落ちてしまっている。プロイセンのささやかな栄光を思わせる建物も、ドイツ統一のとどろきを響かせる建物もなく、海外の若者を惹《ひ》きつけるようなクラブもブティックも皆無で、どんな銀行の支店もなく、薔薇を植えた公園もない。もちろん美術館もギャラリーも本屋もない。道を歩いているのはわたしだけ。広い道路をＡｕｔｏ、つまり自動と呼ばれる箱が絶え間なく走り過ぎていく。車の窓からちらっと視線を投げて、こんな通りに住まなくてよかった、と思う人もいるだろう。

いきなり漫画本とビデオを売る店があらわれ、外に積み上げられた段ボール箱の一番上の箱は蓋《ふた》が少しあいていた。勝手に持っていってください、ということかもしれない。そっと蓋を持ち上げてみるとドナルド・ダックがいて、その帽子と上着のあせた空色がソ連の印刷物を思い出させたのでぎょっとした。クレムリンの背後の空はいつもこんな色に印刷されていなかっただろうか。時間が経《た》つと不思議な融合反応が起こる。ちょうどベルリンの壁が崩れて二十年が過ぎた頃から、町の西側にかつての東の雰囲気が漂い始めた。

古い漫画冊子を箱に入れて、「どうぞ勝手に持って行ってください」と言わんばかりに店の外に積み上げ、通行人の手にゆだねてしまっているこの店はもうすぐつぶれるんだろうか。ソ連色のドナルド・ダックは歴史の証人なので放っておけない。でも本当に持って帰っていいのかどうか、自信はなかった。一応、店の人に訊《き》いてみよう。

勝手に持ち帰っていいような気が八割、いけないという気が三割。八と三を足すと十を越えてしまう。

古本屋ならばよく入るが、こういう店にベルリンで足を踏み入れるのは初めてだった。店に入った途端、これまであまり嗅《か》いだことのない甘い匂《にお》いがした。それがインクの匂いなのか紙の匂いなのか、あるいは製本に使う糊《のり》の匂いなのかはわからないが、印刷されたものの匂いであることは確かなのではないかと思う。

狭い店内には自家製の木の棚がぎっしり並んでいて、そこに薄い冊子がきれいに積み上げてあった。棚と棚の隙間《すきま》を蟹《かに》のように移動しながらTokioを思い出す。ドイツ語の記述法では、Tokyoではなく、Tokioが正しいと言われ続けてきた。問題はスペルではなく、花束が大きすぎて、そのTokio的空間に割り込んでいくことができないことだった。仕方なく一度外に退散して、大きな花束を歩道の片隅に横たえ、ドナルド・ダックと手をつないで、もう一度店に入った。わたしが戻るまでに誰かが花束を持ち去ってしまうということがあってもかまわない。そうなってくれればむしろありがたい。

奥で椅子にすわって雑誌を読んでいる若い男は、店の主人なのか、客なのか、サイボーグなのか。声をかけると紫色に輝く眼球をこちらに向けた。店内の照明のせいだろう。「すみません、これ、いくらですか。」持っていってもいいかと初めから訊くのもずうずうしいので、「ただで持って行っていいですよ」という返事を期待しながら敢《あ》えて値段を尋ねた。ところが、「それは売り物じゃありませんよ」という意外な返事が返ってきた。「でも外の箱に入っていたんですけど」と反論にならない反論を返すと、いらいらした声で、「店の中にあるものが売り物で、外に置いてあるものは売り物ではありません」と打ち返されてしまった。若いからカタクナなのか、サイボーグだから融通がきかないのか、それとも彼らの間には本当の愛好家と外部者の区別があって、わたしはどう見ても外部者だから売らないのか。

あきらめがつかないまま外には出たものの店の前を去ることもできなかった。このまま持ち去ってしまおうか。万人の目を盗んで持ち去るのではないから万引きではない。

店の前に横たえられた大きな花束。抱えたら両手がふさがってしまう。花束とドナルド・ダックと両方抱えて散歩するのは無理そうだった。花束を選び、コミックの方は諦めることにした。さようなら、冷戦時代の色彩たち。

　このさきには公園がありますよ、楽園がありますよ、とほのめかすように魅惑的な枝振りの馬栗《うまぐり》の木が並んでいるので、ついそちらへ歩いて行ってしまう。少し離れたところから見ていた時には、樹木が重なり合って、その向こうの光景を透かし見ることはできなかったが、近づくにつれて樹木と樹木の間隔が押し広げられていって、向こう側の世界の真の姿は隠しようがなくなった。楽園ではなく、滑り台と砂場のある小さな公園で、子供が一人も遊んでいない。迷い犬もビール瓶を両手で大事に包みこむようにしてベンチにすわっているような男もいない。誰もいない。

　公園の前に設置された掲示板にポスターが一枚、錆《さ》びた画鋲《がびょう》で固定してあった。光沢のある紙の表面は、おそろしくたくさんの単語に覆われていた。総合的人生相談、精神的治癒法、お守り、アロマ油、アジア関係書、オーラ写真、アーユルヴェーダ、バイオエネルギー製品、本、精油、香ランプ、ディジュリドゥ、天使の絵、宝石、エッセンス、魔除《まよ》け、装身具、風水、健康製品、ヒマラヤの塩、インディアン手工芸品、水晶、鈴《りん》、ハーブ。

　腐敗の始まった果物の異臭を放つ言葉の群れ。まとめて何と呼べばいいのか。オカルト、新興宗教、ニューエイジ運動、霊性復興運動。もちろん、個々の事物は、そういう運動とは無関係の場所で生まれ使われてきたことも多い。日本のお寺で使われている鈴《りん》が、魔除けのブレスレットやタロットカードといっしょに売られているのだろう。ポスターの一番下に、Bewußtseinsmesse と書いてあるのが目に入り、ぎょっとした。Bewußtsein は、意識があるという意味。自覚しているのだ、彼らは。メッセは、見本市、フェアの意味。意識フェア。フェアをくっつければ何を展示販売してもいいことになっている。いつだったか Tokio で東北フェアというのがあって、それはフェアなのかと疑問に思ったこともあった。意識フェアは、何を展示し、何を売ろうというのか。

メッセにはフェアだけでなく、礼拝《ミサ》の意味もある。そう言えば、この道を歩いていると、教会の塔が全く視界に入らない。それはむしろめずらしいことだった。教会の権威に盲従するのではなく、自分で聖書を読んで解釈しなさい、とルターは言った。だから教会はなくてもいい。のだとしても、本屋も見あたらない。聖書というのはどういう店で売っているものなのだろう。

真っ白なものがわたしの意識を包んだ。DIE WEISSE ROSE という看板。白い薔薇。白薔薇。根も葉もある植物ではなくて、言葉。劇場と書いてあるが、そんな名前の劇場は聞いたことがないし、第一、劇場というよりは、たとえば市のプールの入り口だと言われたら信じてしまいそうな門構えだった。六人の男女、多分高校生、が笑いながらひとかたまりになって建物の中へなだれ込んでいった。それにつられるようにして、わたしも花束を抱えて中に入った。受付には人がいなかった。入場料を払う必要もなく、入館の許可を得る必要もなく、偶然、高校生の芝居の稽古《けいこ》に立ち会うことになった。

客席前から二列目にはハンチングをかぶった高校生が、売れっ子の映画監督にでもなったつもりなのか、片脚を前の席の背もたれに載せ、傲慢《ごうまん》に鼻先を持ち上げて、まるめた台本で膝《ひざ》を叩《たた》きながら、「あと何時間待てばいいの？　準備までできないわけ？」などと棘のある声でせかしている。二人の若者が客席から直接舞台の上にとびあがって、演技を始めた。ナチス政権は国民をだましている、ドイツは勝利するなどと言っているが負けることは一目瞭然《りょうぜん》、このまま戦争が長引けば、どんどん人が死んでいくだけだ、だからレジスタンス組織をつくって戦争をやめさせよう、名前は白薔薇にしよう。二人の青年がそんなことを話しているのを、少女が一人ドアに耳を寄せて立ち聞きしている。そのうち少女は我慢できなくなって部屋の中に飛び込み、わたしも仲間に入れて、と嘆願する。兄と思われる少年が驚いて反対する。演じているのは幼な顔の高校生だが、どうやら大学生の役を演じているつもりらしかった。兄は妹を危険に巻き込みたくない。仲間に入れてくれないなら秘密をばらすと妹になかば脅されて、願いを聞き入れることになる。負けることが明らかな戦争を続けて、これ以上、ドイツ人が死ぬのには耐えられない、だからさらなる犠牲者が出ないうちに戦争をやめよう。ナチスに抵抗するといっても、ナチスの人種についての考え方にぞっとしたわけではないようだった。少なくともこの芝居の中ではそうだった。三人は紙を多量に買いに行って、文房具屋の主人にあやしまれる。紙をたくさん買う者は印刷を計画していることになり、印刷は大衆に情報を広める。ナチス政権は嘘《うそ》をついている。この戦争は負ける。だから一刻も早くやめるべきだ。そういうビラをつくって大学で撒く。

わたしは持っていた花束をその小さな劇場の一番後ろの席に置いて外に出た。ビラで情報を広める人たちに捧《ささ》げたつもりだった。紙に書かれた未来、戦争に負けること、負けるその日までどんどん人が死んでいくこと、それが紙に印刷されている。水に流れてしまうこともなく、宙に消えてしまうこともなく、何百枚もの紙に印刷されて人の手に渡る。

ショル兄妹の話の続きは映画で見たことがある。ビラを撒いているところを目撃され、逮捕され、脅されても転向しなかったので処刑される。あまりにも若いふたりの、やましさという歪《ゆが》みの全くない表情がスクリーンに大写しになっていた。大切なのは真実だけだ、と言って処刑されるシーンがあった、映画には。でも「シーン」があるのは映画の中だけのことで、現実にはシーンなんてない。切り取ることのできない連続性の中を突っ走っていくだけだ。

両手があいたので、見えない通りを見透かすように額の前に手をかざして、目を細め、少し顎《あご》を突き出して歩いていった。ショル兄妹がこの通りに住んでいたという話をどこかで読んだことを思い出した。だから白薔薇劇場がここにあるのかもしれない。なぜ白い薔薇を選んだのか、理由はあったのだろうけれど、聞き逃してしまった。白という色。ショル兄妹は、初めはナチスの青年団体に入っていた。そのうち、自分の国の人間が死んでいくのを見ていられなくなって、ナチスを批判し始めた。戦争に反対したのは愛国心からだった。

砂の上に貝をちりばめ、背後に安っぽい海の写真を貼《は》っている。発泡スチロールでできた熱帯魚が、サングラスをかけて寝椅子の上で雑誌を読んでいる。休暇をテーマに小学生が夏休みの宿題でつくった作品のように見えたが、実はこのショーウインドウは立派な経済活動の一つで、薬局が夏の薬品の売れ残りをさばこうとしているのだった。しかもそれがアオタンときている。赤いキャップを被《かぶ》せた黄色いプラスチック容器に入ったアオタンは、五十年代からドイツだけでなくヨーロッパ各地で蚊を追い払ってきた。競争相手はあまりなかった。それが、広範囲に攻撃的に商売をしなければ生き残れないと言われる過酷な時代に入ってからは、国境を突き破って遠くからライバルがやってくる。たとえば、ノー・バイト。これは、バイトをするなという意味ではない。噛《か》まないNobiteという商品名を初めて見た時には、伸びて、とローマ字読みをしてしまった。英語の精力はすさまじい。

しかし、このすたれた薬屋は、ノー・バイトなど取り入れない。環境にやさしい製品も置かない。流行にふりまわされることなく、堂々とアオタンを並べて臆《おく》する様子もない。ベルリンにはめったに蚊などいないから、アオタンを売りさばこうとしたらマヨルカ島かカナリア諸島まで客の想《おも》いを飛ばさなければならない。だから砂浜のインスタレーション。そして、わたしの想いは飛んだ。あの人といっしょにギリシャの島に。岩肌を削ってつくられた海沿いの道路を車で走っていた。窓を半分下ろしているので、南風が吹き込んできた。いさぎよい絶壁の岩肌は茶色く湿り、海は深い碧色《みどりいろ》をしていた。車が何度も半円を描いてカーブにカーブをつなげ、風景がきれいだという気持ちを突き破って嘔吐《おうと》がこみあげてきた。美しい場所に行きたいというのはわたしの欲望ではなく他人の欲望だった。本当の休暇は過去に未来に遠ざかっていった。今は不器用なショーウインドウがあるだけで、それもまたわたしが過ごす休暇の一つなのだと思った。

広い車道をはさんで向こう側に建つ建物に「Taekwon-Do」という看板が大きく出ていた。横断歩道はなかったけれど、あるつもりになって堂々と道を渡った。脇《わき》を通り過ぎる店よりも通りの向こう側にある店の方が魅力的に見えるということなのだろう。何度も道路という川を渡らなければならない。その度に多少なりとも命を危険にさらす。

透明なガラスの壁を通して見える稽古場の壁に漢字が見えた。太い筆で書かれている。肉筆。というなまなましい言葉が浮かんだ。書かれている漢字は、忍耐、礼儀、百折不屈、克己《こっき》。この四語は読めるが、五つ目の廉耻という言葉にはまだ出逢《であ》ったことがなかった上、読み方さえわからなかったので手帳に書き写し、後で調べてみることにした。手帳に鉛筆でメモをし始めた途端、どこからともなく若い赤毛の女性が現れて、不審げにこちらを見ていた。私服の婦人警官かも知れない。何をしているんですか、と訊かれたら、知らない字をみつけたのでメモしているんです、と正直に答えよう。街頭で携帯電話のたぐいをしつこくいじっていても誰にも疑われないのに、メモ帳と鉛筆を出すとすぐに怪しい人間になってしまう。そのことが恥ずかしいのではない。漢字を知らないことが恥ずかしいのだ。耳がほてった。知らなかったら恥ずかしい字、恥ずかしくて耳が赤くなる字というのがある。もしかしたら「耻」もそんな字のひとつで、知らないのはわたしだけなのかもしれない。

婦人警官かもしれない女性はいつの間にか姿を消した。わたしは改めて筆で書かれた漢字と、それぞれの言葉につけられた活字のドイツ語訳を眺めた。克己とその隣の廉耻の訳語の Integrität が似ているようで、どうしても重なってしまう。それでいて、その差異が靴の中に入ってしまった小石のように気になる。Integrität は、言うこととやることが一致しているということだろうけれど、それを一語で言おうとすることにも無理がある。「言ったことは必ずやる」と訳してもらえれば、どういうことか見当がつくのに。神に誓うのではない。自分しかいない都市の真ん中で自分自身に向かって宣言する。言ったことは必ずやる、と。

克己という単語も国旗みたいに四角すぎるので、ほぐしたくなる。たとえば、「何があってもくじけない」とか。

克己という言葉を使ったことはこれまでなかった。知っているけれど使ったことのない言葉っていくつくらいあるんだろう。勝美《かつみ》という女の子と克己《かつみ》という男の子が同じ小学校にいたことは覚えている。でも、小学生の自分が克己の意味をどう理解していたのか思い出そうとすると目の前に霧がたちこめる。

このようにいろいろな言語に属する単語の意味がぼんやりしてしまっている人を移民と呼ぶのだろうか。そうではない。大人になっても毎日、手帳に新しく発見した単語を書き記し、語彙《ごい》を増やしていく人を移民と呼ぶのだ。しかもその中にはもうどんな国民言語にも属さない単語も出てくるかもしれない。

いつ誰に捨てられたのか、錆びた自転車が鎖で木につないであった。ハンドルに固定された籠《かご》の中に飲み干して潰《つぶ》れたジュースの小箱と煙草《たばこ》の空き箱が投げ込んであった。鉄がこれだけ錆びるまで雨が降り続いたなら、煙草の箱はもっとくしゃくしゃになっているはず。つまり、ジュースは自転車を捨てた人が飲んだものではないし、煙草もその人が吸ったものではないことになる。見捨てる人がいて、人の見捨てたものをゴミ箱として使う人がいる。

場違いにカラフルな看板が目に入った。Buntes Essen―わたしなりの訳し方をすれば、「色とりどりに食べよう」。名詞的に固めて「色彩豊かな食事」などというまともな訳語を選んでしまうと、後で後悔することになるかもしれない。あまりにも色彩に乏しいルター通りで、色とりどりの店をひらく人間がいるのなら、ぜひ客になって援助したい。それだけの理由で入ったのが間違いだった。

店内にある七つほどの丸テーブルにはどれもオレンジ色の蠟燭《ろうそく》が置かれている。窓《まど》際《ぎわ》に飾られた人の頭くらいの大きさのハロウィンのカボチャと全く同じ色だった。誰もいないのかと店の中をみまわすと、奥のテーブルで肥《ふと》った老人の隣にすわってパソコンを覗き込んでいた女性がさっと立ち上がって近づいて来た。背がものすごく高くて、洗濯板に鳥の巣がくっついたような人だった。メルヘン的なインテリアの中では、そういう外貌《がいぼう》も説得力があった。逃げる機会は逃してしまったので、そのままカウンターに近づいてケーキ・ケースの中を覗くと、わたしの目の位置からでは脂《あぶら》っこそうなチーズケーキは見えたものの、その上の段にのっている物体は見えなかった。客は何を選ぶのか、期待と好奇心にゆれる女主人の視線にせかされて、わたしは上の段を顎でさして、「それ、何ですか」と尋ねると、「バナナ・パンよ」という答えに「ラバーバも入っているのよ」と神の恵みのようなおまけまで付いたので、その勢いに押されて注文してしまった。

「飲物は」と女主人が訊くので、「紅茶」と答える。紅茶はドイツ語ではSchwarztee(黒茶)という。しばらくすると、女主人はお盆を持って戻ってきて、湯気の立つポット、カップ、スプーンなど、おままごとをする子供のようにわたしの前に並べながら、「これは中国の白茶よ」と得意げに宣言した。「ドイツ人には白茶を知らない人が多いけれど、中国の白茶ほど美味《おい》しい紅茶はないですよね」と女は知った顔で付け加える。紅茶を注文したのに白茶を持って来た。つまり、白茶は彼女にとっては緑茶ではなく紅茶の一種で、だから、白くても黒茶なのだということになる。「ドイツ人には白茶を知らない人が多いけれど」と繰り返して、女はわたしの顔を覗き込んだ。どうしてその部分を繰り返したのかわたしには見当がつかず、当てずっぽうに、「あなたはドイツ人ではないのですか」と訊いてみた。女はすました顔で、「わたしはドイツ人よ」と答え、それから「母はフランス人で、父は東プロイセンの出身」と付け加えた。「それじゃあ典型的なベルリン人ですね」と言うと、初めて嬉《うれ》しそうに頬を崩してうなずいた。

バナナ・パンは蒸しパンのようなもので、もっちりしすぎているが、食べられないことはなかった。皿に盛られたジャムはナイフですくい取った時のつるつる断面とそれが崩れた部分を隠さずさらけ出して、それが素人《しろうと》くさかった。

しばらくしてまた視線を感じて顔をあげると、目があってしまい、「美味しい？」と訊かれ、食べられないこともない、と答えるのも失礼なので、無機質な「はい」で答えると、「今日初めてつくったの。自分でも味見してないから、美味しいかどうか自信なかったの」と言う。「ジャムには生姜《しょうが》も入ってますね」と言ってみると、女は困った顔をしてカウンターの奥の冷蔵庫からジャムの瓶を出し、眼鏡をかけてレッテルを読み、「本当だ、生姜が入っている」などと感心している。無責任きわまりない。

こんな時、バナナ・パンを最後まで食べないでお金だけ払って不機嫌な顔をしてそのまま店を出てしまう人もいるだろう。でも、わたしにとっては負の世界に分け入っていくことの方が美味しいものを食べることよりも魅力的なのだった。そのせいで、みんなが避けるような店に入ったり、みんなに煙たがられるような人とスモーク・トークを交わしたりすることになる。一人でいる時はそのようにして夏の日も冬の日も楽しんでいる。でも。もしわたしとあの人がいっしょに散歩に出て、この店を発見したらどうなるんだろう。あの人が内心むかむかしながら我慢してバナナ・パンを食べるか、あるいはわたしが好奇心を殺して、こんな店ではなくて美味しくて素敵で正しい店にしか入らなくなるか、どちらかだ。長い目で見ると、どちらも望ましくない。

それにしても、この女は何を考えてこの店をひらいたのだろう。色とりどり、というだけではコンセプトにはならない。最近は展覧会を訪れる時だけでなく、普通そうに見える店でも床下に特別なコンセプトが隠されていることがある。たとえば実際は社会事業として野宿者に飲食を提供しているのに、客が劣等感を持たないで食事できるように普通の食堂の体裁をとっている店もある。野宿者は住所を教えてもらってその店にやってくるのだが、何も知らないで店に入ってランチを食べ、「お会計は、お金があるなら三ユーロ、ないなら無料です」などと店の人に言われて驚く客もいる。また、赤字を承知の上で定年退職者が趣味で熱帯魚を売っている店もある。不正資金浄化のためにマフィアが人を雇って営業している宝石屋もある。新興宗教を広める目的で開店しているマッサージ・サロンだってある。そんな店で背中を揉《も》まれているうちになんだか鳥肌がたってきたら、いそいで服を着て逃げた方がいい。

この店は鳥肌はたたないが、どこか調子がはずれている。趣味でやっているにしては趣味が悪すぎる。壁には小さなドイツの国旗がさしてあるが、その下にインディアンの羽飾りがかけてあり、そのまた下に電動仕掛けの中国製の招き猫が置いてあるので、右翼ではないだろう。エコでもオルガニックでもグルメでもないし、文学喫茶でもない。この人は一体なんのためにバナナ・パンを焼いて、迷い込んできた客に食べさせるのか。

ヘンゼルとグレーテルの場合と違って、わたしは甘いものを食べた後、そのまま解放された。お金をちゃんと払ったからかもしれない。ヘンゼルとグレーテルは貨幣を所有していなかったから奴隷《どれい》になったのか。それとも知っていて無銭飲食したので罪を償うために働かざるをえなくなったのか。

店の外に出ると灰色だった。誰にもかえりみられず、グラフィティのスプレーさえ呼び寄せず、選挙ポスターが貼られた跡もない。そんな通りだった。もう電話ボックスなど存在しないのかと思っていたが、一つだけ取り壊すのを忘れたのか、ちゃんと立っている。

その隣には小さな花屋があった。内側から紫色の蘭に覆い尽くされて中が見えない。身をよじって苦しむ蝶のようなあの蘭である。もしかしたらマフィアが、と思った途端、全く別のものが視界に入って、脳内の話題が豹変《ひょうへん》した。つまずきの石だった。アパートの入り口の真ん前にはめこまれているのですでに無数の靴に踏まれ、字がかすれている。それでもまだ読めないことはない。マンフレッド・ライス、１９２６年生まれ。殺されたのは１９４２年、アウシュビッツ。視線をあげると記憶を掻《か》き消すような混合色の外壁がわたしの前に聳《そび》えていた。扉が急に開いて、厚着の老人がへんなりしたナイロンの買い物袋をさげて外に出て来た。わたしの方は見ないで、そのまま右に歩き出した。

この交差点でルター通りは終わりだと思う。車の流れが川の流れのように見えるその真ん中に中州がつくられていた。ハンサムな樹木に守られ、雑草にやわらかく覆われた三角形の土地には、記念碑が立てられていた。赤い十字架。一瞬、交わっているものがハンマーと鎌《かま》に見えた。ちがう。メビウスの帯。ちがう。ローマ法王が首にかけている赤い領巾《ひれ》。ちがう。エイズのリボンだ。エイズにかかった人たちを人の輪の外に出さない。最後に待っていたのがそういうメッセージだった。

通行人が急に多くなってきた。床にビニールシートを敷き詰め、ごみの散らばったからっぽのショーウインドウがあらわれた。見上げると、大手の銀行の支店である。模様替えの真っ最中なのだろう。銀行とは思えない乱雑さだった。しかも床に無造作に投げ出されている袋のように見えたのは毛布にくるまって寝ている人間だった。顔の皮膚がチョコレート色に焼けて、鼻から下はばさばさの無精髭《ぶしょうひげ》に覆われている。無精なのではなく、髭を剃《そ》る道具を持っていないのだろう。ひび割れた唇をあけているので、歯の欠けているところまで見える。通行人たちがぎょっとして足をとめる。極端に目につきやすい四つ角の先端にあるガラス張りの三角形の空間に自分の眠りをインスタレーションした男。それをじっと見守っているのが、通りの向こう側にある「本のギルド・グーテンベルク」という看板だった。この男はひょっとしたら挿絵入りの聖書の中からこぼれ落ちてきたのかもしれない。死体が盗まれないように墓の入り口を見張るのが仕事なのに、いつの間にか深い眠りに堕《お》ちてしまった墓守の男たち。その中に一人、全く眠らなかった不眠症の男がいる。本当は目が醒めていたのに眠っているふりをしてやったこの男のおかげで、イエスは復活することができたのだ。

レネー・シンテニス広場

窓にあたる雨滴の音を聴いたような記憶のしみを残して目が醒《さ》めたのに、どうやら雨は夜のどこかで雪に変わったようだった。カーテンをはらいのけると、赤いはずの向かいの煉瓦《れんが》屋根は白く、まんべんなく雪をのせた黒い枝が妙にくっきりと浮き上がって見えた。

外に出た途端、冷気が衣服の繊維を突き抜けて肌にふれ、ぞくっとする。冷たいという言葉がさわれる部分からわたしが始まる。そこが肌なのだろう。あたりは人の気配がしないのに、ちゃんと雪かきがしてある。靴つくりの職人が眠っている間に革靴を縫い上げておいてくれる妖精《ようせい》の話は有名だが、夜のうちに降った雪をどけておいてくれる妖精もいるのではないかと思われるほど、静かで隙《すき》のない作業だった。かきよせられた雪は山積みになって、歩道と車道の間にバリケードをつくっている。青空駐車の車たちはすっかり雪に埋もれているが、横窓だけは垂直なので雪がしがみついていられないらしく、ガラスが見える。車の中をのぞきこむと、目を閉じたテディベアが助手席に横たわっていた。春が来て雪が溶けるまで車内で冬眠を続けるつもりだろうか。

人の声も、ガラス瓶の触れあう音も、バックする車の出す警笛も、犬の咆《ほ》え声も、窓をしめる音も、みんな白い色の中に吸い込まれていった。いつもなら自家用車で通勤する人たちも地下鉄駅に潜っていった。

フリードリッヒ・ヴィルヘルム広場は八つの方向から道路が集まってきている大きな広場で、真ん中に煉瓦色の教会が聳《そび》え立つ。この地区に越してきて一週間ほどたったある日のこと、広場の向こう側にあるシュマーゲンドルファ通りを入っていけば、別の小さな広場に出る、その角に郵便局があると教えてくれた人がいた。郵便局はすぐに見つかったので、真ん中に植え込みのあるこの小さな広場の名前を特に確かめてみることもしなかった。フリードリッヒ・ヴィルヘルム広場には地下鉄駅があり人の流れが絶えないが、こちらの小さな広場にはバス停さえない。名前も知らないまま何度もその郵便局に通い、一年が過ぎた。実は広場の名前の書かれた標識が植え込みの片隅に立っていたのだが気がつかなかった。郵便局の前まで来るといつも、これから送る絵葉書のことで頭がいっぱいになり、目の前の光景が目に入らなくなる。ところがその日は毛布を身体《からだ》に巻いた女性が郵便局の入り口に立っているのが少し離れたところから見えた。ふさふさした灰色の髪を胸まで伸ばし、軍用ジャケットをざっくり着た女性はどうやら野宿者新聞を売っているようだった。冬の氷夜をどこで過ごしているのだろう。

野宿者には地下鉄の中と自然食料品店の前で出逢《であ》うことが多かったが、この時から毎回、郵便局の前にも必ず一人立つようになった。その度に出費していたのでは破産してしまうので、わたしはどんな時に財布の紐《ひも》をゆるめるか自分なりに小さなルールを決めていた。野宿者が女性だったら一ユーロ寄付する。冬だったら二ユーロ、夏でも雨が降っていたら一ユーロ半。財布をあけてから小銭がないことに気づくのでは決まりが悪い。この時も少し離れたところで財布の中を確認してから顔をあげ、前に歩き出すと身体の向きが微妙にずれてしまっていて、植え込みに突っ込みそうになった。「レネー・シンテニス広場」。標識が、背の高い人のように目の前に立っていた。誰かの魂が、たぶん死んだ人の魂が、標識に宿った、とするとそれは、Renéeという人の魂なのだろうけれど、それにしても不思議な母音の並び方。eée!

黒猫が尻尾《しっぽ》を弓形に立てて目の前を悠々と横切っていった。現実のように見える標識なども実はこういう猫が尻尾でばらまいて歩く幻想に過ぎないのかも知れない。

わたしはかつて、レネーという名前のフランス人女性が登場する小説を書いたことがあった。最後の音を伸ばさないで「レネ」と表記した気がする。辞書の中からやっと見つけた名前だった。実際に知っている人のいる名前を小説で使うと、その人の色に染まらないようにと気にしすぎて、人物が伸び伸びと育っていかない。小説を読んだ知人が自分のことが書かれていると誤解するのも困る。これまで何度かそういうことがあった。

わたしの愛用している名前の事典には、ゲルマン系の名前だけでなく、イタリアやフランスから来た名前もたくさん載っている。あまりにも古くさい名前、特殊すぎる名前は採用できない。やっと見つけたレネーというまっさらな名前を何ヶ月もかけて彩色した。そのうちまるで実在の人物のように思えてきて、いつかどこかで出逢うかもしれない、などと冗談半分に人に言ったこともあるが、それが半分本当になってしまった。野宿者に二ユーロ渡してから振り返るとやはりレネーの名はそこにあった。狐《きつね》に化かされたような気分だった。と言っても、ベルリンの狐が人を化かすはずがないので、これはやっぱり黒猫の仕業らしい。わたしの作品の中のレネには名字がなかったが、このレネーにはシンテニスという名字が明記されている。

郵便局はすいていて、わたしの好きな局員がカウンターに立っていた。太り気味で動きが鈍く、ぼた餅《もち》のように柔らかそうな顔に眼鏡をかけたこの四十歳前後の男性は、どんな形の封筒を出しても、また、あまり知られていない国際返信切手券を出しても、躊躇《ためら》わずに「ああ、あれね」と、まるで朝からずっとそれだけを待ち構えていたように嬉《うれ》しそうに受けとってくれる。郵便局などどこでも同じだろうという人もいるかもしれないが、わたしは絵葉書を窓口に出し、自分の書いた文字が裸で他人の目にさらされる瞬間、住所はアルファベットで丁寧に書いてあるのにその隣にびっしり並んでいる異国文字のせいで、住所も読みにくいという顔をされたり、大きさが規格からはずれているのではないかと目の前で何度も測られたり、この忙しい時にどうして絵葉書なんか出すのだという表情をされたりすると、身の縮む思いがする。

わたしはよく、あの人に絵葉書を出した。同じ町で暮らしているのに旅人のようにベルリンの写真の載った絵葉書を捜して買っては出した。錆《さ》びた自転車が落ち葉をかぶっている写真、イノシシの母親がウリンボを連れて道路を渡っている写真、ベンチに一冊本が置き忘れられている写真。電子メールには手に持って感じることのできる重量がないが、絵葉書には紙の軽さという重さがある。そんな大事な絵葉書を他人の手にゆだねるのだから、局員の手のひらは厚くあたたかく大きくあってほしい。

郵便局の建物はおそらく百年くらい前に建てられたものだろう。これから先、大会社が次々潰《つぶ》れても手紙だけは届くだろうという安心感を与えてくれる建物で、曇りの日にも明るく見える外壁は、人の顔や垂れ幕や花の浮き彫りで惜しげなく飾られている。

レネー・シンテニス広場を囲む大きな建物は四つともファサードがゆるい弧を描いて真ん中が凹《へこ》んでいる。それに沿って道路がドーナッツ状に走り、真ん中に芝生と手入れの行き届いた植え込みがあり、包帯を巻いたような細い白樺《しらかば》が何本かベンチをやさしく見下ろすように立っている。ベルリンのベンチは場所によっては予約が必要なほど人気があるが、このベンチに人がすわっているのは見たことがない。誰かが夜中に掃除しているのか、落ち葉ひとつ落ちていない。足跡を残すだけでも気がひけ、入りにくい。ベンチに一人すわっていれば、誰かを待っているように見えてしまうだろう。何かお困りですか、と助けの手をさしのべようとする通行人に、あの人を待っているんですけれどまだ来ないんです、平気です、心配しないでください、いつものことですから、と答えるわけにはいかない。レネーを待っているんです、と答えてみたいという悪戯心《いたずらごころ》が湧《わ》いてくる。訊《き》いた側は驚くだろう。でもわたしの顔には、生きている人をしか待たない決意が表れているので、そんな嘘《うそ》をついても、すぐにばれてしまうに違いない。誰も待ってなんかいない、天気がいいからちょっとベンチにすわって買いたての本を見ているだけだ、という振りをしてみたいけれど、天気のいい日がなかなか来ない。

雪の日には町が静まりかえっているので人通りは少ないだろう、ひょっとしたら誰の目にも触れずに、こっそりあのベンチにすわってみることができるかもしれない、と期待して行ってみたが当てがはずれた。広場に向かってシュマーゲンドルファ通りを歩いている時すでに、人のつらなりに気がついた。みんな広場に向かっている。広場はロータリーのようなものだからそこが最終目的地なのではなく、誰もがその先へ行くのだろうけれど、それにしても静まりかえった雪の日にいつもよりも歩いている人の数が多いことが謎《なぞ》をかけられたみたいで気になる。雪を載せた灌木《かんぼく》に見とれてわたしが立ち止まった数秒の間に背後を通る人が三人もいた。近づいてくる足音は雪に消されて聞こえないが、すぐ近くまで来ると急に、しゅっしゅと雪をする音がする。歩き出そうとすると、四人目にぶつかった。道の両脇《りょうわき》に雪が積み上げてあり、通れるところが狭くなっているので、すれ違う度に外套《がいとう》と外套が触れ、他人との距離の近さに緊張するが、襟とマフラーと帽子に隠された顔をほとんど確認できないうちにもう背中しか見えなくなっている。冬は他人の背中がいつもより大きく見える。

フリーデナウ地区は観光地ではないので、美しいものを見落とすまいときょろきょろしながら歩いているのはわたしくらいで、他の人たちは子供を保育園に迎えにいくとか、鍼《はり》の治療を受けにいくとか、税理士のところへ行くとか、そういう顔をして通り過ぎていく。お互いの顔を確かめ合うような視線が素早く交わされることもあるが、その場合も歩く速度は全く落とさず、顔見知りだとわかっても立ち止まらないで顎《あご》を動かして会釈《えしゃく》しながら歩き続ける。たまに立ち話している人がいると、息が真っ白な言葉になって唇が見えなくなっている。

葉をすっかり落とした樹木の折れそうなほど細い枝に、雪が炊《た》きたての餅米のようにしがみついている。その白い色のせいで実際以上に黒く見える枝が、曇りガラスの天空に入ったヒビのように見える。それまで気にとめたことさえない金属製の垣根も雪に縁取られると小さなタマネギ帽子のかたちや槍《やり》のかたちの手の込んだ細工を施したものであることに気づく。こんなにもっちりした雪が積もるのはむしろめずらしい。気温があまり低くないのだろう。

雪景色に見とれ、氷に足をとられないように、一歩ごとに足跡の判子を押して歩く。先を急がないで、その一歩に心を集める。雪かきしたあと通行人の靴に踏み固められた道がところどころ凍っている。転んで後頭部を打って命を落とす人もいる。冬の病院は骨折患者でいっぱいだ。美しい掌《てのひら》を時々こっそりひろげて、転倒死する人をさりげなく待っている氷の精が恐ろしい。

名前から判断するとレネー・シンテニスは多分ベルリンに移住してきたユグノー派フランス人の家系だったのではないかと思う。街路の名前になっている人には、命をかけて戦争に反対したという業績のある人が多いから、彼女もそうだったのかもしれない。どんな一生を送った人なのか知りたいけれど、すぐに調べてしまうのではもったいない。今日こそが調べる日だという日が来るまで名前だけを大事に抱きしめていたい。絵葉書を出すために何度も戻っていかなければならない場所が郵便局であり、それがこの広場にある限り、レネー・シンテニスのことを忘れてしまう心配はなかった。

わたしをこの広場に結びつけたのは郵便局だけではなかった。アマゾンという名前の会社が社員をひどい労働条件で働かせているというニュースが流れ、この会社を利用するのをやめる人が続出した時期だった。今になってやっと訴える人が出てきたのは、長年失業している人を雇って文句を言いにくい社風をつくりあげてきたせいだ、とテレビや新聞が厳しく批判した。わたしはそれを知ってこの会社で本を買うのはやめた。その代わり、書籍取り次ぎ会社リブリのサイトからインターネットで注文し、家に一番近い本屋に届けてもらい、好きな時に取りに行って現金で支払うというシステムを利用することにした。そうすれば近所の本屋も少しは儲《もう》かるし、留守中に本が届いてしまうという難点もなくなり、またクレジットカードという覗《のぞ》き穴から私生活を監視される危険も減る。

リブリのサイトから本を注文すると、自宅に近い本屋の一覧表がディスプレイにあらわれた。一番近いのは、どうやらレネー・シンテニス広場からシュマーゲンドルファ通りに入って数軒目にある「ストーリー・タイム」という本屋だった。英語の店名をつけるなんてパブじゃあるまいし恥ずかしいとは思ったが、その点は目をつぶることにして、リンゲルナッツの詩集やブランデンブルク地方の観光案内書など必要な本を数冊頼んだ。本が届いたという連絡があり、実際足を運んでみると、その本屋は英語で書かれた子供の本だけを取り扱う専門店だった。本を受け取って代金を払うと、「御支援ありがとうございます」とカミーユ・クローデルと顔の似た店員に丁寧に礼を言われた。考えてみるとわたしの注文した本は、支援するつもりがなければわざわざこの本屋を選んだ理由がわからない本ばかりだった。

棚に子供の本ばかりが並んでいると花園のように見える。店の隅にはクッションや膝《ひざ》までの高さの椅子《いす》が置いてある。子供のために英語の読み聞かせを週何回かやっているようで、時間割りが貼《は》ってあった。「ストーリー・タイム」という店名が急に光って見えた。カミーユ・クローデルにお礼を言われる度に胸の中をくすぐられるようで、何度か続けて本を頼んだが、そのうちこの本屋もつぶれてしまった。

それからしばらくして、本屋のあったところを通り過ぎると、変わった旗が揚がっていた。黄色いバッテン印で仕切られてできた四つの三角形の上下が緑、左右が黒になっている旗で、それまで見たことがなかったので、子供の本にでてくる架空の旗かもしれないと思った。本屋はつぶれても自分たちの国はまだ存在することを世に知らせるために空想の国の住人たちが旗揚げしたのだ。緑は野原、黒は夢みる夜を象徴するのかもしれない。

家族もいないし、テレビも持たないわたしは、数ヶ月たってやっと、その旗の所属を知った。旅先のホテルの一室で何気なくテレビをつけると、メダルの授与をやっていた。どうやら国際陸上競技大会らしい。「走る」という動詞を直訳したような肉体を持つ選手が、メダルを首にかけてもらうと、知らない音楽がかかって、一枚の旗が棹《さお》をするすると昇っていった。なんとあの旗ではないか。空想の国の旗などではない。ジャマイカの旗だったのだ。

その次にシュマーゲンドルファ通りを通る時に気をつけて見ると、普通の住宅風の建物に「ジャマイカ大使館」と小さな札が出ていた。内側に引っ込んだところに意外に広い敷地があって、そこに品格のある建物があった。こんなところにひっそりと建つ大使館もあったのだ。大使館と言えば中国大使館やロシア大使館のような建物ばかりを想像していた自分が恥ずかしかった。

シュマーゲンドルファ通りには小さくて見過ごしてしまいそうな店がたくさんある。ゆっくり歩けば歩くほど、目に入る店の数は増えていく。小さなショーウインドウにワイン、蜂蜜《はちみつ》などの瓶がぎっしり並べてあるのは、アンダルシア産の無添加無農薬食品だけを扱う店。無添加無農薬というだけでも充分特色が出ているのにそれに加えてスペイン産ではなく、アンダルシア産とそこまで指定している。扱う商品の範囲を狭く限定した方が個々の商品の存在感は重くなるのか、ワインの瓶の緑色は深海のように深く、蜂蜜の瓶は、再生紙の僧衣に藁紐《わらひも》の帯を結んで大司教のようにどっしり構えている。アンダルシア産と自信を持って指定しているようだけれど、ミツバチは越境して蜜を集めることがないんだろうか。アンダルシアという言葉の響きが、暑く、けだるく、物憂《ものう》く、やるせなく、店の前だけ雪景色を黒っぽい赤色に染めている。両親がアンダルシア地方出身の友達のことを思い出した。これまで気にとめることもなかったけれど、彼は「スペイン」という言葉を滅多に口にしない。アンダルシアの料理とか、アンダルシアの親戚《しんせき》とか、アンダルシアの歌とか、アンダルシアの犬とかいう言葉が彼の声で耳の奥に蘇《よみがえ》ってきて、それと同時に彼の目元にあらわれる濃い影、彼には家族もいるし、移民支援活動などの仲間がたくさんいるのに、君も死から逆算し、詩を二乗しながら生きているんだろう、と同意を求めるような目が浮かんだ。

シュマーゲンドルファ通りはライン通りに流れ込んであっけなく終わってしまう。この大通りはライン川のように流れが激しく、南西へはシュテーグリッツ区役所まで、北東へはポツダム広場まで、名前を次々変えながらベルリンを斜めに切断して流れていく。ライン通りには銀行、旅行社、文房具屋、コピー屋、携帯屋、洋品店、韓国食料品店、眼鏡屋、パン屋、靴屋など何でもあって便利だが、歩いているだけで次々用事を思い出すので、散歩にはふさわしくない。わたしはライン通りにぶつかると普段ならすぐまたレネー・シンテニス広場まで引き返してしまうのだが、この日はどういうわけかラインを渡りたくなった。渡し船には乗らず、横断歩道のシマウマの背中に乗って渡った。向こう岸の角には風変わりなケーキ屋の看板が出ている。そこだけイギリスの絵本の中から出てきたような古風な店構えの狭い店内では、冬のコートで身体をふくらました数人の客たちがショーケースの中でてらてら光る赤や黄色のタルトを見比べながら順番を待っている。壁の棚に飾られたクッキーの箱は産業革命、チョコレートの包み紙は植民地時代を描いて、過ぎ去ってしまえばすべてお菓子になるとでもいいたげなノスタルジーをふりまいている。

雪は幻のように一晩のうちにとけてしまった。この日、めずらしくライン通りを渡ったのは、あの本がわたしを呼び寄せたからかもしれない。ケーキ屋の隣に普段は行かない本屋があり、外の平台には昔のベルリンの町を写した写真集や菜食レストランの案内書などが積んであった。なんとなく近づいて眺めていると、「レネー・シンテニス」という題名が目にとびこんできた。驚きはミミタブの裏側をカタツムリのようにゆっくりと這《は》い上がってきた。赤葡萄《あかぶどう》のジュースを薄めたような色の表紙には子馬のように前髪を切り揃《そろ》えた女性の顔が描かれている。頬の線はすっきりしていて、形の整った唇は、そういう女性を演出しようという強引ではないが明白な意志を示している。立ち読みして、どんな仕事をしていた人なのかだけでもすぐにその場で知りたいという衝動に駆られたが、彼女の一生は艶本《えんぽん》のようにビニールで密封されていた。

代金を払うために店内に入ると、レジで本を受け取った店員の顔がほころんだ。わたしは自分がまだレネーについて何も知らないのを思い出して恥ずかしくなり、話しかけられないように無愛想な顔をしてあわてて釣り銭を受け取り、逃げるように店を出た。

そのまま隣のケーキ屋に潜り込み、ショーケースの中の梅のトルテとダージリンを注文して、奥のカフェテリアのテーブルに席をとった。他にも客がいたがそちらには目を向けず、買った本をさっそく開いた。

伝記物は、幼年時代という一枚の色褪《いろあ》せた写真から始まることが多い。正装した両親の間に立ってカメラのレンズを見つめる子供を包む音のない世界。ところがこの伝記は子供時代など後まわしにして、いきなり1937年に飛び込む。レネーの作品が国立ギャラリーで差し押さえをくらった、と書いてある。政府自体が犯罪者になっていく。そんな時代にレネーは一体どんな絵を描いていたのだろう、と思って拾い読みしていくと、画家ではなく彫刻家だった、と書いてある。レネーが半分ユダヤ人であったことには驚かなかったが、彫刻家というのは予想外で、忙しくページをめくる指の動きがとまった。何かかさばるものが明確な形をとらないまま、わたしの行く手をふさいだ。作品の写真はないのかと五百ページ以上もある厚い本の中をめくって探すと、ブロンズの子馬が載っていて、その隣にベルリン映画祭のトロフィーになっている黄金の熊《くま》がいた。この熊にも作者がいるという当たり前のことをこれまで一度も思いつかなかった。金でできていても、熊の毛並みは彫刻刀で彫ったような削り跡を残している。勝利を象徴するトロフィーなのによく観《み》ると頼りない子熊で、親を求めてよちよちと後ろ足で立って歩いている。心配そうな顔はしていない。むしろ好奇心に溢《あふ》れている。熊の前足を握って、いっしょに踊りたくなってきた。

　他にも作品写真の載っているページはないかと探してみると、陸上選手のブロンズ像があった。モデルはフィンランド出身の陸上選手パーヴォ・ヌルミ。二十年代に活躍した人らしい。額が印象的で、筋肉はむしろ遠慮している。ロダンの考える人が急に立ち上がって走り出したような新鮮さがある。

　この陸上選手を見ているうちに、レネーからレニへと考えが逸《そ》れて、三十年代にヒットラーを喜ばすオリンピックの映像を撮ったレニ・リーフェンシュタールのことを思い出した。この女性映画監督は、陸上選手を英雄像に祭り上げた。選手も政治について考え、迷い、他人に同情心を感じ、よろめくこともあるし、第一、身体とは痛みを感じる場所なのだという点がみごとに消し去られた英雄像で、レネーのつくった選手像の全く逆だな、と思った途端、二人の陸上選手がスタート点に並んだ。一人はレネー、もう一人はレニの顔をしている。いちについて、ようい、どん。小学校の徒競走だ。レネー・シンテニス選手が子馬のように地を蹴《け》って走り、レニ・リーフェンシュタール選手をどんどん引き離していく。ゴールが見えてきた。ところがその時、走路の脇に立っていた審判がカラシニコフ銃を差し出し、レネーはつまずいて転んだ。

ばりっと骨の折れる音がした。観衆の中から拍手が湧き起こり、「オリンピックは民族の祭典」という巨大な文字が掲示板にあらわれた。

トルテと紅茶が来たので一度本を閉じて膝の上にのせ、ケーキ用のフォークを手に取ると、隣のテーブルにすわっている婦人が鋭い視線をこちらに向けた。呼吸が凍りついた。婦人はレニ・リーフェンシュタールそっくりの顔をしていた。わたしはうつむいてトルテをかきこみ、紅茶を飲み干して店を出た。

ラインの向こう側に戻り、ニート通りに入った。シュマーゲンドルファ通りと並行して流れる静かな通りで、今は味気ないアパートの建っているところにはかつてエーリッヒ・ケストナーの第二住宅があり、「エーミールと探偵たち」を清書した秘書が住んでいたそうだ。また、その先にある色の違う煉瓦を織物のように組み合わせた邸宅には、六十年代から九十年代にかけてギュンター・グラスが住んでいた。今は誰が住んでいるのか知らないが、屋根裏部屋の窓ガラスに内側から「原子力おことわり！」の黄色い旗が貼ってある。その隣にあるアールデコのクリーム色の邸宅には彼の友人でやはり作家のウヴェ・ヨーンゾンが住んでいた。レニ・リーフェンシュタールの亡霊にでくわして震え上がったわたしが助けを求めて逃げ込むのにふさわしい通りだった。ただ、この通りには喫茶店がないので留まることができず、しかたなくシユマーゲンドルファ通りに戻った。

「ガルダ」という名前のレストランがある。閻魔《えんま》様《さま》の顔をした真っ赤な鷲《わし》が、ドイツ産の一ユーロ玉の裏面の鷲のポーズを真似《まね》している。食事するつもりはないが、字があると読んでしまうわたしは、外掛けメニューには必ず目を通す。「おぼれたニワトリ」という面白い名前の料理が目についた。米からつくったワインを使った料理だと説明してあるので、鶏の酒蒸しかもしれない。酒におぼれた鶏。翼があるガルダは溺《おぼ》れないはずだった。ガラス戸を通してのぞくと、坊主《ぼうず》刈《が》りの男がカウンターにもたれて蒸留酒のグラスを二本の指で大事そうに撫《な》でている他には客の姿は見えなかった。男は冬なのに袖《そで》なしのシャツを着て、無理に捏《こ》ね上げたような筋肉質の腕には、髑髏《どくろ》や十字架が彫ってあった。わたしは思い切って店の中に入った。窓際《まどぎわ》の席にすわった途端、今この店が占めているのがかつてストーリー・タイムのあった場所ではないかという気がしてきた。鞄《かばん》からレネーの伝記を出した途端、自分が物を食べるために店にはいったのではなく、本を読むために入ったことに改めて気がついた。石榴《ざくろ》に切れ目を入れて手で半分に割るようにして本をひらくと、ボクサーのブロンズ像の写真があった。拳骨《げんこつ》を構えて上半身を守る姿勢をとっている一糸まとわぬその身体は紛れもなく男性のものだが、首から上はレネーそっくりだった。モデルは、エーリッヒ・ブランドル。やはり二十年代に活躍した選手らしい。それまでは特殊な社会層の娯楽だったボクシングがベルリンで多くの人を魅了し始めた時代だと書いてある。ベルリンの画家や写真家がボクサーの身体に注目し始める。

さらにページをめくると、ブランドルのヌード写真が二枚載っていた。もりもり増えた利子のような筋肉ではなく、一寸の無駄もない身体の緊張感が傷つきやすさとぎりぎりのバランスをとっている。ボクシングは痛い職業なのだと思い当たる。常に無数の痛さを引き受けている。うつむき加減のブランドルの顔には、闘志でも誇りでもなく憂《うれ》いが宿っていた。駅のキオスクで見かけるボディービルの雑誌の表紙に出ているモデルとは似ても似つかない。もう一枚はブランドルの全身を後ろから撮っている。臀部《でんぶ》が女性的な曲線を描いて実際より大きく見えるように撮られていて、人間はお尻《しり》に肉がついているものだということを忘れて生きているから、すべての人が不在に見えてくるのかも知れないと思った。

東南アジア風の顔をした男性が注文を聞きに来た。自分が図書館ではなくレストランにいることを思い出し、溺れた鶏を注文すると、「昼食は三時まで、夕食は六時からです」と言われた。仕方なく林檎《りんご》ジュースを頼んで本に目を戻した。

自分の仕事の発展というか、芸術家としての成長というか、そういうことについて、どう思われますか。インタビュアにそう訊かれて、レネーは、どうもぴんとこない、という反応を示し、成長していったのではなく初めから全部そこにあったという感じなんです、と答えている。

レネーは身長が一メートル八十センチ近くもあって、思春期には目立たないように身を縮めていたという。自分の意志と関係なく大きくなってしまった身体とこれからどう付き合っていくかという課題の方が、これから伸びていきたいという気持ちより大きかったのかもしれない。

いつの間にかジュースがテーブルの上に置いてある。誰が運んできてくれたのだろう。誰もいない店内で一人、本を読んでいる自分がいた。蒸留酒を飲んでいた目の鋭い男もいつの間にか店内から消えていた。わたしは代金を払って外に出た。

シュマーゲンドルファ通りとレネー・シンテニス広場の角には「蛍（グリューヴルムヒェン）」というレストランの看板が出ている。蛍といっても少しも風流ではなく、大きすぎる看板に書かれた幼稚なコミック風の蛍は、セールスマンになりすました芋虫にしか見えない。

その隣には玩具屋《おもちゃや》があって、無数の色彩と形が狭い入り口から溢れ出している。中に入るとどちらに目をやっていいかわからないほど商品の数が多い。うつろな目のケーテ・クルーゼ人形、独占資本主義すごろく、恐竜、サッカーボール。等身大の熊のぬいぐるみが椅子にかけて客を眺めているかと思えば、オドラデクのような形をした玩具がレジに並んでいたりする。

一年前、不眠症の女友達といっしょにこの店に入った。彼女はこの日どういうわけか、パワーポイントというものにひどく腹を立てていた。自分はパワーポイントなんか絶対に使わない、と興奮して言うので、理由は訊かずに、それじゃあ代わりに縄跳びを使えばいいじゃない、と筋の通らない提案をしてみた。それで、縄跳びの紐を買うためにいっしょに玩具屋に行くことになったのだ。講師が壇上で縄跳びを始める。不眠症の女友達はそんな場面を思い浮かべて喜び、ついでに水玉模様の赤いビーチボールも使いましょう、などと言い出した。聴衆の中に質問のある人がいたらボールを投げ渡す。質問が終わったらボールを投げ返してもらって質問に答える。彼女も背が一メートル八十センチをこえていて、時に下半身から溶けた岩石のように怒りが逆流してくる。するとそれに答えるように脳味噌《のうみそ》からどんどん玩具が出てくる。わたしたちはこの玩具屋でかなりの時間を過ごした。他には、レネー・シンテニス広場に誰かといっしょに来た記憶はない。こんなに頻繁に足を運んでいる場所なのにわたしはいつも一人だった。あの人と来てみたいけれど、よほどの理由がなければ無理だろう。

無意味の領域に自分以外の人を引っ張り込む、そんな願いを叶《かな》えるのに最もふさわしくないのがあの人だった。

　たてがみが茶色いフェルトでできた木馬が四つの車がついた台にのっている。車がまわり、木馬がゆっくり移動し始めた。あ、と声を出したつもりなのに声は出なかった。お店の人は店の奥で高価な熊のぬいぐるみのミニチュアを次々ガラスケースから出して客に見せている。木馬は堂々と店を出て行った。わたしはあわてて後を追った。商品を盗んで逃げたと思われるかもしれないという懸念《けねん》が脳を通過していった。でも玩具を放っておくわけにはいかない。どこへ行くのか、この目で見届けなければならない。木馬は広場を十字に貫く小径《こみち》に堂々と入っていった。真ん中の植え込みはいつの間にか刈り込まれ、すかすかになって妙に見通しがよくなっていた。芝生でできた魔の円形の真ん中にブロンズの子馬が立っていた。レネーの作品、本の中に閉じ込められていた子馬が写真を破って外に出て来て、今この広場に立っている。拍手、拍手。思春期には散歩だけじゃだめ。家出くらいはしないとね。耳たぶを撫でて行く人たちがいるのか色がはげ、そこだけ黄金に光っていた。細い脚を踏ん張って大地に立ち、草をはむように頭をさげているその口元に雑草が一束お供えしてある。子供たちの遊びなのか、それとも妖精の仕業なのかわからない。

わたしは何度この広場を訪れたことだろう。広場の楕円形《だえんけい》をたどり、そこからあらゆる方向に伸びる道を丹念に歩き、また広場に戻るということを何度繰り返しただろう。それなのに広場の真ん中に子馬が立っていることには今この瞬間まで気がつかなかった。

ローザ・ルクセンブルク通り

何も用事はないのだけれど、ただ兎《うさぎ》を抱いたように暖かく柔らかい春の日なので、とでもいうような顔をしてぶらぶら歩いていた。本当は用事がないわけではない。そのことにわたし自身気づかないふりをしている。目を細めているので外の光が半分しか脳に入らず、鼻を少し上に向け鼻の穴を大きく膨らまして甘い大気を吸い込んでいる。外から見た時にそれがどんな顔になっているのか分からないので、ショーウインドウに映して見ようと、ちょっと足を止めた。するとどういうわけか、わたしの姿は映っていなかった。視線はガラスの表面を通り抜けて、中に飾ってある売り物の帽子にぶつかった。かすかに毛羽立つ茶色いフェルト状の帽子の半球にそっと添えられた他人の手のように庇《ひさし》がついている。こんな帽子をかぶっても格好がつくのはシャーロック・ホームズくらいだろう。これまで観《み》たいくつかの映画の中で、ホームズを演じるのは毎回別の俳優だった。それぞれ癖のある俳優の顔の特徴を全部洗い落としてホームズの脳を包む頭はどんな形をしていたのか思い浮かべ、その頭にこの帽子をかぶせてみる。似合う。探偵の頭は、このように無駄のない曲線からできていたに違いない。この人にかかるとどんな不思議な現象も理屈で説明できてしまう。

帽子職人とてシャーロック・ホームズに直接会いにいってその頭をさわってみたわけではないだろう。きっと作業場で一人、占い師みたいに目を閉じて両手を宙に浮かせ、そこには存在しない頭をさわりながら帽子をデザインしたのだろう。黒い台紙の上に浮き上がる金箔《きんぱく》の数字。百六十ユーロ。

その隣に並んでいるのは、豪華客船で旅する闇《やみ》世界の男がかぶっていた中折れ帽。葉巻のにおいのしみた茶色い布地に焦《こ》げ茶色のリボンが腹巻きのようにしっかり巻いてある。出帆三日目に船の甲板で、純真そうな若い女性と出逢《であ》って、「自分は商売人だ」と嘘《うそ》をつくが、長すぎるズボンの裾《すそ》が踏まれる度にほころびていくように、だんだん素性がばれていってしまう。男はそのことをひどく恥じて、次の港で船を降りてそのまま姿をくらましてしまおうと決心する。ところがその女性は実はブルジョアのお嬢様に変装した革命家で、男の正体を最初から見抜いていた。自分が恋をしてしまっていることに気がついて正体がばれるのを恐れ、別れる理由を捜していた。そのくせ男がトランクを持ってこっそり船を降りて逃げていくのを偶然目にするとひどく動揺し、後を追いそうになる。その時顔のすぐ前を横切ったカモメに驚いて、ころんでしまう。身体《からだ》を起こすと満月にZの形をした雲がかかる。はっと我に返って船室に戻り、「雲と鳥と人の涙のある場所なら世界中どこでも故郷」と日記に書く。その先は、映画のシナリオ書きに任せておこう。百八十ユーロ。帽子ではなく、ストーリーの値段だ。

昔の映画を想《おも》い起こさせるような帽子たちだがデザインは未来派だ。おそらく線も色も材料も少しずつ誰にも届かないところへ背伸びしているからだろう。

パナマ帽もある。レース編みのような編み目の緻密《ちみつ》な正確さ。素材になっているのは天然の植物なのだろうし、編み目の穴も小さくはないのだが、帽子の表面は手のひらで撫《な》でたら、すべすべしていそうだ。風通しがよいこの帽子をかぶれば思想も風通しがよくなるのか、それとも言葉が編み目から逃げていってしまって、からっぽの風鈴頭になってしまうのか。百六十ユーロ。

ガラスに当たる日光の角度が変わって、店内全体がふいに奥まではっきり見えた。若い女性が一人、足踏みミシンを踏んでいる。こちらに半分背中を向け、うつむきかげんで作業している。髪を結い上げているので、襟なしブラウスの黒い絹のすぐ下で、うなじが明るく輝いている。両手を焚《た》き火にかざすようにして細い布をミシンの針の下に送り込んでいる。帽子につけるリボンを縫っているのだろうか。時間が縫い目に吸い取られていく。この店で売られている帽子は工場で大量生産されているわけではなく、人の手でつくられているのだろうということは容易に想像できる。手芸を趣味にしている人のつくった作品には時に「わたしがつくったんです」という自己愛の押し売りや媚《こ》びるようなぎこちなさが感じられるため、手作りの店というのが少し苦手なわたしをも惹《ひ》きつける無愛想な雰囲気がミシンを踏む女性の肩のあたりに漂っている。どの帽子も完成品として作者を冷たく突き放し、この先百年、品質で勝負するぞという自信に満ちている。

帽子の値段は労働の値段なのだ。それを言うために、わざわざ商品の背後に労働が見えるように店内がつくられているのだろう。寿司屋《すしや》のカウンター席なら寿司を握っている職人の姿が見えても驚かないが、本屋の奥で作家が小説を書いていたらどんなものだろうと思った途端、ガラスに軽く鼻をぶつけて、あわてて身を引いた。

ミシンを踏む女性は、襟元から蝶《ちょう》の飛び立ちそうな黒い絹のブラウスを着て、巻き貝を思わせるスカートをはいている。お洒落《しゃれ》な労働者だ。この店全体がインスタレーションなのだから、この衣装は舞台衣装ということになる。利潤だけを考える経営者がいたのではこの演出は成り立たない。この服では、利潤から衣装代を引いたら多分、赤字になってしまうだろう。つまり経営者なんかいないということだ。いるのは演出家だけ。

帽子を一つ「創《つく》る」のに、勉強し、経験を積み、アイデアを絞り、材料を探し、試行錯誤し、失敗作を捨て、ミシンと睨《にら》み合って徹夜し、帽子ができあがるまでにかかった時間を国の定めた最低賃金の時給を基準に計算して材料費に足すとこの値段でもまだ安い。

百ユーロ札はわたしの財布の中で腐っていくよりもミシンを踏む人の懐《ふところ》に移動していった方がいいのではないか。別に百ユーロ札が余っているわけでもないくせに、そんなことまで思ってしまう。好きな役者にお金を包んで渡すように、この人の仕事が好きだと思った人にお金を渡すという感覚の方が、商品を買うよりずっと気持ちいい。商品を買おうとすると、どんなに安くても損をした気がする。わたしの払ったお金が何億何兆という他のお金といっしょになって、企業のトップに立つ誰かの懐に入るのだと思うと腹がたつ。ミシンを踏むこの女性の懐に入るなら納得できる。

そこまで考えると帽子を買ってもいいような気さえしてきたが、実はわたしは帽子をかぶれない体質なのだった。もともと頭の回りが大きすぎて、かぶれる帽子がなかなか見つからない。やっと見つかっても、考え事に集中すると頭が膨張して帽子にしめつけられる。頭のいい人ならば、外から入ってくる情報量が増えれば無駄な情報は捨て、大事な情報は似たもの同士を重ねて引き出しに入れるので場所を取らない。わたしの場合は、頭の中に入ってくる一つ一つの情報が独自の宇宙を持とうとして膨張していく。硬い帽子を無理にかぶったりしたら、内部に向かって爆発してしまうだろう。

ここへ来る途中、頭の中で何かが爆発してしまった女性が電車の同じ車両に乗っていた。背後にすわっていたので、初めは顔は見えず、声だけが聞こえていた。その声はいらだち、高まり、嚙《か》みつくように大きくなっていき、こちらの神経をひっかく。初めは誰かと討論しているのかと思ったが、相手の声が全く聞こえないので、思わず振り向いて見ると、女は一人すわって空気相手に口論していた。最近は補聴器のようなものを耳につけて電話している人もいるが、この女性の場合は赤っぽい黄色の髪の毛は怒りの渦のように上方に向かって渦巻いて、耳をむきだしにしている。その耳のかたちは多少変わっていたが、イヤホーンの類《たぐい》は見えなかった。頬が怒りに染まってピンク色になっていた。

おそらくアメリカに住んでいる人なのだろうと思わせるような英語にドイツ語がご

ろごろと混ざり込む。女はとにかく怒っている。わたしは自分が叱《しか》られたように首をひっこめた。棒か何かで殴られるのではないかとさえ思わせる勢いだ。しかし彼女の憎悪《ぞうお》の対象は人間ではなく、なんとドイツ語文法だった。「ステューピッド・グラマー！　電車は男ですか、女ですか。ばっかじゃないの？　どうして名詞に性があるの？　もしあるなら、あたしの性はどうなるの？　あたしはね、ドイツ語を話す義務なんか全くない。だから話しませんよ。確かに文法基礎を勉強してますよ。基礎っていうもの自体に興味があるんでね。でもドイツ語に興味があるわけじゃない。ふざけんじゃないよ。」わたしは思わずかっとして、「性を失った英語の方がよっぽどステューピッドでしょ」と言い返してやりたくなった。そして、そのような攻撃性が自分の中にあることに驚いた。英語に対する恨みは全くない。無防備でいる時に思いがけない場所を傷つけられたことへの発作的反応だったのかもしれない。この小さな出来事は絶対あの人に報告しなければと思う。

地下鉄に乗り換えて、ローザ・ルクセンブルク広場駅で降りて外に出ると、やっと自分のリズムで呼吸でき、息苦しさが消えた。春の甘酸《あまず》っぱい香りが時々、ひんやりと冷たい風にかきまわされ、明るいだけで軽すぎる光が若葉や木の芽をチラチラめくるので目眩《めまい》がしてくる。通り過ぎる人たちがみなウスバカゲロウのように透き通って見えた。「フォルクスビューネ」を「人民舞台」と訳すと、妙にものものしいが、要《よう》塞《さい》のような灰色のコンクリートの巨大な建物には似合っている。それと比べると小さく見えるバビロン映画館の前を通って、ローザ・ルクセンブルク通りに入るとまず、例の帽子屋があったのだが、その先には、人間をつめこんだ大きな袋を五つ並べて福袋のようにして売っている店があった。あけてみてのお楽しみ。袋の中の人間はあなたのものです。人身売買。袋の前には、マットレスが二枚敷いてあった。縫い目が快いリズムを刻んで、控えめな植物模様の布地はヨットの帆のように丈夫そうで、精神的にも張りきっているように見える。人間なんかよりもマットレスの方が肉感的に夜の弾力を楽しんでいるのかもしれない。その時わたしはやっと理解した。あの袋の中に入っているのはゴミでも人間でもなくマットレスの詰め物で、客が自分で材料を選んでマットレスをつくってもらう、そういう趣向の店なのだ、きっと。

いつの日か特注が既製品より安くなる日がくるだろう。既製品を大量生産していた会社の幹部は、売れ残った自分の会社のマットレスの下敷きになって、ぜいぜい息を吐きながら、唇の端から後悔の涎《よだれ》を垂らすかもしれない。服、帽子、蒲団《ふとん》を縫うことのできる人たちが社会の上に立つようになるだろう。

歩道を歩いていて、向こう側の方が楽しそうに見えて何度も車道を渡ってしまうことがある。実際、あちら側の方が喫茶店の数も多い。長い冬の間簞笥《たんす》の奥の暗闇で眠っていた夏服たちで華やいでいる外席のテーブル。あんな喫茶店でコーヒーを飲んでもよかったのだ。でもわたしの目はすでに次の店に惹きつけられていた。変わった家具を売っている。月に移住した人が使う家具なのかもしれない。月には重力がほとんどないので、机の引き出しにも簞笥の扉にも鉤《かぎ》がついている。そうしなければ勝手に開いてしまうのだろう。すでに月に移住した人がどのくらいいるのか知らないが、ひょっとしたら月でもすでに植林が始まっているのかもしれない。この木は月面で育ったに違いない。木目が脳波のように波打っている。重力がないので樹木がどちらに成長していいのか揺れ迷っている。重力のない生活はどこでどう踏ん張っていいのか分からないので人間だってやりにくいだろう。もし引力がなかったら、わたしは散歩などやめて、旅をするのもやめて、自分の部屋に引きこもってしまうかもしれない。同じ場所に留まっている人間は、自分の足首に足枷《あしかせ》がはめられていることに気づくことがない。これはローザが残した言葉だ。

それにしても、こんなに面白い家具が誰かに買われてしまうのは残念だという気がする。ショーウインドウに飾られている限り、美術館に展示されたオブジェと同じで、誰でも眺めることができるが、誰かに買われてしまったら室内に閉じ込められて、所有者の自己満足の埃《ほこり》をかぶってしまう。あるいは遺産という化け物になって、孫の肩にのしかかることになるかもしれない。

それにしてもこの界隈《かいわい》で売られている物の値段は容赦ない。このような値段の帽子や家具を買う人たちが昔からこの地区に住んでいたわけではない。百年前はむしろ貧困、犯罪、売春で名を知られていた。ベルリンの壁が取り除かれてから急にお洒落な店が増えたが、お洒落と言ってもブランド物は避けているし、精魂詰めて作り上げた作品を売る店の隣に着色料でえげつない色に染まった清涼飲料や駄菓子や週刊誌を廉《れん》価《か》で売る店があったりする。雑多性に魅力がある。

アーチストの作った文房具を売っている店のすぐ先には、中古のコーヒー沸かしやポットなどが雑然と並べてある店があった。お金はあまりないけれどこれから小さな喫茶店を開きたいという人はここでとりあえず必要な道具を買い揃《そろ》えればいい。そうだ、小さな喫茶店を開きたい人というのは、もしかしたら、わたしのことではないか。人が集まってきて話をしたり、コーヒーを飲みながら本を読んでいたりする穴倉みたいな喫茶店を開きたい。中古というのはいいものだ。時間が沈殿して、表面がくすんでいる。前にその道具を使っていた人の癖が残っている。真新しい製品と違って、同業者のにおいがしみついている。

わたしは時計を見た。五時半だった。目的を持たず、時間を気にせずに町を歩くつもりだったが、本当は六時からバビロン映画館で観たい映画があった。このまま観ないで家に帰ってしまってもよかった。そうすれば、わたしがその映画を観ようかなと思っていたという事実さえも痕跡《こんせき》を残さず消えてしまう。せめてあの人に電話して、これから映画を観ようか迷っていると話そうか。そうすれば、わたしの迷いにも一人証人ができる。

まだ三十分ある。通りの向かいにはいくつも喫茶店があるが、店の前に並べられたテーブルはどれも満員で、腕と腿《もも》を出した春らしい若い男女がぎっしりすわっているので気が引ける。するとわたしの歩いている側にも喫茶店があった。よく見ると「ヴィーガン」と書いてある。誰も客が入っていない。菜食主義者が眼鏡をかけた人くらい普通になった最近、ヴィーガン主義者もめずらしくない。今この喫茶店に客が入っていないのは、ケーキに卵もバターも入っていないという理由からではないだろう。むしろその黒い大きな犬に原因があったのではないか。店の入り口の閾《しきい》に腹をすりつけるようにして大きな黒い犬が横たわっていた。つぶらな瞳《ひとみ》でわたしを見上げ、億劫《おっくう》そうにばったんばったんと二度尻尾《しっぽ》を振る。危険そうには見えないが、こんなに大きな犬が入り口をふさいでいるのでは客は入りにくいだろう。店の人が何も言わないのが不思議でもある。店に入りたい者は犬を跨《また》げ、ということだ。犬に微笑《ほほえ》みかけてみると、また尻尾を振った。目をぴったり合わせたまま急に足をあげたら、わざと踏みつけようとしているのかと誤解されるかもしれないので、目をそらしてから足を持ち上げた。この店は閾が高いのではなく閾が犬なのだ。わたしに跨がれても犬は全く平気だった。

いろいろなところから集めてきたのか、一つとして同じ椅子《いす》がなかった。それが十人がけの大きな真ん中のテーブルと、脇《わき》の二人用テーブルのまわりに雑然と並べてある。わたしは後者を選んで腰を下ろしてから、それぞれの椅子がどこから来たのか思い浮かべてみようとした。学校、図書館、事務所、ひょっとしたら去年までは画家のアトリエに置かれていたのかもしれない椅子もある。店の奥にはカップケーキを数個並べたケースとレジがあった。エプロンで手を拭《ふ》きながら近づいてきた主人は洗濯板のように痩《や》せていて、脂肪がついていない腹のまわりで薄いTシャツが身体の動きに合わせて波打っていた。「お待ち合わせですか」と訊《き》かれた気がして、はっと気分が晴れた。待ち合わせこそがわたしの望むところだ。でもそれは無理だったのだ。わたしがここにいることは誰も知らない。携帯電話であの人にここにいることを知らせてもいいのだけれど、もう何ヶ月も電源を切ったままの携帯電話がまだ鞄《かばん》の中に入っているのか、いないのかさえ分からない。ふりかえると店の入口に寝ていた犬の姿はいつの間にか消えていた。

「あれ、犬がいなくなっていますね」と言うと、店の主人は「犬って?」と不思議そうに尋ねた。「さっき、入口に寝そべっていたでしょう。」「黒いプードルですか。」「黒い犬ではあったけれど、プードルですかね。とても身体が大きくて。」主人は犬の話にはそれ以上関心が持てないようで、新しく入手したハーブ茶の紹介を始めた。話がずるずる長びいて面倒くさいので、知らない名前のお茶を適当に頼んだ。注文してしまってから、「身体を清めるお茶です」と言われてどきっとした。毒を出した後、わたしの元に何が残るのか。

毒を体外に出すという仰々しい前宣伝のわりにはあっさりしたお茶を飲んで店を出て、バビロン映画館に入った。去年の夏にハンガリー人の翻訳家といっしょに来たのが最後だ。彼はまだブダペストに住んでいた冷戦中に東ベルリンの出版社を訪ねた際この映画館に入った思い出があり、懐《なつ》かしいからまた行きたいと言い出したので、何を上映しているのか分からないままチケットを買って二人で中に入った。狭い階段をくねくね上がっていかないと小ホールにはつかない。外壁も内装も飾りのない一見禁欲的なつくりだが、なぜか生き物のような温《ぬく》もりが伝わってきて、ちょっと不気味でもある。小ホールは当時とほとんど変わっていない、と、壁を愛《いと》おしそうに撫でながら翻訳家が言った。階段も壁も座席も傾いて感じられる。照明も夢の中にしか出てこない黄昏《たそがれ》のようで、もう死んでしまっているはずの東独の作家が一番後ろの席にすわってにやにやしていても不思議はない。映画を観終わって外に出たら、まだ冷戦が終わってないかもしれない。

その時観た映画は、現在のドイツの平均的な刑務所を映した地味なドキュメンタリー映画で、まだ午後の早い時間だったせいか、わたしたちの他には二、三人しか観客がいなかった。映画の中で最初にインタビューを受けていたのは眼鏡をかけたどこにでもいそうな青年だった。人を殺したそうだがそれについてはくわしいことは語らない。終身刑といっても今の時代、十五年くらいで出獄できるだろう。彼の入っている「独房」には花模様のカーテンがかけてあり、木でできた書き物机と椅子とベッドがある。棚には高校時代、友達と旅行した時に買ったというギリシャのおみやげが飾ってある。トイレとシャワーも付いている。身につけているのはどこにでもあるブルーのワイシャツとジーパンで、昔の映画に出て来るような縞々《しましま》の囚人服など着ていない。朝六時起床、体操、朝食、作業、昼食、学習、スポーツ、夕食と日課が決められていて、生活内容はわたしの場合とほとんど違わない。夜の自由時間には、団欒室《だんらんしつ》で他の囚人たちといっしょにテレビを観てもいいが、十時には独房にもどらなければいけない。これが監獄生活なら何も嫌なことはないのではないか、というインタビュアの質問に答えて青年は、「外へ出たくてしかたないんです」と語った。「自由」という言葉も使った。ところが「外へ出たらまず何をしたいですか」と訊かれると、青年は黙ってしまった。女の子と寝たい、という答えを予想していたわたしは肩すかしを食らった。もしかしたら麻薬が吸いたいと言いたかったけれど非合法なので黙ってしまったのかもしれないし、インターネットが見たいと言おうとして自分の夢のちっぽけさに絶望して口をつぐんだのかもしれない。

場面変わって女性専用の刑務所。就学前の子供がいる囚人は子供といっしょに暮らせるようになっていて独房はなく、女性が数人ずつ組になって暮らしている。逃走の危険がほとんどないので、窓には形ばかりの格子《こうし》が付いているもののセキュリティーにはほとんどお金をかけていないそうだ。女性たちは、料理も子供の世話も手分けして行う。囚人なので自分で買い物に行かなくていいし、仕事にも行かないでいい。別れた夫が酔って一文無しでころがりこんでくる危険もない。お金に困っている時にサラ金に引っかかったり、覚醒剤《かくせいざい》を売る仕事をしないかと誘われたりする心配もない。外の世界と比べたら極楽である。「出獄の日が待ち遠しいですか」と訊かれた女は首をゆっくり横に振り、「出獄した後、一人でやっていけるか不安です」と答えた。仕事は見つかるのか、自分が働いている間、誰が子供の面倒をみるのかなど心配の種は尽きない。「こんなことなら刑務所の外に人間的な刑務所をつくって、犯罪が起きる前からみんなをそこに入れておいた方がいいのに」とわたしが冗談を言うと、翻訳家は真面目《まじめ》な顔で「その刑務所って、東ドイツのこと？」と訊き返した。

そんな会話を思い出しながらチケットを買って、映画館の大ホールに入った。建物のあらゆるところに「フィルムポルスカ」の文字が見える。ポーランド映画祭は始まってちょうど十年目になると誰かが言っていたが、それにしては十年記念などの仰々しい文字は見えなかった。わたしは、催し物の洪水のようなこの町で小さな映画祭を見逃さなかったことを幸運に感じていた。でも、そのためにわざわざ「バビロン」に来たわけではなく、偶然通りがかったら映画をやっていた、という気分で映画館に入りたかった。偶然手に入るものは幸福を感じさせてくれる。苦労して千ユーロ稼ぐよりも宝くじを買って、あるいはルーレットで勝って千ユーロ手に入る方が幸福感は得られる。都市の鼓動がわたしたちを揺すぶり続け、賭博者《とばくしゃ》に変えていく。

「偶然」という言葉をすぐに「幸運」と結びつけて考えてしまうのは、わたしが偶然そういう時代にそういう国に生まれその恩恵にあずかってきたからかもしれない。ありがたく思いなさい。そのことに感謝したいと思ったが、感謝すべき神はあたりに見あたらなかった。

入場料は八ユーロ。東ヨーロッパにしてはちょっと高いという気がしたが、ここは東ヨーロッパではない。ベルリンだ。ではベルリンは西ヨーロッパかと訊かれると分からない。ヨーロッパ共同体というものがあるのだから、全部がただ単にヨーロッパなのであって、東も西もない。ポーランドの東はヨーロッパではない。と言う人もいる。あるいは、ロシアが東ヨーロッパで、その西は西ヨーロッパではなく、ヨーロッパである。と言う人もいる。

大ホールにはまだ数人しか客が入っていない。舞台脇では会計係のようなスーツを着て眼鏡をかけた女性がピアノを弾いていた。まるで無声映画に伴奏をつけているかのように聞こえるが、スクリーンは幕の向こうに隠れたままだった。そう言えば、「0時に0ユーロ」というチラシが入り口に置いてあった。深夜に無料でナマのピアノ伴奏付きで無声映画をやっている。この女性も深夜ここでピアノを弾いているのかもしれない。

前から三列目に後ろから見るとプーチンそっくりな男がすわっている他に、大きなホールの前半分に人影はなかった。わたしはかなり前の方の席にすわるのが好きなので、プーチンの斜め後ろにすわって、しばらくして何だか彼の様子がおかしいので席を立ち、顔を横から覗《のぞ》き込んで、はっと息をのんだ。それは生身の人間ではなく木でできた人形だった。それにしてもよくできている。ホールが暗くなって、観客がスクリーンから発せられる光にうっすら照らし出されると、人形はますます生きた人間のように見えてきた。分かっていても何度もそちらを見て確認せずにはいられない。映画に集中しているつもりでも、プーチンはいつの間にか視界に割り込んでくる。

映画の舞台はワルシャワ。ローザ・ルクセンブルクはこの町でギムナジウムに通った。殺されたのはベルリンだった。この映画の舞台となる時代には、彼女はもうとっくに死んでしまっている。大スクリーンいっぱいにポーランド国営テレビ放送局の背が高くて太ったビルが映し出された。その上方に箱文字が固定されている。文字の連なりは、「ポーランド国営テレビ」を意味するのだろう。「箱文字」というのはわたしがつくった言葉で、大型トランクほどの大きさのある金属でできた立体的な文字のことである。それをビルの屋根に固定して、会社名を空に綴《つづ》る。文字の中にガラス管があり、電気が通ると文字が光って、ネオンサインになる場合もある。

そんな箱文字をワルシャワの上空で一人の労働者が濡《ぬ》れたモップで拭いている。「ポルスカ」の初めの文字「P」の前の面が側面からそっくりはずれそうになっていることに気づくと、労働者は上からモップで叩《たた》いて、元に戻そうとする。一度は元の位置に収まったかのように見えた文字が、すぐにまたはずれそうになる。労働者は舌打ちして、今度は拳骨《げんこつ》で思いっきり上から叩く。カット。同じ建物の何階かにあるスタジオでは、一人の政治家がインタビューに答えて、「自分は何があってもカトリックの教えを信じ続けてきたが、それは間違っていなかったと思う」と発言し、局の外に出る。するとその瞬間、天からPの文字が落ちてきて、政治家の顔を直撃する。「神よ」という叫び声。

もしも文字が落ちてくるのが五秒遅かったら、あるいは男が建物から出て来るのが五秒遅かったら、たとえ一秒でも遅かったら、怪我《けが》は軽くてすんだかもしれない。顔を失った男は病院に運び込まれる。苦難をくぐり抜けなければならなくなっても、そこから得るものがあればいいとわたしなどは考えてしまう。ところが、この政治家の人生は意味のない残忍な偶然の連続だった。自分の願いや意志が反映されたことなど一度もない。

こんなシーンもあった。ヤンの住んでいるアパートの中に反政府地下組織の巣があるのを発見した秘密警察が中に押し入ってメンバーを逮捕する。アパートを訪ねてくる他のメンバーもいっしょに逮捕しようと秘密警察は中で待ち伏せしている。「何か御用ですか」と訊かれて「塩を切らしてしまって」と答えるのがこの地下組織の合い言葉だった。そうとは知らないヤンは、夕食の準備をしている母親に「塩を切らしてしまったから、お隣さんのところで借りてきて」と頼まれ、隣人のドアのブザーを押す。「何か御用ですか。」「塩を切らしてしまって。」そう答えた途端、中から秘密警察が飛び出してきてヤンを逮捕してしまう。「本当に塩を借りようと思ったんです」という真実も、出来の悪い言い逃れにしか聞こえない。しかしヤンはレジスタンスの星として出世していく。わたしの唇は時々笑うかたちに歪《ゆが》んだが、笑いの息は喉元《のどもと》でつかえてしまった。背後から他の観客たちの屈託ない笑い声が聞こえてくる。なかなか笑えないわたしを映画の筋が笑え笑えとけしかける。

ローザにもそんなところがある。とても笑えないような「経済学入門」という題の本の表紙をおそるおそる初めてめくった時、ローザは笑え笑えのリズムでからかい半分に楽しみながら語り始めたのだ。わたしなりに真似《まね》してみると、こんな具合である。輸出入を語らずに経済は語れないはずなのになぜ一国の経済を扱う「国民経済学」などという奇妙な学問が存在するのか？　答えは簡単、国民経済学という科が大学にあり、それがなくなったら教授が失業してしまうからである。それなら国民経済学とは何ぞや？　それは国民の経済である、とお偉い学者さんたちが説明してくれる。ちょうど子供に「荷驢馬《にろば》って何」と訊かれて「荷を運ぶ驢馬のこと」と答えるように。でもそんな説明を聞いてもちっとも勉強にならない。

ローザは、目の前に立ちふさがる権威や論敵をこれからやっつけようという時に、豊かな言葉がどんどん溢《あふ》れてくる。怖《お》じ気《け》づいて縮こまり、不安から苦素真面目《くそまじめ》になるのではなく、身体をほぐし、微笑みを浮かべ、溢れ出るユーモアの温泉にみなさんどうぞ入ってくださいと誘っているのだ。

また別の日、わたしは用もないのに地下鉄に乗って、バビロンに戻ってきていた。隣に広がるローザ・ルクセンブルク広場の真ん中にどっしりと腰を据えた人民舞台の前の芝生では老若男女がそこに寝そべって本を読んだり、あぐらをかいてサンドイッチを食べたりしていた。広場のまわりを走る歩道にはところどころ、リボンのように文章が置かれている。置かれているというより埋め込まれている。どれもローザ・ルクセンブルクが書いたものだ。他に読んでいる人がいないので気恥ずかしいが、こっそり横目で読むわけにはいかない。一行がとても長いので、行に沿ってじりじりと歩を進め、おろおろと二行目の頭に戻るしか読みようがない。しかも、テキストは通りに対して斜めに配置されているので、通行人の流れに対して斜めに身を置くことになる。仕事から帰って買いものに行く人、ジムに行く人、食事に行く人、そんな人たちがお金を動かしながら一つの大きな経済運河になって流れていく。立ち止まって歩道に刺青《しせい》された文章を読もうとしている極道のわたしに通行人が次々ぶつかり、流れが乱れる。わたしが最初に読むことになった文章の中でローザが批判している相手はベルンシュタインという名前。資本主義のにがい海に白ワインを一滴注ぐだけで社会主義の甘い海に変貌《へんぼう》するとベルンシュタインが思っているのは舌音痴だ、とローザは言いたいのだ、とわたしは勝手に理解したが、なにしろ半分以上が工事現場の木の板の下敷きになって読めないので、そこは想像で補うしかない。少し向こうに、マルクスの名が見えた。マルクスの仕事を完成されたものと捉《とら》えるのではなく、あくまで刺激として……その先は車道に書いてあるので車道に降りて読み続けようとすると、近づいてきた自動車が急ブレーキをかけてとまった。歩道と車道に対して文章が斜めに置かれているせいで一瞬逃げる方向が分からなくなって脚がもつれた。危険と遭遇するとますます活性化したというローザの精神に見習いたいところだが、わたしは車に轢《ひ》かれそうになっただけで精神が縮んでしまった。まして拷問《ごうもん》にでもかけられたら思考が停止してしまうかもしれない。

ドイツ、イタリア、バルカン半島において、戦争は勝っても負けても資本主義を発達させた。つまり、とわたしは勝手に自分の考えを付け加える。戦争なしでは低迷してしまうシステムは最初から間違っている。その時、二メートルはありそうな大男が携帯電話を耳に押しつけて夢中でしゃべりながら足早に近づいてきて、わたしにぶつかった。男はよろけて転びそうになったが、わたしの方はびくともしなかった。すみません、と謝ったが聞こえなかったのか、男は足早に去って行った。わたしはあきらかに通行人の邪魔になっていた。もしも渋谷のスクランブル交差点で信号が青になった瞬間に五十人くらいが道路の真ん中に出てそれぞれ勝手な速さでローザ・ルクセンブルクの「社会民主主義の危機」を朗読したら痛快だろう。通行人たちはどちらへ進んだらいいのか分からなくなってしまうかもしれない。ストライキだって迷惑だから効果があるのだ。迷惑をかけるというのがすばらしいことのように思えてきた。ローザの文章を歩道に植え付けた人はわざと、公園の中に垂直に立つ記念碑ではなく、人の流れをかき乱すように文字を歩道に置いたのだろう。そしてわたしは幸いにもその罠《わな》にかかって、文字動物のように歩道をうろうろ彷徨《さまよ》い、夜の仕事に向かう人々、昼の仕事から帰る人々、買いものする人々の経済の流れをほんの少しだがかき乱している。

歩道は知で赤く濡れていた。ブルジョア社会は名誉を失い、汚いものをぽたぽた身体から垂らしながら血の池の中を歩いている、と書いてある。ブルジョアはお洒落してお行儀よく文化、哲学、倫理、平和、法治国家の担《にな》い手を演じるのをやめた時、はじめて本来の姿をあらわす貪欲《どんよく》な獣、無政府主義の魔女の集会、文化と人間性に吹きかけられるペストの息だ、と書いてある。そして魔女の集会のただ中で、世界史的カタストロフィが起こる、そこに社会民主主義の危機がある。すべてローザの言葉である。

まだ時間はある。時間は死ぬ瞬間まである。この間来た時はポーランド映画を観たけれど、今日は人民舞台でフランク・カストルフが演出したドストエフスキーの「賭博者」をやっていて、初演からもう数年たっているけれどこれまでいつも観逃してしまったので今日こそ観たいと地下鉄の中では思っていたが、なんだか観劇さえもショッピングとほとんど変わらない消費活動に見えてきた。このまま暗くなるまでローザ・ルクセンブルクを読み続けながら、通りをうろうろしていた方がいいのではないか。きっと誰かが声をかけてくるだろう。実はローザ・ルクセンブルクの全集を持っているんです、いっしょにうちに来て読みませんか、という誘いかもしれない。あるいは一ユーロ恵んでくれないかと訊かれるだけかもしれない。声をかけてくるのは、きっとわたしが捜している人ではない。公共の空間に身をさらし続けることに疲れてきた。しめった悲しさが背後に迫ってくる。閉じられた空間、守られた暖かい場所に潜り込みたい。あの人のところへ行って、居間の隅のソファーに身をまるめて、時々風で動くカーテンに頬を撫でられながら、カップで手の平を温めるようにしてお茶を飲んでいるところを想像してみる。

人民舞台の前面には「賭博者」と書かれた巨大な幕が張ってあった。わたしは息苦しくなって、ドストエフスキーから逃れるようにテレビ塔の方へ歩き始めた。アレクサンダー広場に立つテレビ塔には、昔の絵本に出てくる宇宙人のような愛嬌《あいきょう》がある。未来都市にはこういう塔が建っているのだろうと夢想した六十年代。そのころ思い描いた未来は、宇宙飛行士という言葉と同じくらいのんびりしている。それに比べてそこから更に百年遡《さかのぼ》ったドストエフスキーの賭博者は、今の時代の中心を突き刺してみせようと待ち構えている。わたしたちはみごとに突き刺されるに違いない。

市内電車がプラタナスのてっぺんと同じ高さを走っていく。そこまで来るともうハッケッシャーホーフェあたりの観光客のざわめきがかすかに聞こえてくる。わたしはそちらへ行く気分ではなかった。他に行くところもない。降参してドストエフスキーのもとへ戻っていった。

気がつくと人民舞台の中にいた。最前列の席だった。借金に追い詰められた人たち、遺産目当てに早く死ねばいいとみんなが思っているけれど全く死にそうにない老女、借金から人を救うために賭博をする青年などが次々舞台の上にあらわれた。追い詰められた兎《うさぎ》や鹿《しか》は人の心をしめつける、ひきつける。それをエロスと呼んでしまうことに吐き気を感じる。傷を負った人、借金を負った人、罪を負った人を見て、草冠のついた心の芯《しん》をぶるぶる揺すぶられ、その人を助けるためなら我が身を危険の谷に投じてもいいとまで思ってしまう。そういう装置が心にはめ込まれている人がいる。子供の時に馬のように殴られた記憶がどこかに残っているからかもしれない。倒れた馬を狂ったように鞭《むち》で撃ち続ける御者は、馬の目には犯罪人ではなく運命のように見えるだろう。生き残れても過去は変えられない。変えられない過去を耐え抜くために、他人を助ける事業にのめりこみ、助けるだけでなく自分自身を虐待《ぎゃくたい》させたりする。この若い男がそうだ。アレクセイ。騙《だま》されている、利用されていると分かっても、逃げる動機が欠けている。自分の方が死ぬかもしれない賭《か》けなので、そんな時に出てくるある液体が体内を狂ったように駆け巡り、ますます高揚して、手脚が痙攣《けいれん》し、アレクセイは、椅子の上から窓枠に飛び移った。狐《きつね》が憑《つ》いて、重力の法則を飛び越えている。彼をとりまく複数の女性たち。べっとり甘い香水の香り。磨き上げられたきめのこまかい肌、きらびやかな衣装。追い詰められた女王とそれを助けようとする従僕の間には残忍なほどの親密さが生まれる。一人が何か言うと、もう一人が血を流す、それほどの親密さ、距離の喪失、それをエロスと呼んでしまうことに吐き気を感じる。嘘でもつかなければ自分だけの場所がなくなってしまうほどの狭さ。肺を縄で縛り上げ、呼吸までも節約しなければならない。借金を返せば問題は解決しそうなのに、緊張が解けるとぐったりして、返そうという気持ちなど塵《ちり》となって宙に消えてしまった。絶望に酔っている。これが幸福。幸福という言葉が信用できないのも当然。六十年代風にエレキギターを掻《か》き鳴らし、煙草《たばこ》の煙、蒸留酒、ラメの簾《すだれ》にスポットライトが当たり、廻り舞台が頭の中で回転し始める。これは西側社会の快楽の戯画、ちょうどわたしが描いていたのんびりした未来都市みたいに懐かしくて、滑稽《こっけい》で、血圧が上がっていくのが分かっても、心を人質にとられているので、そんな幸福から身を引き離すことができない。ああ、外に出たい。なんだかまわりにすわっている人たちが、それどころか劇場の外にいる人たちもみんな借金に追い詰められ、服を脱いで我が身を鞭打たせ、高揚感に溺《おぼ》れ、目をとじて生きているような気がして、ぞくぞくしてきた。寒気がするのか興奮しているのか、自分でも区別がつかない。劇場の外に出るにはどうすればいいのだろう。外に出たら、冷戦は終わっているだろうか。日は暮れているだろうか。

プーシキン並木通り

トレップタウアー公園駅で環状線を降りると、熱気と湿り気が一気に引いて、さわやかな外気に包まれた。駅の外に出るとキオスクがあって、男たちがビールを飲んでいた。庭に植える草木を売る大きな店の入り口に吸い込まれていく人たちもいた。ところが高架の下をくぐって一人になると大変なことに気がついた。身体《からだ》が幼児のサイズに縮んでしまっている。身体が小さいというだけで高架の下をくぐり抜ける時に背後から何かが襲ってきそうで不安で、トンネルの外に出れば出たで、このまま誰も手を引いてくれる人のいないまま歩いていけるのか分からない。でも、わたしはもう子供ではないのだし、子供の頃にも戦争なんてなかった、とそんなことを自分に言ってきかせると、少し落ち着いてきた。あたりには家も郵便ポストも道路標識もなく、プラタナスが道の両脇《りょうわき》にどこまでも並んでいるだけだ。その樹木の背丈があまりにも高くて、他に比べるものがないので、自分の背が縮んでしまったように見えただけだ。わたしは不思議の国のアリスではない。

プラタナスの幹は白っぽく、すべすべしていそうなので触ってみたい気もするが、どこかよそよそしく、なかなか触る決心がつかない。明るい灰色と暗い灰色がパズルのピースのように入り乱れるまだら模様。こういうデザインの軍服をお土産屋で売っていたような気がする。

幹ばかりで、葉っぱがまったく視界に入ってこないので顎《あご》をぐっと急角度に持ち上げると、ジュースにして絞りたくなるくらい青々とした葉っぱが頭上の空をおおっていた。ひらひら風にはためきながら、あんなに太陽に近い場所で太陽の光を吸収し、幹に届けている。葉っぱはふさふさと重なって繁《しげ》っているけれど、一枚一枚は透けて見えるくらい薄い。

プラタナスの列は、遠近法の法則に従ってわたしの目から遠くなるに従って小さくなりながら消失点に向かう。わたしは、こちらに合わせてサイズを調節してくれる風景に甘えて生きているので、いつの間にか自分が一番大きいように錯覚してしまったのではないかと思う。いつも一番手前にいるから大きく見えるだけで、わたしは大きくなんかない。手前にいるというのは、わたしから見て「手前」にいるだけで、それは見ている主体がわたしである以上、当たり前のことで、それならわたしはどこにいるのかということになると、消失点から計算していって樹木が少しずつ大きくなっていって一番大きくなっているところ、そこにわたしがいるという全く頼りない定義しか出てこない。

こんなに立派な並木道は、美術館にかかった油絵の中にしかないものと思っていた。馬車に乗った皇帝が通らなければ様にならない。通過するベンツが樹木に比べると小さすぎて玩具《おもちゃ》のように見える。ドイツにはもう皇帝など存在しないのに、「気をつけ」の姿勢を保ち続ける青ざめた樹木の兵隊たちは一体誰を待っているのか訊《き》いてみたい。皇帝がいなくなった時代にオープンカーに乗って国民に手を振りながらこの道を通るのはタレント気分の独裁者くらいなものだろう。

どの幹もかすかに道路の中心に向かって曲がっている。中には折れそうなほど前屈《まえかが》みになっている樹《き》も数本ある。彼らは道端で吐き気をこらえている酔っぱらいのように見えないこともない。プラタナスが吐《と》いたら、消化しきれなかった昆虫の羽の混ざったどろどろした緑っぽい黄土色の吐瀉物《しゃぶつ》がちょうど下を通りかかったベンツの黒光りする屋根にばしゃっと落ちるだろう。

半ズボンから毛深い脚をのぞかせた父親とヘルメットをかぶって小さな自転車に乗

った五、六歳の女の子が歩道と車道の間につくられた幅の広い自転車道を走り過ぎていく。父親がふりかえる度に女の子は胸を張ってみせる。小さいのにかなりのスピードでペダルをこいでいる。薄いブルーの木綿のワンピースの襞《ひだ》が太股《ふともも》の辺りでひらひら泳いでいる。夏休み。そう思った途端、うだるような暑さが記憶の中でわたしを再び小学生のサイズに引き戻してしまった。ここはもうベルリンではなく、北多摩のある小学校の校庭の花壇。わたしは自分より少し背の高いヒマワリの花に手を伸ばし、ぎっしり身を寄せ合った種と種の間に爪《つめ》を差し込んで取り出しては、ショートパンツのポケットに集めていた。ポケットの中に手を入れる度に内側の縫い目からほどけた糸の端が汗ばんだ指先に絡《から》みついた。ヒマワリの種は家に帰ってからハムスターにやるつもりだったが、集めながら時々種のへりを奥歯で噛《か》んで開けて、細長くて灰色がかった中味を噛みしめた。家に帰ると「終戦記念日」という言葉がテレビの中から聞こえてきた。平和な時代に生まれ育ったつもりでいたけれど、わたしが生まれた時は終戦からまだ十五年しかたっていなかったのだ。もしも戦争中に生まれてしまったらと考えただけで寒気がする。恐《こわ》いのは爆弾ではなく、憲兵だった。「負けることが分かっている戦争を続けた政府は、死んでいく人たちのことを暖炉の火にくべる薪《まき》くらいにしか思っていないんですよね」と喫茶店で話していたことを告げ口されて、その夜ナチスの憲兵が家に来てわたしを逮捕し、おや、憲兵の顔はどう見ても日本人。まさか。だって、ここベルリンでしょう。わたしは安全地帯にいるつもりだったのに自信がなくなってきて、黄色に助けを求めるようにタンポポを見つけると、まわりのアザミが対抗意識を燃やして鮮やかな紫色に輝き始めた。自分が立ち止まっていることに気がついて、また歩き出す。プラタナスが投げかける格子状《こうしじょう》の影の中に一歩身体を踏み入れると涼しさに包まれ、次の一歩で影の外に出ると、乾いた太陽が頬骨をじりっと焼く。

並木道の両側にはサッカー・コートよりひとまわり広い芝生が広がっていた。右手の芝生の奥にベルリンという名前の女の子がいるはずだったが、林に隠れていて今の位置からは見えなかった。広い公園を見ると気持ちが晴れ晴れして次の瞬間ひやっとする。町というのはでき始めたらどんどん家で埋め尽くされていってしまうのが普通で、ところどころには見放された荒れ果てた空き地が鉄条網で囲われていることはあっても、こんな風に誰の所有物でもない土地がきれいに芝生で覆《おお》われていることはない。何か下に埋まっているのではないか。もともとは国境地帯だったところに芝生を植えて公園にすることもある。とすると、芝生の下の土は、国境を越えようとして撃たれた人たちの血が。とそこまで考えて、思い直した。そんなはずはない。東と西を分断する死の線は少し離れた川沿いに走っていて、記念公園は完全に東に属していたはずだった。

芝生に寝転んで空を眺めている人、ヨガの練習なのか、両手をついて額を地面に押しつけてお尻《しり》を天に向けている人。お互いの背中にもたれあって本を読んでいる二人連れは、横から見るとXの字になっていた。騒いでいる団体は見あたらない。一人になりたい人たち、二人っきりになりたい人たちの集まってくる場所なのだろう。

わたしもあの人を誘って、二人でここに来たかった。断られることは初めから分かっていたので誘ってみることさえしなかったけれど。あの人はこんな東には来たがらないだろう。公園の芝生ならば東独でも西独でも同じかと言えば、区別のつきにくい芝生だからこそ公園の名前が問題になる。それだけではなく、芝生に着くまでが問題だ。この辺はあまりにも冷戦時の雰囲気が残っている。

並木道の左側にあらわれた赤と黄色の花壇、噴水は、なんだかなつかしい。こんな公園がソ連の絵葉書によく印刷されていた。七十年代の印刷物の淡い青色、べったりした黄色とくすんだ赤が、今ある風景の上にかぶさって見えた。社会主義政権下だからと言って草花の色が違っていたはずはないけれど、印刷物の色合いは確実に違っていた。そして統一後もかつての色合いが植物の表面に宿る瞬間がある。

突然強い風が吹き始め、地平線あたりに身を潜めていた黒い雲を上空に吹きやり、みるみるうちに太陽を覆い隠した。気がつくと、芝生からは人影が消えていて、自転車で通り過ぎる人もいないし、歩行者もいない。噴水とは道路を挟んで向かい側に記念公園の正門があった。記念公園の中に入っても雨宿りする屋根はないだろうが、道の真ん中でにわか雨に濡《ぬ》れて立ち尽くすよりは、少女に会ってから雨に濡れた方がみじめさが少しは減るような気がして足を速めた。

門の中に入ると、カーキ色の軍服を着た兵隊たちが前方から歩いて来た。今にも降りそうな夕立を気にする様子もなく、二、三人ずつかたまって、楽しそうに話しながらこちらに向かって大股《おおまた》で歩いてくる。記念碑の見学を終えて戻るところなのだろう。言葉が聞き取れるところまで距離が近づくと、アメリカ兵だと分かった。わたしはひどく緊張した。一度にこれだけたくさんのアメリカ兵を見たことはなかった。あるとしたら映画かテレビの中の話で、時代も今ではなく、わたしもこのわたしではなく、どこかの国の、たとえば沖縄の、あるいは韓国の、あるいはベトナムの民間人の目からアメリカ兵を見ていた。緊張しない方がおかしい。今、西暦何年ですか、と急に訊かれたら、二千を超える数字を口にすることに抵抗を感じてしまうかもしれない。ここは何という町ですか、と訊かれたら、アジアから遠く離れた町にいることが作り事のように思えてしまうかもしれない。自分のいる場所が、揺れ動いて、溶けて、曖昧《あいまい》になっていく。ひきつっては崩れ、ほてっては冷えて固まる気持ちを隠して、無表情のまま同じテンポで、視線を遠方に固定して歩いていく。

記念公園の奥からはまだまだ兵隊たちが出てくる。どうやらかなり大勢で見学に来ているようだ。敷地内の樹木は兵隊のように一列に並んで直立不動の姿勢で口を閉ざしているのに、本物の兵隊たちはジグザグに歩いたり、立ち止まったり、話に夢中になって手をふりまわしたりしながら、好きなように歩いていく。なんだか不思議だった。一人も不機嫌そうな顔をしている兵隊はいない。

この公園は、戦死した赤軍兵士たちを弔ったものでもある。歴史家によって意見がまちまちなので正確な数は分からないが、ナチスドイツとの戦いほどたくさんのロシア人が命を落とした戦いは他にはなかったらしい。文字通り、ベルリンに落としていった命。落としものを落とした人に返すわけにはいかなくなった。

死者を弔うためだけに巨大な記念公園を建てるはずがない。弔いだけなら、骨を埋めた場所に一握りの砂をぱらぱらと撒《ま》くだけでも充分なのだから。公園の奥に建つ巨大なロシア兵士の像は、ナチスドイツからベルリンを救ったのがソ連であること、そのためにたくさんのロシア人が命を落としたことをみんなに覚えておいてほしいから建てられたのだ。それなのにベルリンの人たちは、ベルリンを救ったのはアメリカだと思っている。ひょっとしたらイギリスだったかもしれないけれどでも絶対ロシアではない、ロシアはその時から敵だった、と思い込んでいる。

アメリカ兵たちの中には、冷たい笑いを口元に浮かべている人も、怒って顔を赤くしている人も見あたらず、まるで奈良の大仏を見学し終わってこれから食事に向かう中学生のように楽しそうに歩いている。「余裕ですね」と話しかけてみたい。「この記念碑の意味をどうお考えなんですか。」そんな風に兵隊の一人に話しかけて聞いてみたら、けっこう親切に説明してくれたのだろうが、わたしはまだ緊張が解けず、とても口をひらく気にはなれなかった。

前から歩いてくる兵隊が途絶えるとやっと身体のこわばりが取れて楽になったが、そのかわりまた一人になってしまった。たとえばここが海岸ならば、一人っきりでも気持ちがいいだろう。でも人工的につくられた四角い敷地内に自分しか人間がいないと、国家機密が隠されている場所に迷い込んでしまったようで落ち着かない。わたしはスパイではありません、ジャーナリストでもありません、ここはどこですか、全然わからないまま入って、すぐまた出ていくつもりでいる罪のない民間人です。滑稽《こっけい》な言い訳が自分自身の足音に合わせて聞こえてくる。一度立ち止まって幻聴を絶つ。ばかばかしい。国家機密などここにはない。まるでその逆だ。記念碑なのだから、みんなに来てほしいと思って作ったのだろう。

記念公園の中核部は巨大な四角形をしていて、かなり離れたところにある対極には古墳のような小高い丘がある。その上に建つ兵士は、これだけ離れていてもあれだけ背丈があるのだから、ブランデンブルク門の半分くらいの高さはあるだろう。

わたしのすぐ横には、母親の石像がある。頭《こうべ》を垂れ、胸の前で硬く拳骨《げんこつ》を握っている。台座だけでもわたしの背丈くらいあるどっしりした像を見上げて、「息子さん、おなくなりになったんですか、戦場で弾丸に当たって」と話しかけてみるが、石からは何も答えが返ってこない。もしもこの母親の頭がもう少し深く垂れ、身体が支えを失って折れていれば、いさぎよいほど救いのない悲しみがこちらに浸透してきたかもしれない。ところが、こんなことを言っては失礼だけれども、この人にはどこかふてぶてしいところがある。曲がった首の角度がまわりの視線を意識してポーズをとっている角度だし、胸の前でにぎられた拳骨は悲しみに耐えるというよりも、耐えなければいけないという義務感と、耐えていることへの誇りに支えられている。下半身は少しずつ人間であることをやめて、ゆらぐことのない台座と一体になっていく。スカートの襞は国旗のように重々しく誇りに満ちた皺《しわ》を寄せている。「悲しそうにしていらっしゃいますね。」母親の像はぎろりとわたしを睨《にら》んだが何も言わなかった。「実は息子を国にさしだした自分を誇りに思っているとか、そういうような、まさかね」と失礼な言葉が口から出そうになってあわてて呑《の》み込んだが、どうやら聞こえてしまったらしい。石像の目の中で涙がきらりと光った。と思ったが実は大きな雨粒が目に降り込んだのだった。雨粒は涙になってこぼれ落ちることなく、石に吸い込まれて消えていった。石にもそれくらいの吸収力はあるらしい。あんなに硬そうに見えるのに。雨粒たちがばらばらと頬を濡らしていくと、母親像の口のまわりがなまなましくなってきて、眉毛《まゆげ》が吊《つ》り上げられ、そのうち肩で船を漕《こ》ぐようにして重い頭を持ち上げた。随分高いところからわたしを見下ろしている。わたしは恐ろしくなって首をひっこめて固まってしまったが、どういうわけかだんだん腹がたってきて、「あなた、もしかして息子を励まして、戦争に送り出したんじゃないでしょうね」と喧嘩《けんか》を売ったつもりが、頑固な沈黙の壁に額をぶつけてしまった。石なのだから答えがなくても不思議はないはずなのに、相手のだんまりが許せない。それに、もう一つわたしをいらだたせていることがあった。それは次第に激しくなっていく雨が、髪の毛を濡らしてまとわりついて、冷たい手で頭を撫《な》で回すことだった。あまりしつこいので、まるで頭蓋《ずがい》骨《こつ》を触られているような気持ちになってきた。「エゴイスト党が息子さんを無理矢理、兵隊に連れて行ってしまったんでしょう。」わたしは世界を糾弾する高校生の少女に戻っていた。「党員以外の家の息子たちを全員戦場に送ろうとするエゴイスト党を選挙で選んだでしょう。どうしてなんですか。」わたしがいくら雨に濡れた顔で責め立てても無駄だった。息子の死の知らせが届かないくらい身も心も石に変わってしまった母親は、それでも悲しみが押し寄せてくると、うなだれて嘆きのポーズをとってどうにか切り抜けようとするがその度に雨が降り、それも国のためだったと言われながら、永久に固まってしまった方が楽なのだと諦《あきら》めてしまった。

大きな雨粒はまばらになり、やがてそれもやんで、暗い空だけが残った。公園の左右に並んだ十六枚の巨大な墓石は実は墓石ではなく、石でできた絵本だった。両面にレリーフがほどこされていて、側面にはテキストが彫られている。それを読み、絵を見ながら、少しずつ巨大なロシア兵士の像に近づいていくように公園はつくられている。こちら側の八枚がドイツ語で語っていることを、あちら側の八枚はロシア語で語っている。もしかしたらさっきのアメリカ兵たちはテキストが読めなかったから、あんなに機嫌がよかったのかもしれない。

物語はナチスドイツが他の国の領土を奪うために東へ向かい、襲撃を開始したところから始まる。空を飛ぶ軍用機はわざと下手くそに彫ってある。小学生が描いた漫画でもこれよりずっと上手なのではないかと思う。「こういう風に描かれたくないですよね」という声がするので振り返ると、ひょろりと渋谷から出て来たような青年が立っている。青年は手鏡のようなディスプレイ上に写真を呼び出し、それを指さして言った。「ほら、これを見てください。」砂漠を歩くフンコロガシの写真だ、とわたしは咄嗟《とっさ》に理解したが、青年の言葉がそれを打ち消した。「日本にはこんなにすごい戦車があるのかと今世界中が驚いているんです。」「え、それ戦車なんですか。昆虫を戦車と呼ぶ国なんですよね。デパートで鈴虫とか売っていたりするけれど、戦車は一台もない国。いいですよね、そういうのって。」思わずそう言ってしまってから青年の顔を覗《のぞ》き込んだが何の反応もなく、そもそもこんなところに日本から来た観光客がいるのはおかしい。この人は本当にここにいるのか、それとも、とわたしはばたばたと瞬《まばた》きしながら考えた。さらに驚いたことに、青年の顔は実はそれほど若くはなく、見つめれば見つめるほど、三十歳、三十五歳、四十歳、四十五歳と、年齢があがっていくのだった。「あのレリーフの中の戦闘機も蠅《はえ》みたいですよね」と言ってみたが、青年はわたしの声が聞こえないのかそれには答えず、次の写真を呼び出し、舌なめずりして言った。「僕はこれなんか好きですね。」わたしは息をのんだ。深緑色の太った芋虫そっくりのプロペラ機に軍服を着た少女がまたがって笑っている。顔はどう見ても中学生なのにシリコンを入れられた乳房だけがセーラー服の下で爆発しそうに大きい。爆弾を輸送するのは違法なので、隣の家の女子高校生を合法的に輸送しているらしい。わたしは青年の腕をぽんと叩《たた》いて、「ちょっと、あれ見てくださいよ」と言って、石の絵本を指さした。

子供を胸に抱えて逃げる女、逃げながら怒りの拳骨を振り上げる男、顔を両手で覆って逃げる女。なんだか聖書の挿絵のようにも見えないこともないが、戦闘機が飛んでいるのだから古代の話ではない。地面にすわりこんで両手を掲げ、空を見上げる女。地面に仰向けに倒れた少女。石の絵本はナチスの侵略を語り始めた。

戦闘機が安っぽく描かれているのに対し、逃げ惑う人々の顔は凛々《りり》しく描かれ、彫り手の自信が透けて見える。ギリシャ彫刻もロダンも勉強しました、というような。でも話しかけてみる気にはなれない。バランスがとれすぎている。友達になれる顔ではない。照れとか同情心からちょっと歪《ゆが》んだ顔でないと信用できない。この人たちは石の国に生まれ、石の中に留まり続けるのだろう。生身の人間と心を通わせてしまったら石が溶けて、記念碑のメッセージがあやふやになってしまう。鼻のまわりに皺を寄せることも許されずに、まっすぐに前を睨んでいる人たちがかえって可哀想《かわいそう》になってしまう。身体付きにもその人独特の持ち味がない。労働者の服を着ていても筋肉があまりにも均等についているので、具体的にはどういう仕事をしているのか想像できない。

半分石に埋められ、半分石からはみだしたレリーフの世界に迷い込んでしまったわたしは、できれば新聞でも読んで何が起こっているのか知りたいと思ったけれど、これでは新聞も読めない。石の国には新聞は配達されないのだ。だから、昨日の死者の数とか、明日どんな会議が開かれるのかとか、そういうことは全然分からない。何をしたらいいのかも分からない。怪我人《けがにん》がいたら助けることも大切だし、と急に思い出して、近くに倒れて助けを求めている人はいないか捜してみる。修羅場のわりには風景は整頓《せいとん》され過ぎている。

石でできた人々は立ちすくみ、眉をひそめて戦争の意味について考え始めてしまっている。それまでは子供の名前、草花の名前、飼い犬の名前、大工道具の名前、機械の部品の名前を口にして暮らしていたのに、急に祖国の名前は何だろうと考え始める。思いつくとそれを何度も繰り返す。他に頼りになるものがなくなってしまった。爆弾がどんどん落ちてきて、住んでいた家を壊してしまう。飼っていた牛が死んで、工房が崩れて、畑が燃える。爆弾が落ちているんだから、もっとナマの言葉をぶつけあえばいいのに。「同じ人間なのになぜ殺し合うんですか」みたいに素朴な疑問を泥団子にしてこねて投げればいいのに。

　どこからか、とぎれとぎれに演説が聞こえてきた。「みなさん、ナチスドイツの軍隊が攻めてきました。ウクライナ、ベラルーシ、バルト三国、モルドバに攻め入り、そこで暮らす労働者を奴隷《どれい》化し始めました。」昔風のメガフォンでも使っているのか、音が割れてしまって聞き取りにくい。戦闘機が空を飛んでいるのに、いちいち攻撃されている民族国家の名前を挙げる演説者の余裕。もう戦後のことで頭がいっぱいなのだ。戦後は森も町も傷ついた人々もみんな戦利品になり、勝利者にとっては美味《おい》しい時間がやってくる。自分はどのケーキをもらう権利があるのか今からはっきりさせておくために、ナチスから救ってやったケーキの名前を一つも漏らさずにちゃんと挙げておくのだ。「ウクライナ・タルト、ベラルーシューークリーム、ショコラトビア、エクレア、イチゴケーキなどなど、これらのケーキをすべて助けるためにロシア赤軍は戦うことを余儀なくされたのであります。」「そうですか、そういうことなら仕方がない。今おっしゃったお菓子はあなた方にさしあげますけどね、長崎カステラ、ひろしまんじゅう、雷おこしはうちがもらいますよ」と言う声がするので振り返ると、さっき見たアメリカの兵隊が一人戻ってきている。顔から笑いが消えて、肉付きのいい顎《あご》が怒りで震えている。しかし石の風景の中を火の球のようになってスターリンの首がお岩さんの首のように飛んでくるのを見ると、あわててその場を去った。

石でできた人々は、スターリンの声を聞いてあわてて民族衣装を着始めた。白いゆったりした襟なしブラウスの胸元に鮮やかな赤い花と緑の葉が刺繍《ししゅう》してある。白いレースの縁取りの付いた真っ赤なスカートと真っ赤なブーツにふっくらした白い足が滑り込む。どこかの民族音楽が聞こえてきた。ウクライナかもしれない。一体どこから聞こえてくるのだろう。足元のタンポポがスピーカーになっている。民族衣装を着終わった女たちは腕を腰にあてて、お尻を左右にふりながら、踵《かかと》でトントンと軽やかに地面を叩き始めた。すると地面の中から、やはり紅白の衣装を身につけた男性たちが現れて、女性の腰に手をまわして、首を左右に動かしたり、飛びはねたり、手を大きくまわしたりして踊り始めた。女も男も笑う目と笑う口のシールが顔に貼《は》ってある。民族衣装はあまりにも色がはっきりしすぎていて、何のためにそんなにどぎつい色が必要なのか考えてみると、多分それはいろいろな民族がいることを印象付けたいのだろう。烏合《うごう》の衆が合わさった合衆の国ではなくて、たくさんの民族が合流してできた連邦だと言いたいのだ。「でも、民族服なんてもうみんな持っていないいんじゃないですか。どこで手に入れたんですか。あ、お土産屋で買ったんですか。そうでしょうね。わたしの持っている浴衣《ゆかた》も実は成田空港のお土産屋で買ったものなんです。」わたしがそう言うと、人々は踊るのをやめ、民族衣装を脱いであわてて仕事着に着替えた。「あ、民族をやっている時と、労働者をやっている時と両方あるんですね。」こうしてみんな労働に戻っていった。靴屋さんは靴をつくる工房に戻り、パン屋さんはパン焼き窯《がま》の前に戻り、鍛冶屋《かじや》は大きな金槌《かなづち》を手に取った。ところが戦争中なので、仕事している余裕がない。パン屋は店をしめて、今焼けたばかりのパンを車に積み込んで戦地に向かって走り出した。兵隊さんたちに食べてもらうのだ。石の絵本は麦の穂を献上している場面を描いているが、兵隊さんは麦の穂をもらっても困るだろう。脱穀して粉を挽《ひ》いてパン生地をこねているうちに相手が攻めてくる。靴屋は机の上に山積みになった泥だらけの兵隊のブーツの泥を落として、靴の底に釘《くぎ》を打っている。洒落《しゃれ》た革靴やハイヒールは、客たちから預かったものなのに窓から外に投げ捨ててしまった。

鍛冶屋は籠《かご》の中に山盛りになった須磨《スマ》フォンや藍《アイ》フォンを次々火の中に放り込んでいった。一般人から無理矢理回収したものである。間違った情報が入ってくるから持っていてはいけないというのだ。火の中に放り込んでそのままというわけではなく、しばらくすると炉から取り出して、金床の上でパンパン叩いて平らな板にしていく。あの溶接眼鏡をかけたトンボがそれを集めてお盆に載せて、奥の工場に飛んでいく。あの部屋で鉄兜《てつかぶと》がつくられているらしい。でも普通の鉄兜ではない。一度かぶったら、人間の頭蓋骨をぴったり固定して、二度と脱げない。

　靴を脱いでいる人たちがいる。裸足《はだし》になると、今度は上着を脱いで、ズボンも脱いで、麻の袋に詰め込んでいる。「どうなさったんですか。」「軍隊に献上するんです。自分の持っているものをすべて献上したい気分なんです。靴も洋服も財産もみんな献上してしまったんです。」「でも、その格好でこれからどうするんですか。」「本当に心を洗われた気持ちです。」「脳も洗われてしまったんですか。」「脳もまっさらで、白紙状態に戻りました。」

　空を見上げると、巨大な鉄の蠅が数匹飛び回っていた。兵隊たちが一列に並んで銃をかまえた。並び方があまりにもきれいすぎてファスナーの歯のように見える。どう見てももう人間ではない。はっと我に返ると、わたしは持っていた鞄《かばん》のファスナーに蠅がとまっているのを見つめているのだった。ファスナーを開くと蠅は飛び去って、鞄の中には暗闇《くらやみ》があった。

「まじで？」という日本語が聞こえた。渋谷から出て来たようなさっきの青年が横に立っている。「冗談でしょ。」目を細めて笑い顔をつくってはいるが、笑いの中にそろそろ恐怖が広がり始めている。戦闘機が好きなら乗せてやろう、と兵隊の一人に言われたようだ。「いいっすよ、遠慮しときます。」本当にいつもそういう喋《しゃべ》り方をしているのか、わざとおどけているのかわからない。「いいっすよ、別に本当に乗せてくれなくても。写真で充分っす。」ヘルメットで影になって兵隊の目は見えない。誘われてあわてている青年の顔が見えるだけだ。「ほんと、間に合ってますから、別の人、乗せてやってください。」兵隊は簡単には引き下がらない。「だから遠慮しとくって言っているじゃないですか。」どうやら青年はいらだってきたようだ。穏和そうに見えるが実は切れるタイミングも承知しているらしいとわたしは変なところに感心しながら、裏返った青年の声に恐ろしさを感じた。「しつこいっすよ。押し売りはやめてください。え、義務？ 兵隊って言ったって、あんたも民間企業でしょ、なんでそんなこと言う権利あるんですか。え、政府の機関？ まじで？ うっそでしょ。」だんだん雲行きが怪しくなってきた。また若者言葉に戻って、自分はアニメ君だからとても戦争の役にはたたないよと言い訳して、どうにか逃げ切ろうとしているようだ。青年は腰からじわじわと後ろにさがっていった。「だいたい運転免許も持ってないのに乗れるわけないっしょ。航空機の操縦免許？ ないっすよ、普通そんなの。え、教習？ 正直言って、そういうの駄目なんす。」青年がもう一歩後ろに下がると、そこに口をあけた大きな穴の中に音もなく落ちていった。

入れ替わりに、正門の方向からロシアの兵士が二人で一つの大きな花輪を両手で捧《ささ》げ持ってゆっくり近づいてきた。顔はまるで蠟《ろう》でできたように白く透き通り、唇は真っ赤に燃え、目の玉がサファイアのように青い。軍服にはよくアイロンがかかっている。わざわざベルリンまで参拝に来たのだとしたら、途中で軍服が皺にならなかったのが奇跡だ。それとも飛行機の中ではアディダスのジャージを着ていて、ホテルで着替えてここへ来たのだろうか。花輪を見て土の中で死者たちの骨が騒ぎ出すかもしれないと思って、わたしは土を睨んでいたが、死者の気配は感じられなかった。

ロシアの兵士たち二人はお互いに会話を交わすこともなく、こわばった顔をして去って行った。上官がその場にいるわけではなく見ているのもわたしだけで、あとは二人きりなのだからふざけてもいいのに、まるで空に設置された防犯ミラーを意識しているみたいに、鏡に映らない場所に出るまで演技をやめない。誰にも遠慮しないで談笑しながら出てきたアメリカ兵たちと同じ時代を生きているとは思えない。

石の絵本は終わりに近づき、戦争から帰ってきた兵士が家族に迎え入れられる情景を描いている。兵士と妻は向き合い、妻の差し出す花束の花は笑っているが、妻自身は兵士の顔が暗いのに気づいて戸惑っている。腰にまつわりつく男の子には父親の顔は見えない。パパが帰ってきてよかったね、と母親はまるで自分の戸惑いを隠すように子供たちに言う。この人は別の人間になってしまった、どこが違うのか説明できないけれど、と妻はひそかに思っている。兵士自身も戸惑っている。帰るのが楽しみだったのに、帰ってみると家族は他人だという気がする。軍服を脱いで身体を丹念に洗っても、戦前の気分が全く戻って来ない。戦場で見てしまったものを語る言葉を兵士は持たない。語れないので家にいても孤独を感じる。仕事に戻る気がしない。戦友と酒場で会って飲み明かしたい。なんだか普通に毎日を生きる気持ちが全部抜き取られてしまったみたいで昼は疲れやすく、夜は何度も目を覚ます。

紙の写真なら破って捨ててしまえばいい帰郷の瞬間。デジタルならボタン一つ押せば消えてしまうはずの記憶。それを正直に石に彫り刻んでしまったために残ってしまった。

わたしは古墳のように土を盛ってつくられた小高い丘を登っていった。本当は正面につくられた石の階段を登ることが期待されているのかもしれないが、そうするとどういう宗教なのか確かめないまま信者になってしまうようで恐かった。丘の上に廟《びょう》と像を置かれれば無宗教だと言われても警戒する。むしろここはキリスト教のお寺です、とかヒンドゥー教のお寺です、とか言ってもらった方が安心できる。

脇の芝生をゆっくり登っていった。わたしには祭る人も弔う人もいない。まだ死んでいない人、少女に会いに来たのだ。少女はもう少女ではないだろうけれど、まだ生きているに違いない。

　古墳の上には、かまくらのような祠《ほこら》があり、中を覗くと宗教画に出てきそうな人たちが中で集っていた。軍服を着た顔のごつい男が二人、「スラヴァ」と書かれた布を何かに被《かぶ》せている。布は光り、キリル文字も光っている。「言葉」という意味だったっけ。スペルがちょっと違う。母音のOがAと入れ替わっている。これだけ文字が光っているのだから、ヒカリゴケという意味かもしれない。それとも栄光とか威光とか。どんな光だろう。それとも軍艦かなにかの名前？　少女と関係あるんだろうか。まさかこの人たち、少女が死んだことにしてしまって布を被せてしまったのでは。「ちょっと、すみませんが、」と話しかけたが、わたしの声は聞こえないようだ。格子のドアは錠前がかけてあって中に入ることができない。

　わたしは囚《とら》われ人のように格子に顔を押しつけるのはやめて、数歩さがって巨大な兵士の像を見上げた。兵士は一人の少女をしっかり抱きしめている。瓦礫《がれき》の中に一人残されていたのだろう。小さな子を守る清潔な力強さが感じられる。でももしこれが十七歳の少女だったらどうなるのだろう。少女の身体は兵士の手の平にお尻が乗ってしまうほど小さいのに、その顔はバッハのかつらのようにずっしり重い巻き毛に縁取られ、ふけて見える。どう見てもお尻が小さ過ぎる。あるいは、身体の割に頭が大き過ぎるのかもしれない。「あなた、もしかしたら頭は大人になったのに身体だけ少女のままなんですね。」少女は驚いてわたしを見下ろした。あの高さから飛び降りるには勇気がいるだろう。それに飛び降りる地面にはまだ砕かれたハーケンクロイツの破片が散らばっていて、踏みつけたら足を怪我するかもしれない。でも抱かれたままでいたら、いつまでも兵士は兵士のままでいなければならないし、少女は顔だけふけていって身体は少女のままでいるしかない。このままではいけない。

えいっと少女は飛び降りた。わたしは首をひっこめて目をつぶった。がっちゃんという音を予想して息をとめていたが、すとんと爽快《そうかい》な音がすぐ隣でしたので目を開くと、見事に着地した少女はもう芝生を駆けだしていた。わたしはあわてて後を追った。揺れる巻き毛が石の色から栗毛《くりげ》に変わり、栗毛から今度はどんどん明るい金髪になっていって、それに合わせてふっくらしていた腕や脚がひきしまって、筋肉がもりもり育った頃には、わたしたちはもう公園を出て並木道を走っていて、自転車を追い抜かし、ベンツを追い抜かし、少女の脚になまめかしい曲線が見え始めた頃には駅前を走り抜け、キオスクの前でビールを飲んでいた男たちがはっと目を見張るのが見え、赤信号を無視して渡ったところから少女の金髪が白髪に変わり、それでも現在を目指して走り続ける少女はやがてプーシキン並木通りの終わるところまで来て、冷戦時代は撃たれずには越えることのできなかった橋をいともやすやすと渡り、ふくらはぎに青い筋が浮き上がって、踵の肌がすりきれてきたのに速度を落とさず、皺の刻まれた額から汗が流れているのに、笑いながら、あえぎながら、七十五歳になった少女はクロイツベルク区に駆け込んでいった。

リヒャルト・ワーグナー通り

石で固められた地表から、八本の細い柱になって水が噴き上げている。水は天をめざし、わたしの背丈くらいの高さに達するとそれより上へは昇れないのか丸まって、菊の花を不器用に真似《まね》たような形をとる。しかしすべての花弁が同じ曲線を描く品評会用の菊とはほど遠く、花弁がそれぞれ好き勝手な形に身体《からだ》を捩《ねじ》り、舞い落ちていく寸前の熱い色気がエゴン・シーレの描いた枯れ菊を思わせる。咲くと同時にすでに枯れ始めている花の心が冷たく伝わってくる。

花弁は地表に落ちた途端に自分が水であることを思い出し、ぴしゃぴしゃと石に叩《たた》かれ、涼しげな飛沫《しぶき》をあげて騒ぎ立て、聴いている側がさわやかな気分になり始めると、いつの間にか石は静まりかえっている。この噴水は時々止まる仕掛けになっているのだ。静止した水の表面に白い箱のようなオペラ座が映る。簡素で洗練された箱形が、天使の像で飾り立てた、いかにもオペラ座らしい建物よりもしっくりくる。ベルリンにはこれとは別にもう一つ、オペラ座らしいオペラ座がウンター・デン・リンンに建っている。あちらが兄なら、こちらは弟。あちらが「これが我が家の長男です」と近所の人たちに自慢げに紹介される役なら、こちらは黙って先端の仕事をし続ける才能のある弟だ。

噴水の水は下に落ちるとすぐに蓮根《れんこん》の断面のような穴に吸い込まれていくが、全部吸い込まれていくわけではなく、石の表面に水が残る。よく見ると二十メートル四方くらいの四角い池を囲んで、めだたない細い溝が掘られていて、水が外に流れ出ないようにしてある。つまりこの池には深さはなく、表面張力の助けを借りて水がかすかに盛り上がっていることになる。深さではなく高さのある池。

わたしはそんな不思議な池のほとりにずっとすわっていたくなった。川、湖、滝など、水の見える場所にすわっていると喉《のど》につかえていたものが流れて楽になる。ただし、あまり長くいると、冷えてくることもある。その時は、乾いた暖かいベッドに戻ればいい。水の見える場所に定期的に通うのを面倒くさがって家にこもってばかりいると人間は干からびてしまう。

オペラ座のカフェテリアは閉まっているが、池に面したテラスに並べられた椅子《いす》はどうぞ御自由にお座りくださいと通行人を誘っているように見える。椅子に腰かけて本を読んでいる首の長い女性は、白い大きな襟のついたブラウスの上に、ねずみ色の麻の上着をざっくり着ている。テーブルの上には持参の赤いポット、その隣にはポットの蓋《ふた》が逆さまに置かれ、カップ代わりに使われている。女性の細い首は折れそうなほど急な角度に曲がっていて、そのまま頭ごと本の内容に吸い込まれていってしまいそうだ。実際、ウワバミのように読者を呑《の》み込んでしまう本があると聞いたことがある。

この人は待ち合わせをしているわけではなく、一人で読書するためにここに来たのだろう。自宅で本を読んでいると気が散る。たとえば流しが汚れていることに気づいて読書を中断し、クレンザーをつけた金属束子《たわし》で擦《こす》り始めるが、キイキイという音を聞いていると、夫が電子データとしてスティックに保存しているたくさんの写真を好奇心に駆られてこっそり見てしまった時のことを思い出す。三歳くらいの男の子が写っていた。似ている。どう見ても似ている。その子の金髪の髪の中からキイキイという金属音が聞こえてきた。もし夫に隠し子がいるとしたら、と考えただけでも胸の中をフォークでかきまわされたようになるが、更に恐ろしいことに、夫には一人暮らしの妹がいた。それほど遠くに住んでいるわけでもないのに妹の家に泊まってくることもよくあった。

その妹が四年ほど前にブラジルに九ヶ月滞在し、研修ということだったが何の研修なのかはっきりしなかった。この時期、夫はカウンセリングを受けていた。つまりこの可愛《かわい》らしい三歳くらいの男の子は、夫と夫の実の妹の間に生まれた子なのかもしれないのだった。

そのまま行くと危ない坂道をころがり落ちていきそうなので、考え事をバッサリ中断して意識を読書に引き戻す。すると三分もしないうちに電話が鳴って、お得なパッケージとやらを売りつけようとする電話会社のおしゃべりにつきあうことになる。以前、勧誘の電話がしつこいので、怒りを直球で投げつけて電話を一方的に切ったら、その週に嫌がらせの電話が何度もかかってきた。それからは丁寧に断ることにした。相手を喜ばすことも言うし、こちらが悪いわけでもないのに何度も謝って丁寧に断る。やっと電話を切って読書に戻ろうとするとブザーが鳴って、ネットで注文した商品が配達される。掃除機の中に入れる紙袋なのだが、何十種類もある中から慎重に選択したはずなのに、何重にも包装された商品を出してみるとサイズが間違っている上、返品できる期限はすでに切れている。

何かを買うのが詐欺《さぎ》との絶え間ない戦いであるなら、何も買わずに暮らしたい。一度こんなこともあった。べたべたした感じのセールスマンが「このクリームをつければ九歳児の肌になる」と言い張るので、「それなら試しに自分の肌につけてみてください」と言ってやる。セールスマンはチューブから真珠のように鈍く光るクリームを指先にまるく絞り出して輪を描くように自分自身の頬に塗り込んだ。すると、みるみるうちに九歳の少年に変身してしまった。女は少年の薄い肩をつかんで乱暴に揺すりながら、「セールスの真似事なんかやめて、すぐに家に帰りなさい」と叱《しか》りつけて、ばたんとドアを閉めてしまった。外からすすり泣きが聞こえた。「いくら正社員として雇ってもらっても、雇い主が魔物では意味がないのよ」と叫ぶと、自分自身の声に目が醒《さ》めた。

魔物が押し売り恐怖政治を行ない、人々を苦しめるので、森の中に逃げ込んでいった消費者もいる。近くに森がない人は、町の中心部に駆け込む。どこへ行くのか決めないでひたすら町中を歩き続ければ追跡される心配はない。どこにいるか魔物にばれないようにするには、カードを使って何か買ってはいけない。携帯電話のスイッチも入れてはいけない。ベンチがあいていたらそこにすわって本を読む。それがオペラ座の前で本を読むこの女性の物語である。この人のことを何も知らないわたしが勝手に考え出した物語である。目に入る通行人たちに物語を負わせて、本人には何も告げずにその場を去り、一生再会することがない。

セネガルのダカールで、知らない人の物語を勝手に作ってしまう語り部に出逢《であ》ったことがある。レストランでヤッサ・ポワソンを食べていると琵琶《びわ》を丸くふくらましたような楽器を持った男が近づいてきて、わたしの名前を訊《き》くので思わず本当の名前を答えてしまった。するとわたしを主人公にした物語を歌い始めた。関係ないと言えばないのだが、名前をとられてしまうと相手の意のままになりそうで恐《こわ》い。途中で心付けを要求され、名前を勝手に使われて少し腹がたっていたので、とびきり少ない額を渡すと、語り部はむっとして、つまびく和音も不吉に陰り、歌が嫌な感じで肌にまとわりついてきた。言葉は理解できなくても、主人公が不幸な運命を辿《たど》り始めたことがはっきり感じられた。そこで、あわててチップをはずむと、歌声にぱっと火が灯《とも》り、リズムが快適に未来を切り開いていく。主人公は、有形無形の怪物を次々なぎたおして前へ進んでいく。このまま行けば英雄の登場を告げるファンファーレが聞こえてきてもおかしくない。とは言うもののワーグナーではないので、弾き語りがどこまでもせせらぎのように続いて行くだけで、わたしは幸い、英雄に祭り上げられることはなかった。

噴水に一番近い正面の席に腰かけた。すると女性の姿は視界から消えて、わたしと水だけになった。水は浅い。もしもライン川の深さが一ミリしかなくなったら、そこに生きる人魚たちもプランクトンみたいに小さくなるのだろう。オペラグラスではなくて顕微鏡で観《み》るオペラがあってもいい。悪腹神殿《ワルハラ》がまるでアルプス山脈の山頂みたいに高く聳《そび》える舞台はもうごめんだ。巨人族を電気仕掛けの竹馬に乗せて大きく見せる必要もない。大きさを求めるのはやめて、逆にどんどん小さくしていって、ネズミのオペラ、蚤《のみ》のオペラ、オペレッタという単語の尻尾《しっぽ》のエッタもびっくりするくらい小さくして、肉眼では見えない舞台をつくる。しかも出し物はワーグナーのままで、別に「ホフマン物語」をやるわけではない。そして登場人物は微生物。螺旋状《らせんじょう》の細菌や、ドングリから葦《あし》が生えたような形の原生動物たちに演じてもらう。豊かなライン川の流れを背後のスクリーンに映すのではなく、本物のダムを舞台上につくるのでもなく、絹の幕に光をあてて波に見せるのでもなく、一ミリの水で舞台をおおってみよう。あるいはもっと薄く、ちょうど涙がわたしたちの眼球を覆《おお》っているくらいの薄さでいいなら、舞台に細工をほどこさなくても観客の瞳《ひとみ》の潤《うるお》いだけで充分かもしれない。

わたしはもちろんワーグナーの「ニーベルングの指環《ゆびわ》」の演出を依頼されたわけではなく、実際はオペラ座の前であの人と待ち合わせをしているだけだった。約束の時間まであと二時間半以上もある。待ち時間としては長いが、前夜「ラインの黄金」がやっと演奏できるかできないか程度の短い時間だとも言える。前夜の後にそれぞれ四時間、あるいはそれを超える演奏が三つ続く。それだけ長い時間をあの人と共有するのに、前夜だけで疲れてしまってはいけない。

待ち時間は前夜の練習でもある。どこで時間をつぶすのか考えてみようともせずに家を出て、地下鉄に飛び乗って、乗り換えて、さっきオペラ座前の駅で降りた時には、地下道にわたし以外誰もいないので不安になった。トンネルの左右のタイル張りの壁には、プッチーニ、ヴェルディ、ストラヴィンスキー、ワーグナーなどの名前が並んでいるが、好意に満ちたカラフルな文字を見ながら歩いても、気が滅入《めい》るばかり。アンモニアのにおいがきつすぎるせいかもしれない。思えば今日は日曜日。昨晩ハメをはずして意識を失うまで「コーマ・トリンケン」と呼ばれるむちゃな飲み方をしたコマネズミたちがそのまま倒れて地下鉄駅で泥のように眠った末、瞼《まぶた》を朝日に外側から刺され、英雄を称《たた》えるトランペットの音でも聴いた気になって、誇らしげに胸を張ってトンネルの壁におしっこを引っかけたに違いない。

地上に出ると、鼻をつまみたくなるような悪臭からやっと解放された。キオスクの前に並べられた日刊大衆紙の第一面の見出し「女性殺人犯」が目に飛び込んで来たので、ついこの間、立ちション事件というめずらしい事件があったことを思い出した。

この地下鉄駅の隅で、夜中の十一時過ぎに年とった移民が背中を向けてこそこそとズボンの前をあけていた。そこをパーティ帰りの地元の女子高校生が数人通りがかった。男の生まれ育った国では、少なくとも彼が少年だった頃には、立ちションは珍しいことではなかったので、酔っていたせいもあって、この国の常識を忘れ、視界の片隅に若い女性たちの姿が見えたにもかかわらず、そのまま実行してしまった。地元の女子高校生たちは、自分たちの目の前で平気で立ちションする男を見て、女性を辱《はずかし》める挑発だと感じ、怒り狂い、持っていたバッグで男の後頭部を滅多打ちにした。運悪く中に入っていたワインの小瓶が男の左耳に当たって男は気を失って倒れた。女子高校生たちは携帯電話で救急車を呼んだが、到着を待たずに家に帰って寝てしまった。後になって警察は目撃者たちの証言を頼りに女子高校生たちを探し出して事情聴取した。公《おおやけ》の場での性器露出と排泄《はいせつ》は犯罪である、と彼女らは主張した。ふりまわしたハンドバッグに男がぶつかったのは運がわるかったからであり、そのくらいで倒れたのは泥酔《でいすい》していたからに間違いない、とも主張した。男は女子高校生たちを訴えなかった。これだけなら些細《ささい》な出来事としてすぐに忘れられてしまったかもしれないが、事件は予想外の論場に飛び火して、ちょっとした火事になった。「男尊女卑の容認されている国からの移民は受け入れるべきではない」と言い出した人たちがいたのだ。

わたしはブリュンヒルデさんと「パパゲーノ」で食事していた時に、彼女の口から直接その話を聞いた。彼女は普段は年下のわたしに対していつも、よくできた秘書のように振る舞っていた。面倒なことがあると解決してくれて、わたしが何かの手続きを忘れたり、役所の要請を誤解して話をこじらせてしまったりしても非難せずに、「わたしに任せておきなさい」という笑顔で何でも引き受けてくれる頼りになる女性だった。しかもとても不思議な香水をつけているので、その香りがちょっとでも鼻に入るとわたしはついうっとりして脳の批判的働きがとまってしまう。このまま面倒なことは任せて、酔い心地で時間を過ごしたくなる。わたしと意見の食い違うところは向こうが上手《うま》く避けて通っているらしく議論になった記憶がない。あの日彼女は当然わたしに同意してもらえると見込んでいるような口調で、「立ちションをするような野蛮な男を移民として受け入れれば、将来わたしの娘たちもそういう男と結婚して乱暴を受けなければならなくなる」と言うので、わたしがあわてて「野蛮」の意味を問いただすと、「女性を差別するのは野蛮でしょう。そういう国はもちろん経済的にも貧しいままだし」という答えが返ってきた。「お金がすごく儲《もう》かっていても差別の持続している国もあるでしょう」と反論すると、それには別に反論がないようだったが、わたしは自分が本当にひっかかった部分をつけないまま話が終わってしまったので不満だった。わたしがこの事件をうまく言葉にできるまでずっと何年も、頭を怪我《けが》した男の亡霊がトンネルの中で放尿し続けるのではないかと思うと気が重かった。

　都市を濡《ぬ》らしているのは清らかな水だけではない。恐れに震えながら排出されたものすごい量の尿が地面の下を流れていく。尿だけではない。洗剤や消毒液や殺虫剤を含む汚水が無数の建物から排出されて、地下を流れていく。それでもその汚い水が地下でおとなしくしている間は、わたしたちは地下の存在さえ忘れて日々の生活にまみれている。

　いつか町が水に覆われてしまう日が来るという話をこの間ラジオで聞いた。水位の上がった日のヴェネチアの町のように。そうなったらもう、汚い水と清らかな水とを区別することもできなくなる。初めのうちはほんの二ミリくらいの水に町が常に覆われているだけなので、長靴を履く必要さえない。深刻な事態だと頭ではわかっていてもみんな平気な顔をしてそれまで通りの生活を続けている。グリーンランドの氷が溶けて水位が高くなりすぎて、海辺の町はすでにいくつも姿を消してしまったが、今更そんなことを話題にする人さえいない。全員無事に避難できたのだからいいではないか。津波ではない。ゆっくりと浸っていくのだから逃げる時間は充分にある。家を失った人たちも政府から補助が出て、みんな新しい住居を得ることができた。自分の住んでいた町が海に沈んでしまったことを思うと胸がしめつけられることもあるが、不満を口にすれば補助金をもらえなかった人たちに妬《ねた》まれるかもしれない。口を開かないのが一番安全だった。危機という言葉を使うと、ヒステリックだと笑われる。だから、あまり口をきかなくなる。そんな時代が来るかもしれない。

あの人は違う。都市からの脱出を真剣に考えている。スイスに家を買おうと言う。その相談のために会う約束をしている。ベルリンの町中で待ち合わせてもなかなか会えない人に、スイスの山の中なら会えるなんてお伽噺《とぎばなし》じゃないか、と半信半疑のわたしも、プロジェクトみたいなものは嫌いではない。将来実行できるかもしれないし、しないかもしれないことをあれこれ頭の中で人といっしょにこねまわすほど楽しいことはない。トーマス・マンの「魔の山」を読み返す度に、わたしの思いはバルト海寄りの東北ドイツからスイスに向かって南上していった。南だから普通は「南下」と言うのかもしれないが、どう考えても南の方が標高が高い。

標高二千メートルくらいのところにある家ならば海にのまれることもないし、仮にそこまで海が迫ってきたら、もうみんな月に逃げるしかないのだから、とりあえず地球にとどまるつもりなら、これより安全な場所はない。実際、売りに出されている家がかなりあって、その中にあの人の眼鏡にかなう物件があるのだそうだ。フィアヴァルトシュテッター湖を見下ろせるその家には、スイスのある会社が開発したハイテク汲《く》み取り便所も付いている。排泄物は地中深く落ちて土に還元され、電気も下水システムも必要ない。あの人は、地球の温暖化で都市が水に浸されて水洗トイレが機能しなくなり、処理に困った人たちが自らの排泄物を化学薬品の助けを借りてブロック状に固め、黒いビニール袋に密封して家の前に十メートルの高さに積み上げていく未来小説を読んで以来、これは絶対に危ないと思い始めた。下水がダメになれば、水道からも汚染されていない水が出なくなり、人々はペットボトルの奪い合いでスーパーの中で殴り合いを始める。山の中にはいつも水が湧《わ》いている場所がたくさんあるから、飲み水の心配もない。

あの人が目を付けたスイスの家には、かまどもあるらしい。かまどは家の心臓だ。めったに客が訪ねてくることのないその家を、ある日、深い傷を負った見知らぬ男が助けを求めて訪ねてくる。やっと歩くことができるくらい衰弱した男をわたしは家の中に招き入れる。傷を洗い、できる範囲で手当てをする。かまどの火の近くにすわらせて、お粥《かゆ》を作る。かまどの火がわたし自身の心の火のように感じられる。わたしたちは二人ともさっきから同じことを考えている。わたしたちは、どうして驚くほど顔が似ているのだろう。

スイスならばなだらかな斜面に生える草だけを食べさせて牛やヤギを飼うこともできるだろう。自然の中に暮らしたことのないわたしの空想は、絵本の記憶だけに導かれてどんどん膨らんでいく。

目の前のコンクリートの割れ目からやっと身体を捩りだしている雑草が、細いながらもあおあおと輝いている。そこにとめてあるオランダ製の自転車が牛に見える。その下に落ちている白い石が卵に見える。山の中で暮らせば、もちろん鶏も飼うことになるだろう。

あの人が来れば、売りに出されている家のことが具体的にわかる。土地の大きさや日当たり、土壌などがわかれば、自給自足が可能なのかどうかもわかるだろう。もしまだチケットがあったら後でオペラも観ようね。冗談なのか本気なのか、そんな約束もした。本当にオペラを観ることになったら家を買う相談の方が冗談になってしまいそうだった。

大きな町でしか暮らしたことのないわたしは、本当は山の中で暮らすなんて想像もできない。自分の暮らしている都市が海に沈んでしまうなら、いっしょに海に消えてしまいたいくらいだ。「そこまで深い、海より深い都市への愛情なんて、ただの思い込みでしょう。ただの腐れ縁でしょう。実際は山の中で暮らした方がずっといいに決まってるでしょう。」つぶやくような独り言がいつの間にか大声になってしまったので、あわててまわりを見まわして、誰も聞いていなかったことを確かめた。

その時、髪を背中の真ん中まで伸ばした女性が、アイススケートの花形選手のように余裕のある笑みを浮かべて胸を張って地上をすべりこんできた。アイススケートではなく、アイスホッケーかもしれない。萱《かや》の箒《ほうき》を優雅に動かしている。掃除をしているのだ。まるで池の表面を箒で掃いているように見える。実際は池の上を滑っているわけではなく、曖昧《あいまい》な境界線のあたりを移動している。ハプニングか、野外パフォーマンスの練習かとも思ったが、よく見ると、箒の先にはちゃんと煙草《たばこ》の吸い殻がひっかかって運ばれていく。どうしてこの人が掃除をしているのだろう。掃除を本職にしている人は、寒い中で何時間も立って仕事をしなければならないことも多いので、腰から尻《しり》にかけてもっと脂肪の蓄えがある。この人はこんなに小さなお尻をしているところを見ると、昼は低脂肪ヨーグルトを食べてすますような音大の学生か、オペラ座の演出助手ではないか。人を見る度にすぐに階級に仕分けしている自分に気がつく。あの人は労働者、あの人は学生、あの人はインテリ、あの人はビジネスマン、あの人は失業者、あの人は移民、あの人は主婦、あの人は年金生活者、あの人は麻薬中毒患者、あの人は観光客、あの人は巨人族、あの人は小人族、あの人は古代ゲルマンの神々の一人。

そんなことを考えていると、対岸にやはりお尻の小さな若い男性が現れた。長い脚と三本目の脚である箒を優雅に動かしながら、右へ左へと池のふちをすべるように行き来している。二人はどこか似ている。兄と妹だと言われても不思議はない。または将来、似た者夫婦になる男女で、掃除は演技に過ぎず、お互いの気を引こうとして身体を動かしているだけなのかもしれない。ちょうど孔雀《くじゃく》の雄が羽根を広げてお尻を振って踊るように箒を動かしているのかもしれない。掃除機で掃除する人の動きを見て美しいと思ったことはないが、箒で掃く人の身体の動きは美しい。

二人は相手の顔を見ようともしないで、池の向こう側とこちら側でいつまでも掃き掃除を続けている。織姫と彦星《ひこぼし》は年に一度しか会わないが、それ以外の日は何をして暮らしているのだろう。天の川のほとりの掃除をしているのだろうか。

わたしは靴底から沁《し》みてくる冷たさから身を解きほぐすように左足を持ち上げ、それから右足を上げ、結局立ち上がってオペラ座の脇《わき》の道に入った。すると目の前にタクシーがとまり、中から背広を着た恰幅《かっぷく》のいい中年の男が降りてきて、タクシーがブルンと音をたてて走り去った後も歩き出そうとはせずに額に皺《しわ》を寄せて携帯電話とにらめっこを始めた。荒い呼吸にあわせて開いたり閉じたりする鼻の穴と親指以外は動きが停止している。背広の布地や革靴の隙《すき》のない輝きから判断すると社会的地位は高そうだったが、真っ白なワイシャツの襟から突き出た赤みがかってふやけた肌と、どう梳《と》かしても様にならなそうなポアポアの髪、毛虫眉毛《まゆげ》、洞穴のような大きい鼻の穴の闇《やみ》、そして何よりびっしり黒く毛の生えた手首を見ていると、この男はアルベリヒの役をやらせたら適任ではないかと思えてきた。正面玄関を避けて、裏口から入ろうとしているのは、おそらくあの噴水が恐いからだろう。水が恐い男には、人には言えない過去がある。透明な水の柱の中で踊る三人の女性たちの名前は、あらなみ姫、さざ波姫、ながれ姫。アルベリヒの心に火をつけようと計算ずくめで踊っている。アルベリヒは初めのうちは戸惑っているが、そのうち体内ホルモンに化学変化が起こったのか、恋をしてしまう。水を抱きしめようとしてびしょびしょになったアルベリヒが滑って倒れて地に叩きつけられる。水の姫たちはドレスの裾《すそ》をまくりあげて仰向けに倒れたアルベリヒの背中におしっこをかけて逃げる。これも立派な犯罪である。後に法廷で、あらなみ姫はこう供述した。「からかってみたくなっただけなんです。若い女なんてそんなものです。別に本当に関心があるわけじゃなくて、こんな風にふざけると、気持ちがよくなるんです。」これを聞きながらしきりと頷《うなず》いていたさざ波姫は、こんなことを付け加えた。「からかっただけなのに襲ってくるなんて暴力です。アルベリヒは毛むくじゃらで、うっとうしくて到底好きになれません。でも、そのことを正直に言ったら怒ったんです。」「女性に拒否されてあんなに驚くなんて幼稚。お母さんの膝《ひざ》の上を離れて以来、ずっとパソコンとばかり向かい合っていたんじゃないの」とながれ姫が自信ありげに言い切った。三人の発言はかなり乱暴だったが、それでも無罪で釈放された。酷《ひど》い目に遭ったアルベリヒはそれ以来、女性を見ると警戒するようになった。もてあそばれ、振られ続けて一生を終わるのはご免だ。どうにかして自分の心と女性の心を支配し、コントロールする方法はないものか。

そんなある日、一人のセールスマンがアルベリヒの家を訪れた。愛することを永遠にやめれば弱みがなくなり、地球を支配できるだけの権力を手に入れることができる、と言うのである。黄金に輝く権力があれば女性などはいくらでも寄ってきますよ、サービス品みたいなものです。女性そのものを求めるのは、はっきり言って損です。アルベリヒは契約を結ぶことにした。

そんなアルベリヒの役を演じてみませんか、と声をかけたらどう反応するだろう。背広の男はわたしの考え事が聞こえたかのように、ぎょっとした顔をこちらに向けた。それから携帯電話をあわててポケットにつっこんで、裏口の脇にあるプレートの暗証番号を押し、オペラ座の脇玄関にすっと姿を消した。

郵便局の黄色いバンが、さっきタクシーがとまった場所に入って来て停車した。運転席から出てきた郵便配達人が、後ろの収納スペースから長さ二メートルはある細長い箱を抱えて降りてきた。中には剣《つるぎ》が入っているに違いない。郵便配達人もそのままオペラ座の脇玄関にするっと吸い込まれていった。武器の密輸。ドラゴンから身を守るためにはジークフリートも武器が必要なのだ、という理屈をつけて、オペラ座はわたしたちの払った税金を使って武器を買っているのかもしれない。そうだとしたら許せない。ドラゴンが愛すべき動物であることは、毎年二月に行われる中国正月フェスティバルに行けばすぐにわかる。あの可愛らしい緑のドラゴンを演出に使えば、それを相手に戦うジークフリートが滑稽《こっけい》に見えるかもしれない。誰にも頼まれていないのに、わたしは演出のアイデアを集め続ける。

ふと見るとビスマルク通りとリヒャルト・ワーグナー通りが交差する角で、三人の若者が一台のバイクを囲んで何やらこそこそと相談事をしている。中の一人は銀行強盗のように目と口の部分だけが楕円形《だえんけい》にあいた紺色の毛糸のマスクをすっぽり被《かぶ》っている。まさかよからぬ計画をたてているのではないだろうが、銀行強盗だって黄金とか、ものすごく値段の高い指輪とかを略奪するのだから、オペラの登場人物たちのしていることと大差ない。この三人にニーベルング族を演じさせてもいいのではないか。

彼らは肉体を傷つけるような派手な兄弟喧嘩《げんか》もするし、人を騙《だま》したり、ものを盗んだりもする。でも彼らが多分決してやらないことが一つだけある。それはオペラを観に行くことである。

若者たちの一人がわたしの視線に気づいて警戒し始めた。わたしはわざと欠伸《あくび》をして腕時計もはめていないのに袖《そで》をめくって時間を確かめるふりをしてから、あてもなく歩き始めた。右手に「Tischlerei」と洒落《しゃれ》た文字が壁に並んだ別館があった。わたしは、登場人物のことばかり考えていて、裏方のことをすっかり忘れていた。大道具は誰につくってもらうのか。練習に初めから参加しながらつくっていく舞台芸術家もいる。

「Tischlerei」というのは、家具作りの職人の作業場などをさす言葉だが、入り口に「魔笛」のポスターが貼《は》ってあり、上演予定表が出ているところを見ると、ここはもう作業場としては使われておらず、子供向けのオペラを上演するホールとして使われているようだった。

五歳の誕生日にお母さんが「魔笛」に連れていってくれた、という話をいつもしていた級友が、実は六歳の時に両親が離婚して母親が恋人と外国へ移住してしまって、それから一度も母親と会ったことがない、ということを後で知った。それでも母親にとって自分が大切な子供だったことが信じられたのは、オペラに連れて行ってくれたという記憶があったからだ。ケーキを焼いてもらった記憶はないし、セーターを編んでもらった覚えもない。でもオペラに連れていってくれた。

偶然なのかそうでないのか、子供オペラの隣には幼稚園がある。門前の小僧は習わぬオペラを歌うのかもしれないが、中途半端《はんぱ》な時間なので、通ってくる子供も迎えに来る親もいないし、遊ぶ子供たちの騒ぎ声さえ聞こえてこない。子供というものがこの世から消えてしまった遠い未来のある日、わたしは廃墟《はいきょ》になった幼稚園の脇を今日と同じように歩いているかもしれない。社会は子供がいなくなったことを認めるのが恐ろしいので、毎日「魔笛」を上演し、あたかも子供がいるかのように振る舞っているかもしれない。

オペラが終わってからお腹《なか》がすいていたら「パパゲーノ」であの人と食事してもいいな、と店の前まで来て思いつく。店はまだ閉まっていて、分厚いカーテンの隙間から中を覗《のぞ》き込むと、暗い店内でワイングラスとナプキンの白とナイフとフォークの銀色がかすかに光っているのが見える。誰も見ていないところで光っているのが不気味でもある。それともわたしが覗いていることに気づいて意識して光っているのか。何十年も前にオペラ座に来てここで食事した老人たち、今はもうこの世に存在しない人たちが、閉店中にひそかに集まってきて、思い出話をしている。もうパスタで空腹を満たす必要もないし、ワインで喉を潤す必要もない。生きていた頃のことを思い出すことだけが彼らの栄養になる。何事もなかったように思える日のことも思い出すことはできるのだろうか。落ち葉を踏みしめて歩いていたら、とめてある自動車の下にもぐりこんだ猫と目が合ったという以外にはこれといった事件もなかった秋の日のことでも五十年後に思い出すことができるのだろうか。それとも震撼《しんかん》させられたオペラの舞台のことばかり覚えていて、日常の記憶は消えているんだろうか。

街路樹はみごとに黄色く変身している。店構えは立派だが、客のいない本屋があった。冬に向かう秋の足取りの速さについて行けないのか、春に話題になった本をまだ飾り窓に並べている。中を覗くと、店員の姿さえ見えない。奥に引っ込んで仕事しているのかもしれないが、わたしが店内に入っても誰も出て来ない。ひとり本屋に立っていると、自分が万引きしようとしているように思われないか、不安になる。それは心のどこかに万引きをしたいという欲望が隠されているということなのかもしれない。

ゲルマン民族の神々も小人族も巨人族もドラゴンもみんな本を読まなかった。野蛮人だ。その時、店内に客が一人入ってきたのでほっとした。背の高い四十歳くらいの男性だった。赤いワイシャツがぴったり細い上半身にはりついている以外、目立つところはない。わたしは自分が万引きしたいのかもしれないという不安からやっと解放され、棚に並んだタイトルを読み始めた。「初めての孫」、「最初で最後の恋」、「歴史主義への反抗」、「青い道」、「パーキンソン氏」。背表紙たちは一列に並んで、独自のテキストを形成している。

どこからか口笛が聞こえてきた。初めはそれほど気にならなかった。それが次第に、俺を聞け、俺を聞け、という鋭い調子に変化していって、わたしの読むタイトルの文字と文字の間に強引に割り込んできた。メロディーも徐々にはっきりしてきた。アリアだ。何のオペラのアリアなのか思い出せそうで思い出せない。音は細いが、しつこくまとわりついてくる。さっき入ってきた男が本棚の裏で吹いているに違いない。じとっと嫌な感触があった。他に客がいないのだから、わたしに向かって吹いているのだ。何かを認めさせようとしているようにも聞こえる。一つの曲が終わると、ほとんど間をおかずに次の曲に移った。こまかく刻まれて上下する複雑な調べをみごとに吹き上げる。楽器という媒体を持たず、しかも歌ではない口笛は、涼しげに吹くならいいが、押しつけがましい。

わたしは耐えられなくなって店の外に飛び出した。ふりかえると赤いワイシャツの男がついてくるではないか。わたしの背後を同じテンポで歩きながら口笛を吹き続ける。わたしは立ち止まって、看板を熱心に見ているふりをした。看板の中でアルファベットに尻尾が生えている。口笛は止《や》んだ。ベトナム語だから尻尾が生えているのだ。安心して歩き始めると、背後で口笛が再開した。心臓の鼓動がすぐにそれに答えて大きくなるのがいまいましい。レストランらしい店によく確かめてみようともせずに飛び込んだ。中には誰も人がいなかった。ガラスの壁越しにしばらく見張っていたが、口笛男は姿を現わさなかった。

店の壁に何か書いてある。ここのアルファベットもやっぱり尻尾が生えている。それは悪魔の尻尾ではなく、コマネズミの尻尾のように可愛らしいものだった。どうやらベトナム料理屋らしいが、誰も客が入っていないし、店員の姿も見えない。お腹は減っていなかったが、今、外に出たら口笛男が待ちぶせしていそうなので、ここでしばらく過ごしたかった。わたしは席について宙を睨《にら》んでいた。戦時中でもないし、独裁政権でもない。誰でもいつでも気軽に町を歩きまわれるそんな時代を生きているつもりでいたが、思いもよらぬ時間の割れ目から名前のない危険が現れて、人間狩りをされた。

山の中ならいいが、町中なのに人がいない場所が危ないのかもしれない。でもわたしはそんな場所にいつも吸い寄せられ、町の中心にいても気がつくと誰も行かない場所にいるのだ。だから魔に遭いやすい。

もう足の向くままに歩くのはやめて、人の多いところへ行こう。そう決心して、リヒャルト・ワーグナー広場に出た。賑《にぎ》わっているというほどではないが、人通りは多い。交差点の横断歩道を赤信号なのにスケートボードに乗って堂々と渡りきる少年は、彼自身の想《おも》い描く物語の中の英雄だ。手動の車椅子のタイヤを必死でまわしながら通り過ぎていく古代ギリシャ彫刻のように整った顔をした巻き毛の青年もいた。どちらを見ていいのか迷うほど、豊かな人材が惜しげもなく次々送り込まれてくる。中味のほとんど入っていないトマトケチャップの瓶をさかさまに持って振りながら、急ぎ足で歩いて行く男。家についたらすぐにフライドポテトにかけて食べるつもりなのか。ぬいぐるみのようなヨークシャーテリアを連れた八十代の女性二人。よろよろ歩いていたくせに、信号が変わりそうになると、まだ渡れるわよっと叫んでものすごいスピードで駆けだした。町は変な人たちでいっぱいだ。指揮者がいない。総譜はあるのか。

よく見ていると、確実に客の流れをひきつけている店が一軒だけある。どこにでもあって、安いだけが取り柄のチェーン店。外席で煙草を吸いながらコーヒーを飲んでいる女は、吸い殻が溢《あふ》れそうなアルミの灰皿をじっと睨んで考え事をしている。杖《つえ》をついた白髪の女性の腕に下げた買い物袋がスイカを三つ入れたくらい大きく膨らんでいる。スイカの季節はもうとっくに過ぎているのに。

どんどん人が集まってくるので、二人しかいない若い女性の店員は休む間もない。一人は怒ったような顔をしているがどこか頼りなく、もう一人は背は低いがしっかりした印象を与える。わたしもつい、甘いだけでおいしそうには見えない九十九セントのチーズケーキと香りのない九十九セントのコーヒーを頼んでしまった。神話の時代にも経済危機はあったんだろうか。安いというだけの理由でここに人が集まっていて、他の店はがらがらだ。耳から神経みたいなコードを垂らしてハムサンドを買うハンサムな男に、オペラ座に行ったことがありますか、と訊きたい。音楽なら一曲九十九セントでダウンロードすればいいでしょう、という答えが返ってくるかもしれない。コーヒー一杯と、菓子パン一個と同じ値段で一曲。すべてが九十九セントになる日が来るのかもしれない。

ケーキとコーヒーを持ってガラスの壁沿いにつくられた止まり木席にすわると、外席にすわっていた女が最後の煙草をもみ消して、ハンドバッグを大切そうに小脇に抱えて席を立った。誰もいなくなった途端、雀《すずめ》が三羽舞い降りてきて、椅子の下に落ちたパンくずをつついている。そこへ鳩《はと》が四羽、ひょこひょこと歩いて来て、いっしょにパンくずを食べ始めた。争う様子はない。雀に小人族、鳩に巨人族の役を当てることもできる。そうすると神々の役は、ドブネズミたちにでも引き受けてもらうことになるのか。都市の英雄たちはこれで勢揃《せいぞろ》いかと思っていると、ガラスの壁の内側を蜂《はち》が一匹飛び回っていることに気がついた。菜の花がよく似合う可愛らしいミツバチではなく、肉料理に食いつき、甘い物も嫌いではないあの恐るべきスズメバチだ。食べようとした途端にフォークの先に飛んで来て、唇を刺されるのが恐い。今のところ、スズメバチはどうやら外に飛び出していくことしか考えていないようだった。透明なのに空気のように通り抜けることはできないガラスの存在に困っているようだった。だからいつまでも様々な曲線を描き、ガラスに何度もぶつかりながらすれすれのところを飛んでいるのだ。わたしはメモ帳に蜂の飛び回る線を記録してみた。こんな線でも何かの役に立つかもしれない。実際、とても面白い線が描かれていった。蜂はわたしのしていることが気に入らなかったのか、急に手の甲を襲ってきた。わたしは驚いて手を引いた勢いで、フォークを投げ飛ばしそうになってあわてて抑えた。

その時、店の隅に並べてある牛乳を女の子たちが万引きしているのが偶然目に入ってしまった。二人とも十七歳くらいだろうか、鼻の穴や眉毛にピアスをし、髪は左半分は刈り上げ、右半分は伸ばして緑と紫に染めている。いかにも自分に穴をあけたという感じ、そして悲しみから髪を切り落としたという感じで、もし彼女らのお母さんが見たら眉をひそめそうな痛々しさがある。黒い革のジャンパーは身体をがばがばと包み、その中に布の袋を下げていて、そこに半リットルの紙パック牛乳をこっそり入れる。一つではない。もう三つ目だ。隣でおとなしくすわって待っているつやつやした黒い毛並みの大型犬。この犬のために万引きしているのだろうか。その時、怒ったような顔をした方の店員が、そちらにずかずか歩いて行った。用があるのか、万引きに気がついたのか、分からない。わたしは反射的にフォークを投げて、あっと叫んだ。店員も店にいた人たちも一斉にわたしの方を見て、それからちゃりんちゃりんと派手な音をたてて床に落ちたフォークに視線が集まった。「蜂に手を刺されそうになったんです」とわたしは店員に向かって言った。みんなはっと身を縮めて、店内を見回し、まだガラスすれすれのところを飛び回っている蜂を見つけた人が、「あそこにいる」と叫んだ。しっかりした感じのする方の店員が近づいて来て、慣れた手つきで紙袋をゆっくり動かしながら、蜂を店の外に誘導した。気がつくと、万引きしていた女の子たちの姿はもう店内にはなかった。

コルヴィッツ通り

まだ就学前と思われる子供が不思議な歩き方をしている。まるで月の表面でも歩いているよう。羽毛でふくらんだダウンジャケットが宇宙服で、ヘルメットのかわりに白い毛糸で編んだ帽子を耳まですっぽり被《かぶ》っている。片足をあげるとそのままふわっと斜め横に空中をすべっていってしまいそうになる。ところがかかとを地面に下ろすと、どさっと体重が戻ってきて、投げ出されそうになる。よろけて、母親のコートの裾《すそ》につかまり、きょろきょろとまわりを見まわしている。母親はおだやかな眼差《まなざ》しで子供の様子を眺めている。わたしは、コートのポケットの中を探るふりをして立ち止まり、その様子を眺めていた。

子供の額から目に見えないセンサーが伸びている。そのセンサーが外界の刺激をすべて取り込もうとしてめまぐるしく方向を変えて動き続ける。道の脇《わき》にとめてある数台の自転車。重要な情報源だ。牡羊《おひつじ》の角のかたちをしたハンドルもあれば、牡牛のハンドルもある。自転車にもそれぞれ星座があるのかと思って、改めて見回してみると、山羊《やぎ》のような自転車、獅子《しし》のような自転車、蠍《さそり》のような自転車もとめてある。

子供のはいている靴にはランプがついていて、それが点滅し始めた。この子は人間ではなく、ロボットなのだ。そう思った途端、わたしの意識ははるか未来に飛んでいた。子供が全く生まれなくなり、人類滅亡の時がいよいよ近づいてきたという想定の未来小説をこの間読んだばかりだった。人々は子供のロボットを求め始める。人間と会話のできるソフトならとっくの昔に開発されていたが、外界からの刺激を有機的に混ぜて肥やしにし、自分の性格をつくりあげていく「我が子ロボット」のソフトの開発はいつまでたっても初期の段階にとどまっていた。たとえばA社が開発したロボットは親が話しかけると可愛《かわ》いらしい答えばかりを返すので売り出された当初は人気が高かったが、買った親たちはすぐに飽きてしまって話しかけなくなり、そのうち子供部屋で埃《ほこり》をかぶったまま動かなくなってしまった。B社は、知的好奇心が旺盛《おうせい》で、自分からどんどん問いを発して知識を蓄積していくタイプのロボットを開発した。適度の生意気さ、しつこさもあらかじめ計算されている。ところがこのロボットのする質問には「この町の人口は」とか「フランス革命は何年」といった退屈なものが多かったので、親はすぐにうるさくなってスイッチを切ってしまった。昔存在した本物の子供の質問には大人を飽きさせないものが多く混ざっていた。「死んだおじいちゃんは今どこで暮らしているの」とか「うちの犬はどうして言葉をしゃべらないの」などの問いは一体どうすれば生まれてくるのかB社はつきとめることができなかった。

親子間の会話を通してロボットに知識をインプットしていくのは難しいと判断した研究グループが毎日少しずつセンサーから情報を吸収していくソフトを開発した。親はこのロボットをいろいろな場所に連れて歩く。たとえば買いものに連れて行くと我が子ロボットは人間社会ではどういうものが商品としてでまわっているのかという知識だけではなく、親が無口でぼんやり考えごとをしながら歩いている日と、満面に笑みを浮かべて弾むような足取りで歩いて行く日の違いも学習する。親は上機嫌の日には何でも買ってくれるかと言えばそうでもなく、気分の沈んでいる日に悲しそうな目を向けて無言でチョコレートケーキや玩具《おもちゃ》を買ってくれることもある。人の気分が天気に左右されることもロボットは徐々に学習していかなければならないだろう。たとえば地平線に近い低い位置を執拗《しつよう》に這《は》っている太陽が急に濃紺のビロードの幕を引いて町を暗くしてしまう冬の日没時には親の気分にもさっと影がさすが、外に出ると街灯に照らされた雪がみずみずしく輝いていて、通行人の毛糸の襟巻きや手袋の紅色、橙色《だいだいいろ》が鮮やかに浮かび上がってきて、冬にしか感じられない明るさと温かさに包まれる。これもまた人間社会に関する重要な情報であるから我が子ロボットの脳にしっかり刻み込んでもらう必要がある。こういう情報を数字に翻訳することはできない。そこで絵画の力を借りることを思いついたのがC社だった。人の気持ち、気分、におい、大気の湿り気、冷ややかさ、街灯の光が一枚の絵の中で一つの情報に結集していることがある。ところが絵そのものをインプットしても役にたたないことがわかった。絵を鑑賞する側の脳をまずインプットしなければならない。というわけで結局この未来小説は半分くらい進んだところで人間という謎《なぞ》に直面する。

目の前の親子がまた歩き出したのでわたしも同じ速度で歩き始めた。子供の着ている白いダウンジャケットのフードの内側に小さいけれど遠くからでも目立つロゴが縫いつけてある。その会社はかつてアルプス登山者向きの特殊な衣類だけを作っていたが今では高級子供服をつくって評判になっている。このダウンジャケットも数百ユーロはするだろう。この地区には、子供の冬の支度には二千ユーロでも五千ユーロでもためらわずに出す人たちが住んでいる。

昔のロボットは裸だったが、最近のロボットは高価な服まで身につけているのだろう。そう思った途端、子供が振り返ってこちらを睨《にら》んだ。その目はあきらかに、「勝手にロボットにしないでよ、僕はロボットなんかじゃないよ」と抗議していた。わたしがこの子をロボットに見立てて楽しんでいることに気づいてしまったようだった。母親のコートの裾につかまって首だけ後ろにひねってわたしを睨みながら数歩歩いたところで、つまずいて転びそうになった。「足元に気をつけて歩きなさい。どうして後ろばかり見ているの」とやさしく諭す母親の言葉にはかすかにシュヴァーベン地方の響きがあった。

遺産で潤《うるお》う若い夫婦が南ドイツからベルリンのこの地区に移り住んできて子供を育てることはよくあると新聞で読んだことがあった。しかも一昔前にいたような保守的な金持ちではなく、エコ世代の金持ちだ。高級車を乗りまわすのが昔の金持ちならば、自動車を軽蔑《けいべつ》し、自転車にしか乗らないのが新しい時代の金持ちだ。分厚いステーキを食べにいくのが昔の金持ちなら、菜食主義に徹するのが新しい金持ちだ。家で使う食材はすべて無農薬、無添加。コーヒーもチョコレートも、原料の生産地で労働者の人権が守られているという保証付きのものしか買わない。食べ物だけでなく衣類に関しても、毛糸の靴下にまで生産に関わった人たちの労働条件に関する報告書がついている。そのため個々の商品の値段はふくれあがるが、買う側から見れば、値段が高ければ高いほど世直しに貢献しているような満足感が得られるのかもしれない。

「金持ち」を定義すると、自分も含めて五世代働かなくても食べていけるだけの資産がある人ということになるそうだ。

わたしの十メートルほど前を歩いている子供がつないでいた母親の手を振り払って、後ろ向きに歩き始めた。綱渡りでもするように両腕を左右にのばして身体《からだ》のバランスをとっている。雪かきされたあとの歩道の表面には雪が粉砂糖のように残っているが氷は張っていないので、滑ってころぶ心配はないだろう。左右に雪の丘ができているので道路に出てしまう心配もなく、雪のおかげでむしろ危険が小さくなっていると言えるかもしれない。母親はあいかわらず落ち着いた表情で子供の動きを目で追っている。子供の頃はわたしも時々後ろ向きに歩いて遊んだものだが、そんな遊びがあることさえ忘れてしまってから長い時間がたった。後ろ向きに歩くと自分の脚が自分のものでないように感じられたものだ。長すぎる棒、変な角度にしか曲がらない棒。義足ってこんな感じかなと思ったこともある。

後ろ向きに歩いていると、予期せぬ瞬間に後頭部がガチンと何かにぶつかるのではないかという不安から逃れられなくなる。頭の皮膚が敏感になって、髪の毛が立つ。自分の後ろにあるものを見たいという気持ちがあまり高じると、後頭部に第三の目がぱっと開く。

母親は「何を馬鹿《ばか》なことをしてるの。ほらもう行くわよ」などと怒鳴ったりせかしたりしないで、子供の後ろ歩きを忍耐強く見つめている。多分、自主性とか創造性とか遊びなどのキーワードを頼りに、自由教育を実施中なのだろう。とわたしは多少の皮肉をこめて解釈するが、正直言うと、自分の母親にも日の当たる無人の野原みたいに明るくて悲しい気分の日があったことを思い出して動揺しているのだった。ある気分の複雑な構成要素は外からは見えない。この母親が今この瞬間本当は何を考えているのかは誰にも分からない。何か悲しいことがあって子供のしていることを修正する余裕がないだけかもしれない。恋をしている最中で、子供には関心が持てないのかもしれない。後ろ歩きをして転んで子供が痛い目に遭えばいいと思っているのかもしれない。子供が転んで泣き叫び、まわりの人たちが注目してくれることを密《ひそ》かに期待しているのかもしれない。そういう親だっている。子供は親のすべての表情、仕草、言葉を解釈できないままに記憶し、夜空のように肩に背負って歩いていく。子供が二人くらいいても不思議はない年齢に達してからちりばめられた星と星をつなぐように記憶の断片をつないで、柄杓《ひしゃく》や熊《くま》のかたちをした星座を描いてみて、雪の中を後ろ向きに歩く自分を黙って見つめていた母親の心境はこうだったのではないか、ああだったのではないか、と思いをめぐらすこともあるだろう。

子供は背後に無限に広がる空間に一歩ずつ踏み込んでいく。未知の空間での冒険がこんな日常的な時間に含まれていることを知っているのは子供たちだけだ。わたしがわざとその場に踏みとどまって道をあけなかったので、子供はどしんとわたしのお腹《なか》にぶつかって、首をすくめてわたしの顔を見上げると今度はきゃっきゃと笑い始めた。やっとぶつかる人がいたことを喜んでいるようにも見えた。誰にもぶつからないで、どこまでも母親から離れていってしまうなんて子供の望んだことではない。わたしの方も暖かい塊を全身で受け止めた瞬間、不思議な満足感を得た。体当たりとか、押しくらまんじゅうとか、そういう遊びがあったことも思い出した。

子供がいつまでも笑いころげているので、母親が名前を呼んだ。子供は笑うのをやめて、ぱらぱらっと母親の元に駆けていった。限りなく繰り返される母と子の時間。毎日買い物に行く。今日も行く。明日も行く。あと何回行くのか、数えることなどできない。無限の繰り返し。本当は無限ではなく、いつか終わりが来る。終わりは刻々近づいている。

子供が去ってしまうと、取り残されたわたしの方が幼児にでもなってしまったようだった。雪の日に町中に一人取り残された子供。それがわたしだ。あの人が今ここに現れて、わたしの手をとって引いていってくれたら。さあ、買い物に行きましょう。

さあ家に帰って、夕飯にしましょう。そんな繰り返しの中に守られて生きていくことができたなら。手を引いてくれるしっかりした女性に向かって両手を伸ばすのは、町を彷徨《さまよ》い続ける子供の亡霊だ。あの人はそんなわたしを求めてはいない。もう子供であり続けるのはごめんだ。わたしは頼りになる人間になりたい。そこで縮こまっていた臆病《おくびょう》な上半身を起こして思いっきり胸をはり、肘《ひじ》を左右に突き出してみた。すると身体がインディアンのテントになって、中に子供を三人かくまうことができた。いつまた爆撃が始まるかわからない。子供たちのうち二人は身を寄せ合って不安げに外の様子をうかがっている。三人目はまだ小さいので自分たちが危険にさらされていることが理解できないのか、かくれんぼでもしているような楽しげな表情をしている。そんなデッサンがケーテ・コルヴィッツの作品にあった。三人の子供を身体で守る母親の腕は丸太のように太くてたくましかった。戦争が起こったら自分の娘と孫たちを腕の下にかばって、自分の肩に爆弾が落ちても動じない、そういうところがあの人にもある。わたしなどはせいぜいその上に薄いビニールシートのように被さって、みんなが火の粉を被らないようにする程度だろう。それとも反戦のビラを配って爆撃の始まった頃にはとっくに牢獄《ろうごく》に入っているんだろうか。

自然食料品店のすぐ前にとめてある自転車の前で腰をかがめて鍵《かぎ》をはずそうとして

いる男と目があった。どこかで見たことのある顔だ。自転車の向こう側にはサドルと同じくらいの背の子供が一人立っていた。涙に濡《ぬ》れた顔に街灯の光が妙な具合に当たって、月のように明るかった。自転車にはベビーカーが固定してあった。ベビーカーと言っても小柄な子なら七歳になっても乗り込むことができる立派な乗り物で、緑色の小さなテントに車輪を二つ付けたようなデザインになっている。雪が積もるとこの種の車はあまり見かけなくなる。かき寄せられた雪のせいで自転車道の道幅が狭まって、走りにくくなるからだろう。父親と思われる男はまだ若くて決して太ってはいなかったが、それでもどこか見る人を安心させる父親脂肪がついていた。どこで見た顔なのか思い出せない。

「さあ、うちに帰ろう。」

男の声が妙に悲しく寒気の中で響きわたった。子供はむっとしたままその場を動こうとしなかった。

「まだ怒っているのか。今度来たら買ってやるよ。」

父親が腕をつかもうとするとさっと身を引いて自転車の後ろにまわった。父親が横に動くと子供も身体の位置をずらした。二人の間に自転車があるので、父親は子供をつかまえることができない。

「さあ、もう帰ろう。」

父親はフェイントをかけて右へまわる振りをして左にまわったが、子供はうまく同じ方向にまわって逃げた。

「もう時間も遅いし。」

子供の表情は変わらない。

「家でお母さんが待っているよ。」

そう言われると子供は空気の抜けたボールのように急に従順になり、父親に言われるままにベビーカーの中に入った。すると子供の金髪が王子様の冠になり、赤いジャケットが王族のビロードのマントに変わり、馬のいななきが響き渡り、馬車は雪の中を王宮に向かって走り始めた。その時わたしはこの男が誰なのか急に思い出した。いつも左手で封筒を受け取る左利《ひだりき》きの郵便局員だった。

わたしも晩餐《ばんさん》の支度ができている家へ向かおう。テーブルの上では蠟燭《ろうそく》が白い不透明な涙を流して待っている。実はあの人が今夜は家でおいしい鹿《しか》料理をつくるから、と誘ってくれたのだ。こんなことは初めてだった。嬉《うれ》しさを隠しきれずに、「午後は面倒な用事があるけれど、鹿には絶対に遅れない」と約束し、いつも通りに目的もなく町を彷徨いながらも何度も腕時計に目をやったのに、気がつくと家とは全く別の方向にあるコルヴィッツ通りに来ていた。なぜこんなところへ来てしまったのか思い出せない。

コルヴィッツ通りの南端では、人間たちが歩道の敷石の隙間《すきま》からどんどん湧《わ》き出てくるように見える。男も女もみんな子供を連れている。夫婦二人で子供を連れている場合もあるがほとんどが片親なのは、一人が買い物に出ている間にもう一人が別の用事をすましているからだろう。大きな自然食料品店の入り口が親子をどんどん呑《の》み込んでいく。店の中に入ると、ベーカリーのある入り口付近が一番混雑している。パンを選んでいる人たち、お茶を飲んでいる人たち、ショーケースに並んだケーキを吟味している人たち。

その時、後ろから手を握られた。ふりかえると、子供の幽霊が立っていた。幽霊はまばたきもせずにわたしの手を勢いよく引っ張って、店の奥に進んだ。幽霊なのでその手は温かくはないが離してしまいたくなるほど冷たくもなかった。

「買ってほしいものがあるんだけど」と幽霊は当然の権利だというように自信に満ちた声で言った。「死んでもまだ何か買ってほしいの？」と冗談を言おうとしたが、本物の死者に面と向かって「死んでもまだ」と言うのが残酷に思えたので言うのをやめた。まだ生きていた頃、この子はとても貧しくて何も買ってもらえなかったから、今こうして幽霊になって出てきているのかもしれないではないか。

「何がほしいの？」

「くろんぼのキス。」

　確か、そういう名前の駄菓子が昔あったが、商品名が差別語だということで、市場から姿を消したように記憶している。それは子供の拳骨《げんこつ》くらいの大きさのお菓子で、クリーム状に泡立てた卵の白身が薄いチョコレートの層に包まれていた。新しい商品名が思い出せないまま、わたしはこう言った。

「くろんぼというのは肌の黒い人をみくだして言う言葉だから使うのをやめようね。」もう死んでいる子供にそんなことを教えても仕方ないのだが、とりあえず子供を前にすると、やっぱり言葉についていろいろ説明したくなる。

「みくだしている相手に、どうしてキスしてもらうのさ」と子供はみごとに打ち返してきた。わたしは反射的に答えた。「女をみくだしているのに女にキスしてほしがる人だって、たくさんいるでしょう。」これこそ子供に与えても仕方ない知識だった。

「ほら、ここにあった。チョコのキス。」新しい商品名をわたしははっきり発音した。

箱の裏には、チョコレートがボリビア産で農園の労働者が週三十五時間以上の労働を強いられることなく八人家族を養っていけるだけの報酬を受け取っていること、卵を提供している鶏はすべて放し飼いで、抗生物質や化学飼料は与えていないことなどが書かれていた。でも、八人家族の八と表にある「八個入り」の八が呼応しあって、とんでもない場所から差別が悪い冗談のように蘇《よみがえ》ってきそうだった。

子供の幽霊はわたしの考えていることなどどうでもいいようで、「チョコのキス」の箱をわたしの手から奪うと無造作にカートに入れて、あおざめた顔にかすかな笑いを浮かべている。目のまわりがへこんでいて、子供なのに鼻の下の肌が乾いていて無数の皺《しわ》がある。子供はカートの縁をしっかり握ったまま、きょろきょろあたりをみまわしていた。腕の付け根からやっとぶらさがっているような細い腕、薄い胸とふくれたお腹。この子は今の時代の子ではない。子供は棚に自分の知っているお菓子が並んでいないか必死で捜している。自分の知らない何百種類もの新しい贅沢《ぜいたく》なお菓子などどうでもいいのだろう。亡霊というものは無制限に未来をむさぼろうと思っているわけではないらしい。ほっそりした人生の中で取り逃がしてしまった糸を一本つかめれば、それでいいのだ。

それにしても甘い物は種類が多い。健康主義者は駄菓子など初めから買う気がないのだろうというわたしの思い込みはみごとに打ち砕かれた。駄菓子をあきらめるのではなく、健康にいい駄菓子をつくることに情熱をかけている人たちがたくさんいるようだ。色は茶色一色だが「ゴムの熊」もちゃんとある。動物の形をしたビスケットもある。「飴《あめ》、買ってよ」と幽霊が言う。「冷たい犬も買ってよ。」ビスケットとクリームを交互に積み重ねてまわりをチョコレートで包んだ「冷たい犬」も捜すとちゃんと揃《そろ》えてあった。もちろん無農薬とフェアトレイドのマークがついている。子供はもっと駄菓子の名前を思い出そうと眉間《みけん》に皺を寄せて必死で考えている。「でも駄菓子ばかり食べていたら病気に」とそこまで言いかけてわたしは口をつぐんだ。この子は幽霊だ。すでに死んでいる。すでに死んでいる子が病気になることを心配しても仕方ない。ところが本人にはそういう自覚はないようで、「病気になったらお医者さんに行けばいい。お金がなくてもコルヴィッツ先生なら診てくれるから」と言った。ケーテ・コルヴィッツの夫は医者で、彼の診療所の待合室はいつも貧乏人で溢《あふ》れかえっていた。ケーテ・コルヴィッツは彼らの姿をデッサンすることもあった。とすると、この幽霊も百年前のベルリンを生きていたことになり、ひょっとしたら一枚のデッサンの中から抜け出してきたのかもしれない。

「君もコルヴィッツ先生に診てもらったことがあるの？」「あるよ、何回も。」

「それで何と言われたの？」「栄養をつけなさいって。焼きソーセージを買おう！」

「そういうのは売ってないんじゃないかな。魚棒は好き？」魚棒というのは白身の魚をフライにしたもので、四角い棒の形をしている。今でも子供たちの好きなおかずだが、戦後売り出されたものでこの子は知らないかもしれない。形が四角く、魚の味がほとんどしないせいか人気がある。どちらかと言えばジャンクフードだが、いい材料でつくれば魚のフライということになる。ソーセージよりはましなのではないかと母親みたいにあれこれ子供の健康を心配しているのがおかしくなった。そもそも幽霊を養子にする人なんているんだろうか。買う気になって魚棒の値段を見ると法外に高い。「これはちょっと高いんじゃないかな。ちょっと待ってね、ここに大切な情報が書いてあるから」と言って時間を稼ぐために、わたしは箱の裏側に印刷されたストーリーを読み始めた。「百パーセント自然食で生きたい。でも子供の頃好きだった魚棒はこれからも食べたいし、我が子にも食べさせてあげたい。そんな思いを胸に抱いた若者が二十年かかってつくりあげた製品で、メコン川の一部を借りてパンガシウスを自然な餌《えさ》だけで育て、パン粉も油もすべて無農薬、無添加の材料だけを選び抜いて仕上げた作品である。」まるで芸術作品でも買わされるようで、それならこの値段でも高くない、という気がしてくるから不思議だ。「ねえ、買ってよ。」「あまりにも高いんじゃない？　たかが魚棒でしょ。」「お金は持っているんでしょう。」「わたしは全然金持ちじゃないの。」「でもこれを今買うお金はあるんでしょう。それなのにもっと安いものを買おうとしてるのはどうして？」

生意気な幽霊だ。ガラスの壁に黄色いまるいものが映っている。よく見るとメロンだった。緑はズッキーニ、白いのはいつまでもメロンとにらめっこしてその場を動こうとしない女性のセーターの色。小さすぎるものや色の曖昧《あいまい》なものは映っていない。わたしは自分の姿が映っているのかどうか知りたくなって、背伸びしたり、身体を斜め上に引き延ばしたりしてみた。幽霊の姿は鏡に映らないという話は聞いたことがあるが、幽霊といっしょに買い物をしている人はどうなんだろう。

メロンを買ってと頼まれたらどう言い逃れしようか考えたが、子供はメロンには全く関心を示さなかった。百年前のベルリンにはメロンはなかったからかもしれない。この地区は東ドイツだったので、１９８９年まではバナナも買えなかったはずだ。それが今はまるで南国を絵に描いたみたいに、オレンジ、グレープフルーツ、レモン、柿《かき》、金柑《きんかん》、パイナップルなどが華やかに肩を並べている。地球の裏側まで農園を借りて無農薬で果物をつくっているので冬でも南国の果物がある。子供はグレープフルーツもパイナップルも目に入らないようだったが、りんごが山積みになっているのを見ると足をとめ、自分の拳骨と同じ大きさの真っ赤な小さなりんごを一個だけ大切そうにカートに入れた。カートは赤ん坊一人入るくらい大きかったが、今のところ「チョコのキス」八個入りの箱と魚棒一ダース入りの箱と小さなりんごしか入っていなかった。

　子供はカートから手を離して今度はわたしのコートの裾をつかんで引っ張ってシリアルの棚に向かった。こめかみに白いものの混ざった男が一人、黄土色のシリアルの箱を手にとって、熱心に説明書きを読んでいた。箱のデザインは、あの文明のイメージを使っている。あの文明。喉元《のどもと》まで出かかっている名前が思い出せない。思い出そうとすると「飛鳥《あすか》文明」という言葉が目の前に立ちはだかって先に進めない。

「ねえ、それ買ってよ」と子供は男が手に持っている箱を指さしてねだり、それに気づいた男は子供に微笑《ほほえ》みかけてから、ワイン・コーナーの方に歩いて行った。わたしは男が棚に戻したばかりの箱を手にとって裏に印刷された説明を読んだ。「ねえ、買ってよ。」

「まず説明を読んでからね。」すでに五千年前にペルーの山岳地帯で食されていた穀物で、神聖な食べ物と見なされ、人々はこの穀物をおそらく米のように火を通して食べていた。この製品はポップコーンのように加工されているので、そのままサラダにかけたり、シリアルに混ぜて食べられる。忘れていた名前が記憶に戻ってきた。アステカだ。「て」が抜けて、いつの間にか「飛鳥」になってしまっていたのだ。「ねえ、買ってよ。」「君、これが何なのかわかっているの？」「キヌアでしょ。」子供はこともなげに答えた。どうして知っているのだろう。シリアルに牛乳を注いでかき回したみたいなわたしの脳の雑穀はミネラルだけは豊富ながら訳が分からなくなってきた。

「それ、食べたことありますか？」といきなり訊《き》かれて顔をあげると、さっきの男がいつの間にかワインを片手に戻ってきていた。一瞬、この男も幽霊ではないかと思った。子供ほどではないが頬があおざめ、目の縁が赤かった。「買おうかどうか、迷っているんです。何も買えない世界から商品が溢れる世界に急に送り込まれて、とまどっているんです」と言って男は、人差し指でさっと額をこすった。その瞬間、肩のあたりで巨大な穀物の穂が黄金色にゆさっと揺れた。何も買えない世界って監獄だろうか。それとも爆撃を受け続ける北アフリカの町だろうか。白血病で長いこと病院に入院していただけかもしれない。商品の溢れていない場所などこの地球の上にはいくらでもある。

「この箱、色がきれいじゃないですか」と男が意外な角度から攻めてきた。「太陽が雲間から現れるようなオレンジ色。土を思わせる温かさもあるし、花を思わせる可憐《かれん》さもある。」「南米をイメージして選ばれた色なんでしょうね。」「アステカとかインカとかマヤとかですか。」「ええ。この穀物の歴史はもっともっと古いみたいですけど。」

「は、そうですか。何しろ世の中から切り離されて暮らして来たんで、そういうことにはうといんです。」

わたしは思わず微笑んでしまった。男は微笑もうとしたようだったが、顔がくしゃくしゃの皺だらけの塊になっただけで目は悲しそうだった。子供はすっかり退屈して、足を踏ん張ってわたしの手を引っ張り、動かないとみると手を離して少し離れたところにある二十五個入りティーバッグの箱をどんどん棚から出して腕に抱え始めた。わたしはカートをその場に残してあわてて子供のもとに駆けよって、「だめよ、買わないものを棚から出したら」と叱《しか》った。叱られて子供はちょっと安心したようだった。どうしても買って欲しいとねだるつもりもないようだが、左腕に載せたいくつものお茶の箱を右手で一つずつ棚に戻していくだけの器用さはなく、箱を全部床に落としてしまった。ぱらぱらと乾いた音がした。緑のエネルギー、女茶、呼吸茶などなど。不思議な名前のついたお茶が床に散らばっている。ばらばらっと売り物を床に落とすことで自分の世界を少し拡《ひろ》げては先に進む。商品を買うのではなく、床に落とすことで。そんな買い物客がいてもいい。買いたい物、買わなければならない物だけを買っていたのでは幽霊を助けることなんかできない。そもそもわたしにはこの店に入る理由は何もなかった。この通りで時間を過ごす理由もなかった。あの人に招かれているのになぜすぐに地下鉄駅に向かおうとしないのか。今からならまだ間に合う。いつの間にかさっきの男がわたしの隣にしゃがんで床に落ちた商品を拾っては棚に戻す手伝いをしている。ずうずうしい子供の幽霊は男の肩につかまって微笑んでいる。六十代の女性が足をとめて男に微笑みかけ、「ご家族でお買い物、うらやましいですわ」と囁《ささや》いた。わたしはあわてて立ち上がって、悪い夢でも振り払うように首を激しく左右に振った。すると頭から白い粉がぱらぱらっとこぼれたのでフケかと思ってあわてたが、床を見ると落ちているのは羽毛だった。驚いてもう一度頭を振ってみるとまた羽毛が落ちた。わたしは鶴《つる》になってしまったのか。鶴なのに人間に化けて家族をつくり、すました顔をして買い物している。レジで財布を開けながらふと顔を上げてガラスに映った自分の姿を見ると鶴だった。鶴が嘴《くちばし》で胸の羽毛を引き抜くと、それがさっとユーロ紙幣に変わる。

わたしは鶴ではない。ダウンジャケットの縫い目から短い柔らかい羽毛が一本また一本と外に出てきてしまっている。小さな縫い目の穴をくぐり抜ける瞬間、羽毛は絹糸よりも細くなり、外に出たとたんにふわっと大きくふくらむ。過去と現在の間にも縫い目があり、小さな穴があり、そこを行き来している人たちがいるのかもしれない。

財布は開けてみたものの結局何も買わずにレジを抜けて外に出ると町の光景が白黒

絵画に変貌《へんぼう》していた。建物の外壁の黄土色も車の碧色《みどりいろ》も白と黒の間で揺れる灰色の領域に同化して色彩を失った。

町の風景が白黒になると自分がいつの時代を生きているのか分からなくなる。わたしは数人の子供たちに囲まれていた。どの子もお椀《わん》を差し出し、食べ物を恵んでくれと目で訴えている。百分の一秒でもよそ見したら自分だけもらいそこねるかもしれないと思うのか決して視線をそらさない。差し出されたお椀の中は骨のように真っ白だった。そのお椀のまるい形と子供の顔のまるい形がきれいに調和している。これは絵画だ、と思った途端、子供たちの姿は消えた。ケーテ・コルヴィッツが１９２０年代につくった子供の飢餓を訴える有名なポスターだった。無駄な線がなく、言いたいことが直球で伝わってくる。でも本当にお腹をすかした子供たちの姿にはこんなにはっきりしたメッセージ性はなかったのではないか。肩をすぼめてとぼとぼ歩いていたり、道端に膝《ひざ》を抱えてすわっている子供たちを見て通行人は「空腹」という言葉を思い出すことさえなかったのではないか。飢えた子供たちの顔から無駄な個性を取り除き、効果的に並ばせ、同じ器を持たせる。個々の名前を消して、「ドイツの子供たち」という共通の名前を与える。芸術家は演出家であり、ほんの少し嘘《うそ》つきだ。そういう嘘ばかりが気になって何も行動できないわたしは世の中の役に立たない人間なのだ。

窓の下を通る時に住居の中の様子がちらっと見えてしまうことがある。ドアの近くにうなだれて立っている男。妻と子供が期待に満ちた目を向けているが、男は今日、職を失ったのだろう。うつむいて床に視線を落としたままだ。隣の家の状況もこれに劣らず深刻そうだ。父親は戦死したのか、軍服姿の写真に黒いリボンがかけてある。母親が苦しげに目を半分とじて枕《まくら》に頭を押しつけている。おといまで瓦礫《がれき》を片付けてわずかな報酬を得てどうにか子供を養っていたが急に高熱が出て、起き上がることさえできなくなってしまった。ベッドの脇に小さな子供たちが立っている。どうしたらいいのか見当もつかない。

わたしは足を速めて公園に向かった。

もう暗いので子供は遊んでいなかったが一人ベンチにすわって額に右手を当て、町の様子を眺めている老女がいた。頭に雪が積もって白髪になっている。肩にかけたショールも真っ白だ。コートは着ていない。分厚い絨毯《じゅうたん》みたいなスカートに包まれた下半身と大きな長靴。通行人は野宿者がベンチにすわっているのだろうと思って声もかけずに前を通り過ぎる。でもわたしは両目と眉毛《まゆげ》が中心に向かって強い意志で向かうその顔の特異さを見逃さなかった。

「あなたが描いたんですよね。個人の責任ではない貧困を。」

どうやらケーテ・コルヴィッツにはわたしの声が聞こえないようで、遠くを見つめたまま凍りついている。次男を戦場に送り出して死なせてしまったことを思い出しているのかもしれない。長男には召集令状が来たが、次男はまだ年が若かったので戦争に行かなくてもすんだのだ。ところが本人が「祖国を守るために出征したい」と言い出し、甘えん坊だった息子がそんなことを言うのでコルヴィッツは頼もしさを感じ、喜びを隠せなかった。母親が誇りに感じてくれたことに次男は敏感に反応し、父親にとめられても出征すると言い張った。母親も強く反対し続けるべきだったのだ。それも単に危ないからという理由で反対するのではなく、「祖国のための戦争などありえない」ことを教えてあげるべきだったのだ。隣の国のフランスの同じ年の若者と銃で撃ち合って命を落とすなんて喜劇に仕立てるには悲しすぎるし、悲劇に仕立てるには滑稽《こっけい》すぎる。自分の軍の爆弾に当たって死んだ若者や、軍の食糧事情が悪くなって飢え死にした若者もいた。隣国がドイツを侵略しようとしているなどという嘘は今ふりかえってみるとあまりに見え透いていてなぜ信じてしまったのか自分の愚かさが理解できない。

コルヴィッツはグローブみたいに大きな右手で顔の半分を覆《おお》ったまま動かなかった。息子を殺してしまった自分を責め、恥じ、痛みも息苦しさも深まる一方だ。日が暮れて、月が出て、月が消えて、地平線がまた明るくなってもこのまま動かずにいたら、身体が石になってしまうだろう。だんだん石になっていくにしたがって、苦しみが和らいでいく。このまま石になってしまおう。ところが石になる寸前にコルヴィッツは立ち上がって鎚《つち》を手にとり、自分の肩をカンカーンと力一杯叩《たた》いた。すると石が砕けて中から人間の肌が表れた。肩の線はまるく、肘もまるく、手首の線もなめらかで、心から指先まで一つの思いが流れた。すると激しい苦しみが戻ってきた。コルヴィッツは胸をかきむしり、額を地面に打ちつけて、うめき声をあげた。冷たくなった息子の亡骸《なきがら》を膝の上に抱き上げ、自分の身体をかぶせて体温で暖めようとした。死体の胸に耳を押し当て戻らない鼓動をいつまでも待った。天を仰ぎみてごうごうと泣き、声がかれて出なくなるとただ身体をふるわせ続けた。このまま彫刻になってしまいたい。これまでデッサンや版画をたくさん仕上げてきたが、本来自分は絵描きではなく彫刻家であるという自覚が若い頃からあった。彫刻になってしまう以外に苦しみから逃れる道はない。

気がつくと十字架からおろされたイエスを慈悲で包むマリアの像に変身していた。マリアはイエスの死には責任がない。十字架からおろされたイエスの死体を無限無条件の慈悲で包み込むだけだ。マリアになることでコルヴィッツはやっと自分自身を責めるのをやめることができた。そのかわり、それはもう一人の人間の一回きりの仕草ではなく、たとえば「ピエタ」という一言でかたづけられてしまうかもしれない。

わたしははっと我に返った。他人を批判している場合ではない。ぐずぐずしていたら、あの人が焼いた鹿の肉が冷めてしまう。地下鉄駅に戻ろう。今からでも急げばまだ間に合うだろう。

トゥホルスキー通り

誰だって見上げてしまう。頭上にいっせいに吹き出したＡＯＢＡ。あおぎみる、というと上にいる偉い人みたいだけれど、葉っぱには血が一滴も流れていないから、「血筋」なんていう血なまぐさい言葉は思い浮かびさえしない。ただ、高いところにいるから尊敬したくなるだけ。綱渡り芸人とかパイロットとかと同じで、葉っぱもなかなかやる。あんなに高いところに急に姿をあらわすなんて。それもきりきりと背筋を伸ばしてくれた幹や、精一杯腕を伸ばした枝のおかげだろう。その結果、あんなに高いところで葉っぱの才能が開花することになった。プラタナスはプラターネ、ポプラはパッペル、マロニエは馬栗《うまぐり》、ロスカスターニエ。樹木は何語で立っているんだろう。ちろちろと萌《も》えだす黄緑色の柔らかい葉の一枚一枚は手の平とそれほど変わらないくらい小さいのに、それがいっせいに頭上の空を埋め尽くし、息をのむような勢いでわたしの網膜の驚きをつつく。

こんなにういういしい若葉色を見るのは生まれて初めて。しみじみと自分にそう言い聞かせているわたしはワカバではなく馬鹿葉《ばかば》。去年見たばかりなのに、「初めて見る」なんて平気でほざいている。おっと、「ほざく」は品がない言葉だから刈り取っておこうかな。独り言だから、ま、いいか。

あの人は言った。若葉がきれいなのは数日間だけだ、と。すぐに色がくすんでしまう。恋愛も似ている。必ずくすんで、それから先の時間はずっと失った色のことが気になっている。無理だとわかっていても取り戻そうとする。取り戻せないので再現しようとする。演じようとする。語ろうとする。もしも喪失も恋愛のうちならば、ハカナイということにはならない。むしろいつまでも終わらないことが苦しいくらい、恋の時間は長い。

春はつかみどころもなく透明なまま、にぎりしめた指の間からすり抜けていく。すると背後から夏が追いかけてきて、むっちり重たい汗ばんだ剝《む》き出しの腕で抱きしめてくれる。夏は時間をべったりと引き延ばし、暑さに身を任せていると息苦しいけれど、これが生活なんだと思って、そこにじっととどまっている感じはわるくない。やがて秋が背後のドアをあけて登場する。傷ついた秘密の場所に湿布のようにあてておおいた木の葉が少しずつ乾いてきて、やがて焦《こ》げつき、太陽にねばりがなくなって落下の速度を増し、宵に暮れていた日が夕方暮れるようになり、午後にせりあがってきて、ついにはまだ昼食をとっているわたしを闇《やみ》の予感で急《せ》かすようになる。気分も太陽も落ちるところまで落ちてしまうと逆にほっとする。クリスマスプレゼントの包み紙を全部破って暖炉の火にくべて、好きな人たちへの執着を最後の枯葉のように身から振り落として、冬眠に入る熊《くま》みたいに書斎にもぐりこんで執筆に専念する。一月になればもう春の寂しさなどすっかり忘れてしまっている。重苦しい夏の熱気も冷め、秋の心細さも過ぎ去って、我に返る。一月はわたしの一番好きな月。そう言うとあの人はいつもあきれて笑う。一月なんて暗くて寒いだけ、とその目が言っている。春を忘れるのも大切な能力のうち。春には来年また直面しなければならないのだから。透明のまぶしさ、うつろいやすい色の誘惑に。

わたしは都会の木が好きだ。それぞれが孤独に大陸を歩いて横切って、やっとベルリンに到着したように見える。まわりを見回しても家族や親戚《しんせき》は一本もない。一列に並んでいても隣の木とは無関係。戦火に幹を焼かれて逃げて来た木もあるだろう。そぞろ神にそそのかされて、ついベルリンまで来てしまった木もあるだろう。そして、わたしのようになぜ来たのか説明はできないけれどもベルリン以外のどんな町にも住みたくないといつの間にか思いこんでいる木もあるだろう。あの人だってそうだ。骨になるまで、骨になってもこの町を去ることはなさそうだ。

人間の目には一本のプラタナスと隣に立つプラタナスは似ているように見えるけれど、それはバスの中に並んですわっている人間が、どちらも目が二つあって、鼻と口が一つずつあって、頭に髪が生えているという程度は似ているというのと同じことで、それだけでは友達になれない。プラタナスは自分と隣のプラタナスが似ているとは思っていない。むしろ、隣に立っている煉瓦《れんが》の建物を意識しているようだ。理解できないまま、それでも肩を並べて立っているのだから仲間になれるに違いないと思い込んでいるように見える。建物さんは窓の瞳《ひとみ》を四角く開いて、プラタナスさんをじっと観察している。こいつは一体何なんだ。何のためにあんなにたくさん葉っぱを身体《からだ》に付けているのか。お洒落《しゃれ》のつもりなのか、それとも小型のソーラーパネルみたいなものなのか。それに偶然に身を任せたみたいな、あのくねくねした腰つき。全体的にもっと四角くなれないものか。

わたしはある建築家の家に遊びに行き、彼がディスプレイの中の壁やバルコニーやプラタナスを自由自在にマウスで動かすのを感心していつまでも眺めていたことがあった。えっと、木はここに移した方がいいな。ごめんごめん、今コーヒーいれるから。

ありがと、でも今コーヒー断ちしてるから。それにしても、チェスの駒《こま》みたいに木をすっと動かしてしまうなんて、根は生えていないの？　ははは、地下室だって設計できるから、別に地下のことを考えていないわけじゃないけれどね、でも木には根っ子はないみたいだね、少なくともこのプログラムでは。

でも建築家の知らない事実があることに最近気がついた。デザイン感覚で植えられた樹木が夜のうちに家出してしまうこともあるということ。かわりに遠方から歩いてやってきた別の樹木が根をはり、都市計画を静かに笑っている。

わたしは歩く樹木。あの人は、きれいな窓のある家。中では家族が円いテーブルを囲んで紅茶を飲んでいる。わたしは夫になりすまして、あるいは妹になりすまして、あるいは息子になりすまして、家族に紛れ込んで松ヤニを入れた紅茶を飲みたいと思うけれど、アンテナみたいに四方に伸びた枝が窓枠につかえて、家の中に入ることができない。だから、道端にとどまり続ける。背伸びして窓の中を覗《のぞ》き込む。

大都市の孤独には春が似合う。孤独は緑のTシャツを着て、青い帽子を頭にのせて、すました顔をして歩いている。こんなにアオイ色が出せるならどうして半年もの間、灰色の顔をして黙っていたのかな、裏切り者の空、そら、ソラー、太陽、大洋、海、アオ、宇宙の底辺。ブルージーンズが緑のブラウスに合わないなんて嘘《うそ》。どんなに競争相手を軽蔑《けいべつ》しているデザイナーでも、最大の競争相手である自然が生み出した色の組み合わせを笑いとばすことはない。

オラニエンブルガー通りという名前の駅で電車を降りて外に出ようと階段を昇って行くと、わたしのすぐ前にいる栗毛の青年の青いリュックサックに「悟」という漢字が大きくプリントされていた。こんな字を鼻先につきだされるとは思わなかった。悟れ、と他人に道端で急に言われたような気分。持ち主は意味を知らないのだろう。もし知っていたら気軽に背負えるような漢字ではない。悟りだって、意味を洗い落とせばデザインになってしまう。でもデザインになったからといって意味が消え去るわけじゃない。

地上に出てキョロキョロあたりを見回し、数歩進んでオラニエンブルガー通りがトゥホルスキー通りと交わるクロイツング（四つ角）に立って、どちらに行こうかと迷う。クロイツングには異種の遺伝子を混ぜ合わせる意味もある。迷うことを楽しんでいるので、訪問者用の案内板がかえって決断の邪魔になる。こちらはユダヤ墓地、お値段は五百メートルでございます。ユダヤ教会は多少お値段がお安くなっておりまして、百五十メートルでございます。あるいは、全く逆方向に歩いて行くこともできます。自然学博物館は少しお高くなりまして千二百メートルですが、ここには恐竜の骨、ホルマリン漬けのフィッシュ各種に加えて、カバのクナウチケ、ゴリラのボビー、白熊のクヌートなどの剝製《はくせい》も取り揃《そろ》えております。ブレヒトハウスまでは七百五十メートル、裏の墓地にはブレヒトのみならずハイナー・ミュラーやヘーゲルの骨などもとり揃えております。歴史の贅沢品《ぜいたくひん》を次々ガラスケースから出して目の前に並べられているようで言葉が出なくなり、唾《つば》をのんだ。過去を買う時は、どんな貨幣が使えるのか。ライヒスマルク、東独マルク、西独マルク、統一ドイツマルク（そんなものはなかった）、それともユーロ。

骨にはあまり興味がない。むしろ小さな文房具屋にぶらりと立ち寄って、軽すぎて話にならないような現代という名の鉛筆を手にとってみたい。鉛筆を数本刺した砂漠を描いた風景画の並んだ、誰も客の入っていないギャラリーにこっそり足を踏み入れて、そこのトイレを使ってみたい。意味のない時間、あの人に何をしていたのと訊《き》かれても答えられないような時間を流してみたい。どこにも行かないことを宣言したい。わたしは一生どこにも行きつかないことを誓います！

オラニエンブルガー通りをずっと先まで目で追っていくと、それほど遠くないところにアレクサンダー広場のテレビ塔が見える。串《くし》に葱坊主《ねぎぼうず》を刺したみたいな姿が東独の絵はがきに印刷されていた頃と少しも違っていないのがなんだか不思議でもある。色褪《いろあ》せていない。春がめぐってくる度にテレビ塔は新たに生えてくる。葱坊主も竹の子も土筆《つくし》もみんな同じ。冬を破って生えてきたファロスだ。春が夏になるのは穏やかに気温が上昇するというだけのこと、夏が秋になるのは穏やかに気温が下降するというだけのこと、秋が冬になるのも更に気温が下降するというだけの穏やかな変化。ところが冬から春へはただ上昇下降するのではない。突破するのだ。

喫茶店の外席で、ベンチ風の木の椅子《いす》に片足を投げだして、コーヒーを飲みながら本を読んでいる女性。ストローをくわえ、額を押しつけ合っている二人の若い男。飼い主の足の間に小さくなって、耳だけ時々激しく動かしているむく犬。

本屋に入るなり、いきなり正面の台にトゥホルスキーの詩集が数冊並べてある。一冊手に取ってみる。「その四年間は、戦場で人を殺すことが義務だった。ほんの三十分離れたところでは殺人は違法だったのに。え、人殺し？　と僕はつぶやく。そうさ、もちろん人殺しだ。兵隊は人殺しだ。」立ち読みではない。立ち翻訳だ。本屋の中で立ったまま勝手に翻訳しているわたし。

箱の中に「今日の演劇」のバックナンバーが入っている。懐《なつ》かしいハイナー・ミュラーの顔写真が葉巻を吸っている。雑誌の紙から葉巻の煙が立ちのぼっている。ちゃんと匂《にお》いまでする。外に出て、東ドイツに属していた敷石を踏む。何週間も前に日本でビザを申請し、ホテルを予約し、銃を持った国境警察に睨《にら》まれながら長い列に並び、パスポートを提示し、緊張に肩を凝らせ、膝《ひざ》を震わせて入った東ベルリン。入ってからも緊張し、人の視線を感じ、左右だけでなく背後にも注意を配りながら歩いた。それが今は自分の寝室みたいに居心地よく、スリッパではいているようなたらたらした足取りで歩いている。でも国境はまだ存在する。蛇のようにずるずると移動しながらヨーロッパの様々な場所に姿を現す。今でも国境を越えようとしても越えられない人がいる。オーストリアがイタリアとの国境に柵《さく》をつくろうとしている。地中海がアフリカとヨーロッパを結びつけてしまうなら、その結びつきをブレンナー峠で断ち切ろうとして。人々は火薬のにおいに息をとめ、埃《ほこり》を被《かぶ》って動かなくなったパソコンを捨てて、南から北へと移動し続ける。その中でベルリンを終着点として目指している人はごくわずかだ。この町にはあまり仕事がないから。それにナンミンは自分で住む町を決めることができない。

いつだったか、「トゥホルスキー通り」という名をわたしが何気なく口にした時、あの人の顔が一瞬輝いた。何かを思い出したようだった。ところが記憶を辿《たど》り始めるまえに、「それほど重要ではない」という名前の箒《ほうき》がさっと脳床をはらって、記憶のかけらをチリトリにのせて鳥のように運び去ってしまった。あの人は無駄な思いつきを始末するのが速すぎる。すぐに捨ててしまう。無駄でない喫茶店なんて滅多にない。たとえばこのポスター。タジキスタン喫茶でお茶はいかが、と誘っている。中近東風の赤い絨毯《じゅうたん》を敷き詰めた部屋に赤いクッションを並べ、阿片窟《あへんくつ》にでも来たみたいな夢酔顔でお茶を飲んでいる美男の写真。

なんとなく面白そうだからというだけの理由でタジキスタン喫茶につきあってくれそうな友達がわたしには少なくとも三人はいる。一人は普段あまり耳にしない国の名前を耳にしただけで目が輝き始める。二人目は小学生のようにわたしと腕を組んで予想もつかない場所にでかけ、目的地に着くまで、一体どんな場所なのかあれこれ想像しながらおしゃべりするのが好き。三人目は、後で母親に話して驚かせるネタになるような体験をいつも探している。この三人のうち一人を誘えるなら、タジキスタン喫茶に行くことができたのに。でもベルリンで暮らすのにふさわしいこの三人はベルリンには住んでいない。ベルリンに最もふさわしくないあの人がベルリンに住んでいる。

あの人がタジキスタン喫茶に行きたくなるその時まで待っていたら、一生行かないまま終ってしまうかもしれない。どうしてもタジキスタンに行きたいわけじゃない。

「タジキ」という響きの中から立ちのぼる何かを自分の目で確かめてみたいだけだ。

野球帽を被って、旅行ガイドを片手にもたもた歩いている三十代半ばの男はアメリカから来た旅行者に違いない。ドイツには野球はないし、大人が野球帽を被っていたら、頭の中味が比較的軽いのではないかという偏見に晒《さら》される。アメリカ人なら、そんな心配などしないで気軽に被るのだろう。たとえどこかの野球チームのロゴマークが付いていても、気にせずに被って美術館にだって入るのだろう。彼の場合は正面に星のマークがついている。よく見ると星には六つ角があった。そんなロゴマークの野球チームがあるんだろうか。ピンク色のスニーカーにショートパンツ姿の女性が追いついてきて、二人は表札の前で観光案内の本をめくりながら話をしている。二人が立ち去ったあとで表札を見ると、「イスラエル・シナゴーグ・ゲマインデ」と書いてある。遠くからは読めないくらい字が小さい。ひかえめな看板だ。イスラエルと目にした途端に、それまで全く網膜にひっかからなかった警備員二人が急に視界に浮かびあがってきたから不思議だ。イスラエル関係の建物の前には必ず警備員がいる。

隣の窓には六つ角のあるダビデの星のシールがたくさん貼《は》ってあるからやっぱりイスラエル関係の店なのだろうけれども、張りつめた雰囲気は全くない。星は色取り取りで幼稚園みたいで、外には聞いたこともないような食べ物の名前を並べた手書きの看板が出ている。戸を開けたとたん、乾物屋とメルヘン喫茶がいっしょになったような空間に吸い込まれた。コーシャのごまペーストの瓶が並び、コーシャの袋詰めのクッキー、イスラエルの国旗などが押し合いへし合い助け合い店を埋め尽くしている。クラッカーのお化けみたいなコーシャの乾燥パンの箱が床から塔のように積み上げてある。天井にさがったモビールには色紙でつくったダビデの星がいくつもぶら下がっているが、その中になぜか日本の折り鶴《づる》が数羽混ざっている。折り鶴はきっとコーシャじゃない。だから、わたしみたいなのも混ざっていていいんだという気がして席にすわると、自分の部屋みたいに居心地がいい。

壁に飾ってある写真は百年くらい前にベルリンのユダヤ教会で撮ったものらしく、ラビの隣に一瞬少女かと思わせるような美しい顔の青年が黒い円形帽でつむじを隠し、耳元に螺旋状《らせんじょう》の黒い巻き毛を一房垂らしてすわっている。写真の隣にはヘブライ文字が動物といっしょに踊っている絵本が飾ってある。三十年代の白黒映画から飛び出してきた女優みたいな人が注文を聞きに来る。メニューに「ナナのお茶」と書いてあるのが気になる。7のお茶？　「ナナって何ですか。」「薄荷《はっか》ですよ。」事務的でもなく、嘲《あざけ》るようでもなく、ふざける様子もなく、暖かいが親切の押し売りでもなく、ねばっこい好奇心も見せず、どうすればこの女性のように話すことができるんだろう。

ペパーミントの葉はむんむんと香りを放ち、りんごケーキは見かけは地味だが驚くほどしっとりと楽園の甘みを伝える。奥の厨房《ちゅうぼう》から漏れてくる香ばしいにおいがこれまで意識していなかったもう一つの舌の食欲をそそる。この店ならあの人を連れて来たい。と考えるのが楽しいだけで、本当は一人でここにいることが楽しいのだ。思えば高校生の頃、一人こっそり「ナジャ」という名の喫茶店に入って紅茶を頼み、本を読んでいると、心臓の鼓動がいつもより速くなり、自分が不思議な場所にいる選ばれた幸福人みたいな気がしたものだ。授業をさぼったわけではなく、喫茶店に行くことを禁じるような大人はまわりにいなかったのに、胸の高鳴りは初恋を思わせるくらい激しかった。社会から自分を切り離し、行方不明になってしまう可能性に気づいて、無意識に衝撃を受けていたのかもしれない。それ以来、孤独遊びが癖になって人生の内容になってしまった。

したくなった。ドイツ人ならこんな時、「小さい女の子、してくるね」と言う。そこから派生して「小さい男の子、してくるね」という男性も現れた。スカートをはいた女とズボンをはいた男のピクトグラムがある奥の扉をあけるとドアが三つあった。どうして三つなんだろう。どれが婦人用トイレでどれが紳士用トイレなのか見当もつかない。当てずっぽうに一番奥の扉を押して開けると教室があって、狭い空間を予想していたわたしは思わず動きが止まってしまった。うつむいて本を読んでいた十五人くらいの園児たちがいっせいに顔をあげてわたしを見た。わたしは不器用に頭をさげてドアを閉めた。

それから代金を払って逃げるように外に出た。大変な失敗をしてしまった。間違ったドアを開けてしまうほど恥ずかしいことはない。羞恥心《しゅうちしん》に尻《しり》を焼かれながら、速歩で逃げた。逃げながら一つ気になることがあって、気持ちが落ち着いてくるとそれが言葉としてかたちを成してきた。今見た子供たちが身に付けていた服は戦後のものではなかった。あれは店に飾ってあった写真の時代、ほぼ百年前の子供たちだったのだ。トゥホルスキー通りがまだ大砲通りと呼ばれていた頃、このゲマインデ《コミュニティ》に集まってきていた人たちだ。幼稚園を作ってヘブライ語の字を教え、本を読むことを教えた。

お前たちは出ていけ、という落書きが壁を汚し、窓に投げつけられた石がガラスを割り、店では冷たく扱われ、外から帰るとコートの背中に唾がついていて、頭の中で危険信号が鳴り続ける。ヘイトスピーチという言葉はふさわしくない。嫌うこと自体は人間的で悪いことではないから。蜘蛛《くも》を嫌う人、汚職を嫌う人、にんじんを嫌う人、ナイロンを嫌う人。いろんな人がいていい。でもユダヤ人を嫌うということはありえない。トルコ人を嫌うということはありえない。中国人を嫌うということはありえない。自分の傷が腐敗しかけているのに治療する勇気を出せない臆病者《おくびょうもの》が、無関係な他人に当たり散らしているだけだ。

トゥホルスキーは、子供の頃は自分がユダヤ人だということなど考えたこともなく、ドイツ語を話すヨーロッパ人として育った。わたしだって同じだ。たとえば散策者であることがわたしの国籍だと思っていた。「日本人」という言葉を思い浮かべた途端、ラーメンのにおいがして、脳に素手で触られたみたいにぎょっとした。五メートルくらい離れたところに長いよれよれの踵《かかと》に届きそうなトレンチコートを着て、古い運動靴を潰《つぶ》すようにはいた若い男が立っている。ショーウインドウのガラスをうつろな目で見つめているが、その腰の位置、肩の落とし方がわたしの記憶の表面を引っ掻《か》く。北多摩の高校生だ。と思ったが、彼はもう高校生ではない。二十代の終わりだろうか。誰からも誉《ほ》められず貶《けな》されずに一人で生きているうちに大きく育ってしまったお化けキノコみたいなアーチスト。彼は何を見つめ、なぜその店に入るのを躊躇《ためら》っているのだろう。どこかで会ったことがあるような気がしてならない。高校時代の同級生だと言われても驚かない。でも名前は全く思い出せない。大学を卒業した春に「ベルリンに行って来ます」と彼が飲み会で宣言した時には、それまでは尻を舐《な》めるように軽蔑しあいながらも飲みつるんでいた仲間たちの身体に一瞬、緊張が走った。あちあちのアートをあっちでやるんね、ははは、と酔った一人が額の高さに持ち上げた杯がゆれてお酒が顔にかかった。エリートぶりを捨てきれないもう一人が眉《まゆ》をひそめて、ベルリンね、まあニューヨークよりはいいかもな、とつぶやく。棘《とげ》に覆《おお》われたブラジャーのオブジェを作って最近、賞をもらった多摩の美は、あたしも連れてってええ、と猫《ねこ》撫《な》で声を出した。彼は一人にやにやしながら、優越感と薄ら寒さを重ね着し、肩をまるめて一人で家に帰った。同じ汁の中で煮詰められていた野菜スープから自分だけがすくいあげられて高みに昇った気分だったが、すくいあげられた後で、宙にぶちまかれるのかもしれない。そのくらいならお椀《わん》に静かによそわれて凡人に食べてもらった方がいいのかもしれない、とも思ったがもう遅い。キャンセルできない格安の片道航空券を買ってしまった。ベルリンに着いてからはずっと微熱が続いて食欲がなく、自分が何をしているのか分からないというか、何かしているのが自分だという実感がなかった。つてをたどって、ノイケルン区にあるアトリエの片隅を夜使わせてもらえることになり、彼はそこで土を捏《こ》ねたり、木を彫ったりした。和紙にデッサンをしたり、漢字を突然変異させて書いたりもしたが、この先どうなっていくのか、全く見えてこない。夜しか仕事場が使えないので昼間は寝ることにしたが急に明るくなった春の日差しのせいかカーテンをしめても、掛け蒲団《ぶとん》を頭からかぶってもなかなか眠れず、寂しさからお洒落なミッテ区にふらふら出てきてしまった。

わたしが勝手に物語をつくって背負わせてしまった日本人の男が去った後、ショーウインドウに近づいてみた。かなり気取ったお茶の専門店だ。未来派がデザインしたみたいな茶筅《ちゃせん》、見ていると耳の中がかゆくなる茶杓《ちゃしゃく》、美しい木目の茶杓、三段に分かれた桐《きり》の箱に入った三姉妹みたいな茶碗《ちゃわん》。ポスターに大きく印刷された漢字は、くがまえの中に「元」が入った漢字だ。さっきの日本人はこの字を見つめ、漢字が読めなくなってしまった自分の顔をガラスにうつして呆然《ぼうぜん》と立ち尽くしていたのかもしれない。でも実はそれも彼の思い違いで、日本ではこの字に出逢《であ》ったことがなかったのではないか。妙に懐かしいこの漢字。わたしも読むことができない。そしてこの店に入れば嗅《か》いだだけで気分も人格も高まりそうな香りの緑茶が出るのだろうけれど、それは日本にはないお茶で、飲んでいるうちにまだ行ったこともない快楽の園に足を踏み入れることになるかもしれない。

あの人はハーブ茶をよく飲むけれど、いつも同じ種類のお茶を同じ店で買い、それ以外のお茶を自宅で飲むことはない。あれも飲んでみたい、これも飲んでみたい、というような好奇心は一体何歳の頃に死んでしまったのだろう。あの人は、中国のめずらしいお茶を飲んでみたいとは思わないだろうし、もちろんタジキスタンのお茶など飲んでみる理由を見つけることもできないだろう。

わたしはいつだったかあの人にジャスミンの花のお茶を贈った。一年後にその袋が開けてみた様子もなく戸棚の片隅につっこんであるのを見て驚いた。ある年齢に達すると、新しいものがこれまで出逢った中で最高《ダス・ベステ!》のものよりも更に良い《ノッホ・ベッサー!》である確率はとても低い。あの人は今も若さを保ちながら、早すぎる過去に大人になってしまっていた。

ドラゴンの肉を挽《ひ》いて団子にしたもの、オオカミの耳が生えた赤頭巾《あかずきん》ちゃん、セーラー服を着た火星人。この店はどうやらマンガ専門店らしい。ショーウインドウの前に立っているミルク顔の少年二人。背はわたしより高いが、白アスパラガスのようにひょろひょろしているから歳《とし》はまだ十二、三歳だろう。ちぇ、今日、しまってんのか。ちゃんと調べてから来ればよかったよ。などと言い合っている。一軒の店をめざして来るから閉まっていた時にがっかりするんですよ、と教えてあげたい。わたしなんかは、どの店に行きたいということもないし、あの人と待ち合わせするということももう諦《あきら》めてしまったので、待ち人は来るのか来ないのかなどという問いの醸《かも》し出す緊張感もなくなり、来ないはずの時間をどこまでも引き延ばしている。

さっき「悟」の字のついたリュックサックを背負っていた青年のことをふと思い出した。あれは禅ではない。孫悟空の「悟」に違いない。孫悟空のファンクラブの会員なのだ。でも、あんなリュックサックを背負った少年が、マンガばかり読んでいるというだけの理由で、将来決して悟りの境地に至らないと言い切れるだろうか。

建物の外壁に「サラダはまずかった」という落書きがある。観光客の感想としては平凡だが、これだけ切り離して眺めてみるとちょっと面白い。

「七つの願い」という名前の店があった。小さくて可愛《かわい》くて役に立たない物ばかり売っている店。七つの願いをかなえてやると言われたら、わたしはどんなことを願うだろう。毎晩死んだように深く眠れること、地上から軍隊が消えてなくなること、春みたいな顔を手に入れること、動物たちが人間のせいで苦しむことがなくなること、一生言語的興奮に見放されないこと、今飢えている人たちがすぐに食べ物を得ること、家族や友人たちが鬱病《うつびょう》にかからないこと、東京を大震災が襲わないこと。いつの間にか七を過ぎてしまった。あの人と結婚すること、という願いが入っていない。どうやらわたしはそれを望んではいないらしい。

細い道が枝分かれしている。そこに仲良く車椅子を並べて、半地下を覗き見している二人。一人は白髪の痩《や》せた女性、もう一人はエスプレッソ色の肌の若い男性。こっそり斜め後ろから近づいていって見ると、半地下にはレストランの調理場があって、白い帽子のコックが包丁を器用に動かして、肉を骨から切り剥《は》がしている。その様子をじっと見つめる女性は目尻に深い皺《しわ》の刻まれた真っ白な肌をしていて、頬の部分だけがかすかに桃色に染まっている。男はまだ二十代だろう。上着を着ていないので、きつそうなワイシャツを通して胸や腕の筋肉が盛り上がって見える。共通点が全くない二人が車椅子のおかげで一生離れることのない夫婦のように見えるから不思議だ。車輪の微妙な鋭角はまわりの人を安易に受け入れない。わたしだって、隣に立ってみても仲間入りはできないだろう。二人は二人だけの居間を町中につくりあげて、くつろいでいる。車椅子があるので、絨毯もソファーもいらない。テレビもない。コックが仕事しているところをずっと見学できるなんて、どんな映画より面白そうだ。

手縫いの本革製品がぎっしり並んだ店がある。財布、ハンドバッグ、手袋、ショルダーバッグ。おいしそう、と思わず声をあげたくなるような革が波打っている。なめす、なめてる、革をなめてみたい。革切り鋏《ばさみ》のじょきじょきと気持ちのいい音が聞こえてくる。革を縫う太い針のきゅるきゅるという音も聞こえてくる。こんなにたくさん鞄《かばん》を並べなくても鞄屋だということは一目瞭然《りょうぜん》なのに、やりすぎじゃないかな。

値札は小さくて、恥ずかしそうに顔を伏せている。一枚めくると三百ユーロだった。

もう一枚めくると、二百五十ユーロだった。まあ予想通りの値段。ところが鞄の間になぜか缶に入ったオリーブ油が並んでいるコーナーがある。文庫本くらいの一番小さい缶は四ユーロだった。ちょうど買いたいと思っていたのだ。昨日もおといも町のどこかでオリーブ油を見かけたけれど瓶が大きく、それから図書館に行かなければならなかったので買わなかった。どうして鞄屋でオリーブ油を売っているのかがわからない。休暇で知り合ったイタリア人に頼まれたのかもしれない。瞳の輝きの濃い女性が近づいて来る。何かお探しですか。このオリーブ油が欲しいんですけれど。ええ、どうぞ、最近、仕入れることにしたんですけれど、他ではなかなか手に入らない品物ですよ。ということはこの人、若いけれど店主なのだ。この女性なら砂浜に寝そべってアドリア海を見つめていても似合う。そこを通りがかったイタリア人の青年が声をかける。彼女はサングラスをずらして、青年の瞳の奥を覗く。会話が始まる。青年はペンションを経営しているが自分のオリーブ畑からしぼったオイルをドイツに輸出したいと思っている。何を売るのでも、グロバリバリ働いて市場を拡張していかなければ、今の世の中、経営がなりたたない。そこで恋仲になった彼女に頼んで、ベルリンでもオリーブ油を売ってもらうことにした。打算が恋を促進したのか、しなかったのか。

すみません、これイタリアのオリーブ油ですよね。そうですよ。イタリアの中でもプッリャ州で搾《しぼ》ったものだけで、他はいっさい混ざっていません。プッリャ州ってどこですか。長靴の踵の部分です。

ふと腕時計を見ると思ったより一時間余計に時間がたっていた。油を売っている場合じゃない。たとえそれがオリーブから搾り取った油であっても。その時、店内に人がもう一人いることに気がついた。くしゃくしゃの色褪せたワイシャツを着た猫背でぱっとしない男。お洒落な鞄を捜すタイプには見えない。似合わない。猫にカバンとはこのことだ。あなたには似合いませんよ、あの人なら似合うけれどね、と考えるのは余計なお世話。ところがわたしがオリーブ油の代金を払って外に出る時、美しい店主と声を合わせて、この男が「さようなら」と歌うように言ったのには驚いた。ここで働いている人なのだ。いや、雇われ店員ならあんな服装で出勤しないのではないか。ということは店主の亭主。でもそうするとイタリアにいる恋人とトライアングル関係になってしまう。わたしは物語というオイルがこれ以上こぼれて外界にしみ出さないうちに、あわてて外に出た。

新しい靴が欲しいとあの人はいつも言っている。でも実際は季節の数より月の数よりたくさんの靴を持っているので必要というより、欲しいということなのだろう。欲望が靴のかたちをして溢《あふ》れ出してきて、必要でも必要でなくても買い続け、買った靴に踏みつけられて腹をたて、靴を隣のパン屋めがけて投げつける。怒りの塊でないなら商品は何のためにあるのか。買いたい商品、解体商品、懐胎、鞄が絶対に必要なたった一つの何かの代用になるはずがない。実際は常にそれは二つ目か三つ目の鞄で、あってもいいしなくてもいい。恋人だって、それは必ず二人目か三人目であって、今一人もいないわけじゃない。友達だって同じだ。友達がいなくてもたくさん友達がいるという前提で、二人目、三人目を捜している。友達が千人いたから孤独でなくなるわけでもないのに。

靴そのものが欲望だからシンデレラの姉さんたちはいやらしい腰つきで、あらこの靴、小さすぎるわ、などと漏らしながら、大きな足を無理に靴に押し込め、それでも入らないので斧《おの》で足の指をばっさり切ってもらって靴をはいた。わたしの靴の中はいつも血でぬるぬるしていて生暖かい。店に並んだ高級な手作りの靴たちをしばらく眺めていると、うんざりしてきた。革を染めた赤や緑が毒々しすぎる。若葉を見てしまったせいかもしれない。若葉のみずみずしい色には流れがある。染めたのではなく、流れ込んできた色彩を惜しげもなく送り出す。

春なのに「夏の店」という洋服屋がある。店の名は壁にペンキで大きく書いてあるから、秋になったからと言ってすぐに「秋の店」と書き変えるのは大変だろう。店の外にしゃがんで電話している若い女性が店主だろうか。白い襟が蝶々《ちょうちょう》のようにそよ風に舞い、春の澄みきった日差しに照らし出されたソバカスが桃色の唇によく似合っている。駆け出しのデザイナーが布地を裁って、縫って、自分で借りたスペースに吊《つる》して自分で売る。ベルリンにでてきて夢を果たしたデザイナーは、雇い主がいないので誰に叱《しか》られることもなく、客の途切れた時には外の日だまりで恋人と電話で話している。彼女の前を通り過ぎる時に歩調を少しだけゆるめる薄着の青年。くすんだ紺色のTシャツに藁色《わらいろ》のジャケットを羽織っている。焦げ茶色の髪、あごひげ、濃い眉毛。ドイツ人でもありうるし、シリア人でもありうる。しゃがんで電話している女性にちらっと視線を送って通り過ぎる。次には癖のある栗毛をもっこり頭にのせた竹竿《たけざお》みたいに長身の青年が歩いてくる。羽毛の入ったジャケットをポロシャツの上に羽織って、ジーンズの裾《すそ》は靴に踏まれてほつれている。ドイツ人でもありうるし、シリア人でもありうる。しゃがんで電話している女性にちらっと視線を送って通り過ぎる。黒い髪に黒い革のジャンパーを着て、煙草《たばこ》を吸いながら歩いている女性。しゃがんで電話している女性には目もくれず、肩で風を切って過ぎ去る。金髪を黒く染めたのだろう。Tシャツの胸の上で髑髏《どくろ》がにんまり笑っている。

商品に変身した個性はきらきら輝いて、存在はふわふわ軽い。可愛くて上機嫌な三角形の鉛筆立て、ガラスでできた透明の鋏、かたつむりの巻き尺、コウノトリのコンパス、ワニの定規。お菓子屋にはバウムクーヘンとショコラーデ、酒屋にはトスカーナの白ヴァイン、赤ヴァイン、ゼクト。快楽ばかり並んでいる場所から急に逃れたくなる瞬間がある。

同じトゥホルスキー通りでもう一つの方向に歩いて行かなければだめだと思った。何があるのか分からない漠然とした寂しさを漂わせているあの方向に。コピー屋が現れたので、地価がうんとさがったことが分かる。「あれがなくて困った」という名前のキオスクがある。トイレットペーパーや食塩やコンドームなど、あれがない、と気づいてあわてて買いに行く物ばかり並べて売っている。面白くなってきた。「速くて安い仏様」という看板の出たレストランがある。速くて安いなんて、もしかして悟りの不当廉売《れんばい》？　ガラスの内側で金色の仏様が、にやけた招き猫と並んで笑っている。もしもモハメットの人形が、にやけた招き猫の隣に飾ってあったらスキャンダルになるだろう。磔《はりつけ》になったイエスの像も痩せすぎていて食欲をそそらないだろう。でも仏様は怒ったりしない。招き猫といっしょに並べられても。それが彼のいいところじゃないかな。ドアが開いて客が一人飛び出してきて、携帯電話を耳に強く押しつけたまま速歩に去っていった。中から胡麻油《ごまあぶら》と醤油《しょうゆ》のにおいが流れ出してきた。ベジタリアン向けのファーストフードを安く出すレストランかもしれない。もしかしたら、今流行のスロー・ファースト・フード。ゆっくり人生に同調するけれども忙しくてランチの時間がとれない人たちが、手間をかけて無農薬の野菜を使ってつくった手作りの料理をマクドナルドより速く食べられる店。

隣の店先に並んでいる大衆新聞の一面で、すっかり枯れ顔になったプレジデントのオバマと堂々としたカンツラリンのメルケルが向き合って、カメラと望遠鏡のいっしょになったような玩具《おもちゃ》を手にして微笑《ほほえ》んでいる。大きく成りすぎた子供たちがいじっているのは、未来を撮影できる機械。今、開催中のハノーバー工業技術フェアで公開されたモデル。思わず新聞を手にとって読み始める。三面では最近テレビによく出る極右党の女性代表が唾を飛ばしながらしゃべっている。ただし新聞写真なので、その唾は実際にこちらにかかってくる心配はない。極右は「ごくう」と読むのだと勘違いしていたわたしは極右と悟空をごっちゃにするという大変な過《あやま》ちを犯していた。極右党の女性代表は落花生みたいな形の顔をしている。油っけはあるけれどもしっとり潤《うるお》うことのない知性。有権者に微笑もうとする意志だけが前面に出て、目は氷河期のまま。肩に余裕がない。それでも四方から飛んでくる批判に対して常に答えを用意していて、刈り上げで無骨でがっぽりジャンパーをはおったメダカみたいな目をした同僚たちとは比べものにならない。「右翼と呼ばれることに抵抗を感じますか。」「わたしたちは右ではなくて真ん中です。黄金の中道です。メルケル首相の所属する伝統的な保守政党が左翼になってしまった今では、わたしたちが中道でしょう。だから票が、ふふふ、増え続けているんですよ。ふふふ。」「メルケル首相がどうして左翼なんですか。」「反原発でしょ。」「でも、それはフツーじゃないんですか。」「庶民は安い電気代を求めています。高いソーラー・システムを家の屋根に付けて気取っているエコで大学出の金持ちが政府から補助金をもらうなんて許せません。」「女性問題は？」「保育園なんてこれ以上必要ありません。」「でもあなた自身も働いているじゃないですか。」「働きたい女性は働いてもいい。でも独身のキャリアウーマンやシングルマザーが得をして、夫のいる専業主婦が差別される社会は許せない。」「そんな社会があったら見てみたいですね。ところで移民問題ですが。」「政府は英雄気取りで難民をどんどん受け入れ、庶民がどれだけ心配しているか考えていない。」「庶民の心配とおっしゃいますが、庶民は具体的に何を心配しているのでしょうか。」「その質問については最近のアンケート結果があるので正確にお答えすることができます。庶民が一番心配しているのは、ドイツのイスラム化です。」わたしは、あああああああっと声をあげそうになった。庶民というのが存在するのかどうか知らないけれど、もし存在するとしたら、ソーセージとかパンとか洗濯機とかおしめとか具体的な物の心配をするまともな人たちかと思っていた。イスラム化なんていう、そんな頭の中に棲《す》む怪物みたいな現象を心配しているのだ。どうしてそんな余裕があるの。具体的な心配がたくさんあるのに。「あんた、その新聞、買うの、それとも買わないの？」と店の中から不機嫌そうな顔が覗いて怒鳴った。わたしはあわてて新聞をスタンドに戻して、二ユーロさしだした。「読書代です。」「払うんなら、新聞も持って行けば？」「もうさわりたくないんです。」

上を向いて歩いていくと、街路樹が重なりながら、ずれながら空をこすっていく。真っ青な空を黄緑色の若葉が駆けていく。あの青と黄緑は似合っているのか、いないのか。二つの色は擦り合わされるが、決して水彩絵の具のようにみずっぽく混ざることはない。人の思いはぶつかることはあってもすっかり溶け合うことはない。水彩画でも色が滲《にじ》んで混ざっている部分は美しいが、いろいろな色が自分を失ってお互い、相手に溶けこんでしまうとウンコ色になる。

自分は孤独だと認めてしまうのは気持ちがいい。春だからこそできること。孤独だなんて最悪の敗北宣言ではあるけれど。友達が見つからなかった、恋人が見つからなかった、家族が作れなかった、仕事がない、住むところがない。そうなっても誰もじろじろ見たりしないから、平気で歩きまわれるのが大都市だ。

これまでの人生を振り返ってみても充《み》たされた時間は、一人知らない土地を彷徨《さまよ》っていた時間ばかりだ。何億ものオブジェに視線を奪われ、何千人もの人生に十分の一秒かかわったが、その場できれいに忘れて先に進んできた。せめて何か買っていれば、鞄でもスカーフでも、それが今手元にあれば明日になっても来月になっても時間が継続していることが実感できるだろうに。何も買わなかったわたしにとって、その日歩いた道はただ歩いていった、ただ生きていたというそれだけ純粋な時間で、どんな物質をも未来に残さなかった。

マヤコフスキーリング

シュトラーセと一口に言ってもいろいろで、真っ直《す》ぐに伸びている通りもあるし、くねくね曲がっている通りもあり、また途中で枝分かれしている通りもある。袋小路もあるし、途中で何度も名前を変える長い通りもある。たまに輪になっている通りもあって、これはシュトラーセではなく、リングと呼ばれる。Ringは、婚約指輪をさすこともある。ワーグナーの「ニーベルングの指環《ゆびわ》」をさらっと「Ring」と呼ぶ人もいる。環? 小さな指輪がいつの間にか大きな指環になっている。二人の人間の結びつきの印だった小さな輪がいつの間にか一族の大きな環の中に組み込まれている。

城下町を囲んでいた壁が近代に入って取り壊され、その跡に帯状に道路ができた場合は、その輪はかなり大きな輪になる。ウィーンのRingなどがそのいい例で、路面電車の駅がいくつもあるような大きな輪が町の中心部を囲んでいる。マヤコフスキーリングはそれとは比較にならないくらい小さな輪で、七分もあればひとまわりできてしまう。

大通りをはずれて一度この輪の中に入ってしまうと、エンジンの音がすべて消えて、静まりかえる。すると、鼓膜が鳥のさえずりを捉《とら》え始め、いつの間にか耳の中は鳥の声でいっぱいになって、大通りの存在などすっかり忘れられ、代わりに大通りとは反対側に広がる森のように大きな公園の息づかいが少しずつ肺の中に流れ込んでくる。それはお城のある広い公園で、教会の塔よりも背の高い樹木が惜しげもなく、ここにも、あそこにも、いくらでも立っている。木、木、木、Baum, Baum, Baum! 公園の中をぶらぶら歩きたいという気持ちはあるけれど、わたしにはまだ輪の中でやり残したことがいくつかある。せめて、それが何だったのか思い出すまで、輪の中をしばらくぶらぶら歩いていたい。

わたしは、修道院の回廊をゆっくり歩く修行者のようだった。中庭のまわりを何周もするうちに答えに辿《たど》り着くと思い込んでいる。そこから引用できるような聖なる書物がないところが、修行者とわたしの違いかもしれない。

店もないし、人もいない道をゆっくり歩いていくと子猫が一匹垣根をくぐって、ころがるように出てきて、わたしの靴紐《くつひも》にじゃれついた。見れば、ほどけている。綿毛のようにふわふわした真っ白な猫は、尻尾《しっぽ》だけが独立した生き物のようにくねくね踊っている。わたしは靴紐を結び直すかわりに、足を上げて振り回した。猫は喜んで、じゃれついた。すると垣根の向こうからもう一匹、同じようにふわふわした白い猫が出てきて、靴紐ではなく、きょうだいの尻尾に飛びついた。飛びつかれた猫は身体《からだ》をひねって、短い前足を振り上げた。するともう一匹、垣根から出てきた。これもきょうだいだろう。その子猫は内気で、二匹がじゃれあう様子をぼんやり眺めているだけで仲間に入ろうとしなかったが、後ろから出てきた四匹目の頭が尻《しり》にぶつかって前に押され、取っ組み合いの真ん中に放り込まれた。五匹目と六匹目は肩を並べて速さを競いながら登場した。親猫はついに姿をあらわさなかった。六匹とも真っ白なのは純血種だからかもしれないが、純血種というナチスを思わせる言い方はもう使われないのに、猫の話をする時だけは平気で使う人がいて、それが恐ろしく残忍に聞こえる。

その時突然、子猫たちはいっせいに動きをとめ、耳をとがらせ、次の瞬間、同じ方向に走り出した。わたしの耳には聞こえない音が聞こえたのだろう。小走りに後を追うと、しばらく前につぶれたと聞いていたレストランの建物の前に出た。名前は思い出せない。確か、「喜劇役者の休息所」とかいう変わった名前だった。

灌木《かんぼく》が斑模様《まだら》に植えられた前庭にテーブルがいくつか置かれ、突き当たり正面に組木造りのヴィラが優雅に構えている。ドアは開いていて、「ようこそ」という看板がかかっている。あの噂《うわさ》は何かの間違いで、実際にはまだつぶれてはいなかったのだ。つぶれる前にあの人と来ればよかった、と後悔していたところだったのでほっとした。あるいは、と思ってぎょっとした。わたしはこの店のつぶれる以前の時間に巻き戻されてしまったのかもしれない。だとすると大変なことになる。過去に歩いたのとは別の道を歩いたら運命が変わってしまって、あの人とは一生他人のまま終わってしまうかもしれない。かわりに別の人と結びついていたかもしれない。そして結果的にはその方がよかったのかもしれない。その人は、「今日マヤコフスキーリングでコーヒーでも飲まない?」と誘えば、「わざわざそんな遠いところまでどうして」とか、「行きたいんだけれど最近ちょっと仕事が忙しくて」とか言い訳することもなく、約束の時間にこのレストランにちゃんとあらわれて、わたしと向かい合ってコーヒーを飲み、そこに無い物、いない人、遠い国の話をし、楽しそうに目を細めているかもしれないのだ。その人は、わたしと同じくらい東の方角に親しみを感じていて、ベルリンという長椅子《ながいす》に身体を伸ばしただけで、頭がポーランドに届いてしまい、横たわったまま両手を伸ばして欠伸《あくび》をすれば、その指先がロシアに届くような、それくらい身体が大きい人かもしれないのだ。

比べるつもりはないけれど、あの人は無駄に身体を伸ばしたりはしない。自分の領域はぎりぎりまで守り抜いて支配するが、他人の領域に好奇心から乗り込んで行こうなどとは考えない。

マヤコフスキーリングでコーヒーでも飲まない？　とあの人を誘えば、「パンコウ区に用もないのに出掛けていくなんて気が知れない」という表情を浮かべるだろう。それから、わたしがマヤコフスキーの詩が好きなのかもしれないと気がついて、あわてて「もし仕事が早く片付いたら行くから先に行って待っていて」と答えるかもしれない。でもその仕事は決して終わることがない。

あの人はベルリンの壁を西側から毎日眺めて学生時代を過ごしたというのに、顔はいつも西を向いていた。ミュンヘンで暮らす両親を時々訪ね、夏に休暇をとってトスカナ地方へ、マヨルカ島へ、ラ・パルマ島へ行くことはあっても、クラコフに、オデッサに行きたいと思ったことはないような平均的な西ベルリン人だ。

わたしは東へ行きたい。北へ行きたい。ここパンコウ区はすでにベルリンの東北に位置するが、もっと東へ、もっと北へ行きたい。もし、あの人に気を使わなくてもいいのなら、遠くに行けたかもしれないと思う。

今わたしは運命の分岐点に引き戻され、汗ばむ手にサイコロを握っている。ここで別の道を選べば、あの人と運命が交差することはない。そうすれば誰をも待たず、誰にも気兼ねせずに、どこまでも歩いて行くことができる。ベルリンの町を出てしまってもかまわない。ドイツ連邦共和国を出てしまってもかまわない。これまで身体に巻き付けてきた束縛の帯を解き捨てて、気兼ねせずにどんどん歩いて行こう。

それとも運命が変わった後も、あの人の記憶を消せないまま苦しみ、最終的にはあの人の家まで押しかけていって、「わたしのこと、知らない人だと思っているでしょう。でも、それは違うんですよ。一本先の通りで角を曲がってさえいれば、わたしたちは出逢《であ》っていたんですよ」などと理解してもらえない説明を繰り返すのだろうか。

逆の立場を想像してみる。ある日、ベルが鳴ってドアを開けると目の前に未来から帰還してきた人が疲れ切った様子で立っている。もちろん、見覚えがない顔だ。その人がこんなことを言い出す。「わたしたちは十五年間結婚生活をともに送っていたんですよ。でもわたしは今二十年前に引き戻され、一回目とは違った道を選んでしまった。そのせいでわたしたちは他人同士になってしまった。あなたは覚えていないでしょうが、わたしは覚えているんです。」そんな風に言われたら気持ちは動揺するが、目の前にある顔を穴があくほど見つめても愛情は湧《わ》いてはこないだろう。

出逢ったかもしれない人たち、親友になったかもしれない人たちで町はいっぱいだ。そのせいか、どんなに気の合う昔からの親友でも、同じくらい気の合う人間は町にたくさんいるのだけれど偶然知り合う機会がなかっただけではないかという疑いが払いきれない。だからわたしは、もう二十年も前から同じ家で寝起きして同じパンを切り分けて食べてきた人間をあえて「あの人」などと呼んで、この都市の迷宮のどこかでもう一度待ち合わせ、初めて会う人のように出逢いなおしてみたいと思い続けているのだ。喫茶店で待ち合わせて、まるでコーヒー一杯分の時間しかないようにせわしなく角砂糖をスプーンで追い回しながら、もう会えないかもしれないので、あたかもその短い時間が愛《いと》おしい、というように、何度も顔を見ながらコーヒーをすすってみたい。たとえ自宅でいつもの夕食をとるのであっても、まるでディナーに招待されたかのように襟を正して花束を買って、その場に臨んでみたい。

他人の家が並ぶ通りは気楽なものだ。暖かく静かなテラコッタ色の屋根瓦《やねがわら》が壊れかけているのが目に入っても、銀行口座と相談して屋根の修理計画を練る必要はない。ポーランド文化センターが閑散としていても、どうすれば訪問者が増えるのかと頭をひねる必要はない。旧中国大使館の敷地に雑草が生えていても、わたしが刈る必要はない。ヨハネス・ベッヒャーの住んでいた家の前に立っても、彼の詩を読んだことがないことに後ろめたさを感じる必要はない。いなくてもいい人間として散歩を楽しむのは何て贅沢《ぜいたく》なことだろう。

ところがたまに気になる建物がある。どうしても中に入ってみたい。入り口の扉が謎《なぞ》めいたイニシャルのように目をひきつけて離さない。わたしは警戒する猫のように足の裏を柔らかくして店の中に入って行った。頭の中の天秤《てんびん》ばかりが激しく揺れる。靴の先で確かめると床はしっかりしているのだが、わたし自身の身体の中で、それまで重かった部分が軽くなり、軽かった部分が重くなっている。

レストランの中は薄暗く静まりかえっていた。壁にはあいかわらずマヤコフスキーの写真がかけてあった。初めてこの店に入った時、わたしはこの写真を見て、亡霊写真でも見たようにぎょっとした。

マヤコフスキーは何度もベルリンに来てはいるが、特にこの通りと縁が深かったわけではない。ところが彼の名前が通りにつけられたことで、レストランにも彼の名前がつけられ、店内には彼の写真が飾られ、その写真を見ながらコーヒーを飲む人たちが彼の話をするようになり、やがては彼の死霊《しりょう》が自分の名前を聞きつけて、ここに降りて来るかもしれないのだ。場所を指定されないと死霊はなかなか降りて来にくいらしい。マルクスはマルクス通りに、カントはカント通りに下りてくる。ゲーテは下りるべき名前の通りが多すぎて迷ってしまって、なかなか降りてくることができない。マヤコフスキーは迷わずここに降りてくるだろう。ロシアにはマヤコフスキー広場と呼ばれる場所があったそうだが、今のロシアは死霊にさえも敬遠されている。生前に書いた詩が偶然、現在の政権批判として読めた場合も逮捕されることがあるそうだ。だから詩人は、泣く泣くロシアを捨てて、ベルリンを選ぶかもしれない。

わたしは写真の中のマヤコフスキーの顔をじっと見つめた。酔いつぶれて寝ていたところをいきなり叩《たた》き起こされ、手錠をはめられ、壁の前に立たされて写真を撮られたような顔をしている。上目遣いにカメラをにらみ、警戒はしているが怯《おび》える様子はなく、ルパシカのような服がゆったり上半身を包んでいる。どこかデヴィッド・ボウイを思わせるような色気がある。写真なのでにおいなどするはずはないのに、嗅覚《きゅうかく》が刺激される。その香りがどこから来るのか確かめようとして、視線が写真の表面を忙しく捜しまわる。寝癖のついたような髪の毛に色気がからみつく。怒っているようでいて寂しげな目つきがつい近づいていって抱きしめたくなる。

「四時に行くわ、とマリアは言った。八時、九時、十時」

とマヤコフスキーがつぶやいた。十一時、十二時、十三時とわたしは心の中で続きを数えていった。十四時、十五時、十六時。わたしもそんな風にいつまでも、あの人を待っていたものだ。十七時、十八時、十九時。いくら待ってもあらわれない。家に帰って待っていれば確実に会えるのだが、家ではなく、わたしが辿り着いた遠い場所まで、あの人の方から歩み寄ってほしいのだ。二十時、二十一時、二十二時。

　そのまま数えていって、二十三時を越え、二十四の恐ろしい境界線の向こう側に踏み出してしまったら、どうしよう。ゼロに戻るきっかけを逃したら、二十五、二十六、二十七と存在しない時間の中で孤独に進み続けるしかない。そうなったら、もう誰も時間を共有する人はいない。

「四時に行くわ、とマリアは言った。八時、九時、十時」

　とマヤコフスキーが繰り返した。待ち人がなかなか来ない時のむなしく苦しい気持ちはよく理解できます、と言おうと思ったのに、気がつくとわたしの舌は全く違うことを言っていた。

「いつまで待っているんですか。あなたには別の未来があるでしょう。」

　くさいセリフだ。「Zukunft（未来）」という言葉が嘘《うそ》っぽい後味を舌に残していった。第一、どうしてマヤコフスキーにドイツ語で話しかけているのだろう。夢の中ではそういうことがよくある。相手のわからない言語で話をしている。マヤコフスキーはニューヨーク滞在中、ロシアからの亡命者のエリーにドイツ語の詩を訳してもらって親しくなったと聞いている。そして二人の翻訳密会が受精に至って、新しい一人の女性詩人を生み出した。つまり、ドイツ語ができなかったということになる。それともマヤコフスキーはエリーに会う理由をつくるために、ドイツ語ができないふりをしていただけなのか。

「今すぐ欲しいんです、その未来って奴《やつ》が。」

マヤコフスキーは待ちきれない様子で息をはずませてそう言った。

「まあ、そんなにあせらないで。時間はたっぷりあるでしょう。」

わたしは余裕を装《よそお》って答えた後で、自分の残酷さに気がついた。どうせもう死んでしまっているのだから時間はたっぷりあるでしょう、という意味にとられたかもしれない。

未来を思い描いてみるのは、子供の頃からいつも繰り返してきた頭の体操みたいなものだった。「百年後、文明国の首都はどうなっていると思いますか。」小学校五年生の時に図工の先生に初めてそう訊《き》かれて以来、何度も塗りかえてきた未来像。未来都市を思い浮かべようとすると毎回、脳味噌《のうみそ》のスクリーンが真っ白になるので息が苦しくなる。苦しさを我慢して呼吸を整えていくと、少しずつ見えてくる。そんな時に参考になるのは実際に存在する、ちょっと不思議な建築物だ。たとえば国会議事堂。透明な外壁に包まれたドームの曲線に沿って、螺旋状《らせんじょう》の通路が下から上まで続いている。庶民も移民も観光客もそのスロープを登りながら、ガラスの壁を通して中で政治家たちが働いているようすを見学することができる。水族館のようなものだ。「グラスノスチ！」と歓声をあげている人もいる。国会議事堂のてっぺんまで登りつめると、政治家たちのつむじを真上から眺めることもできる。まがっているつむじが多い。汚職の現場を目撃することもある。実況中継より面白い。一方、政治家たちの方は見られているから汚職をしないということはなく、ばれてしまった場合は、いさぎよく罪を認めて、「国民のみなさまに心からお詫《わ》びいたします」などと言いながら頭を下げて謝るが、それほど責任を感じているようには見えない。というのは「国民のみなさま」は「お客様」と同じで、儲《もう》けさせてくれるならいくら頭を下げても痛くも痒《かゆ》くもない相手なのだ。

都市の中心部には車は走っていない。国会議事堂と首相官邸と中央駅と世界文化会館は「主プレー」と呼ばれる川でつながっていて、遊覧船で楽に移動することができる。船の甲板では、観光客と国会議員がビールで乾杯し、雑談を交わしている。船は、美術館や博物館が宮殿のように立ち並ぶ島の入り口にも停まる。美術館に正面入り口から入ると、天井の高い巨大なホールがあって、そこに野宿者たちが小屋を建てて住んでいる。小屋の背後にある暗闇《くらやみ》の中からレンブラントが「そっちから僕が見えますか」と問いたげな目でこちらをうかがっている。セザンヌの林檎《りんご》が美味《おい》しそうに歌っているが、誰も手に取って齧《かじ》ろうとはしない。隣の歴史博物館では、子供たちが原始時代の石器を手にとって遊んでいる。「展示物に手を触れないでください！」などと注意される心配はない。倉庫に眠っていた数百個の発掘物が子供たちに解放されたのだ。カソリック教会の中には、祈りを捧《ささ》げるイスラム教徒の写真が飾られている。市役所の窓口では顎鬚《あごひげ》を生やし女装した男が、来訪者に丁寧に住民票の説明をしている。デモ隊が大使館から大使館へとゆっくりと移動していく。制服姿の警察官たちもいっしょになって、反原発を叫んでいる。よく見ると空を流れていく雲たちがみんな人間の顔をしている。「空想力」とか「創造性」という単語を使う人はもういない。空想と創造が常識的な頭の使い方として定着し、政治を動かし始めたからだ。マヤコフスキーの思い描いた未来もそんな風だったんだろうか。散歩しているだけで生きていることへの不安がなくなるような、現代美術館みたいな町。

でも、あの人は都会の真ん中を用もなくふらふらと彷徨《さまよ》い歩いているとむしろ不安になってくるのだ。できることならブランデンブルク州の北部の草原と森の境目にある古い農家を買い取って暮らしたいとお祈りの言葉のように毎日繰り返している。そのために朝から晩まで働いて少しずつ貯金を増やしている。町をぶらついてコーヒーやケーキや映画にお金を垂れ流し続けるなんて、人生の無駄使いだと思っている。

わたしは農家の窓から野原を眺めていても、森の中を散策していても、言葉が浮かんで来ない。木を見ても Baum と思うだけで、それが樫《かし》なのかブナなのか見当もつかない。鳥のさえずりを耳にしても Vogel がいると思うだけで、ツグミが怒っているのか、コマドリが恋しているのかわからない。鳥の名前は単語としては知っているのだ。Amsel とか Rotkehlchen とか。でもそれは詩に出てくるから知っているだけで、頭の赤い鳥とか、道端でミミズをつついている黒い鳥とかの姿と結びつかない。単語は単語でぴらぴらと宙を舞っていて、鳥は鳥で木の枝にすわって知らん顔をしている。言葉は本当は世界とは何の関係もないんだというしらじらとした妙に寂しい気持ち。

町はわたしの脳味噌の中そっくりで、店の看板に書かれた言葉が連想の波をたえず引き起こし、おしゃべり好きの通行人のぺらぺらがオペラになり、旅人たちが博物館の床に外国語をばらまき、石に刻み込まれた戦争が警告を発し続け、地下鉄の中では酔っぱらいが選挙演説を行い、喫茶店の隣の席ではストーリー不明の芝居が常に演じられ、お茶やケーキがそれらしい名前を与えられて次々口に入り、胃腸の中で消化され、財布からレジへ、会社から銀行へとお金が移動し続け、人々は足し算ができないまま、確実に年をとっていく。

町は官能の遊園地、革命の練習舞台、孤独を食べるレストラン、言葉の作業場。未来みたいな町の光景に囲まれていれば、未来はすぐに手に入るものだと思いこんでしまう。人を激しく待つ時は特にそうなのだ。待ち合わせをしてうまく会えたとしても、それからもちょろちょろと流れ続けていく時間を忍耐強く生きなければならないことなど念頭にない。今すぐ、ごっそりと全部欲しいのだ。傷つくことなど全く恐れていない。身体ごと飛びついていく。はねつけられたら、さっと離れていけばいい。傷つく必要なんてない。何度ふられても町には次の幸せがそこら中にころがっているのだから。

マヤコフスキーは頬を火照《ほて》らせ、目だけがぎらぎら光っている。高い熱があるのかもしれない。

「一晩かかって言葉の薔薇《ばら》を一万本書いて翌朝それをリーリャに全部手渡した。するとリーリャは怒って薔薇を地面に叩きつけ、書きたいなら勝手に書き続けて、紙くずみたいな詩に埋もれて年をとっていけばいい、と叫んで、けたたましく笑った。」

「そんな風に強引に薔薇を押しつけられたら、反射的にはねつけたくなるでしょう。誰だって自分の領域を守りたいっていう本能みたいなものがありますから。」

「それなら、どうすればよかったんだ。」

「待つことと待たないことの区別がなくなってしまうくらい、時間の流れを遅くしてみてはどうですか。誰に会いに行くつもりだったのか忘れてしまうくらいゆっくり歩いてみてはどうですか。それに、」

とそこまで言いかけてやめた。マヤコフスキーはすでに薄笑いを浮かべてこちらを見ていた。わたしのやり方を卑怯《ひきょう》だと思っているのだろう。会いたい気持ちを十倍、二十倍、四十倍に薄めていって、会わなくても会ったと同じ状態まで心を持って行くなんて。それなら失望する心配はないから。臆病者《おくびょうもの》のやり方だ。

それにしてもマヤコフスキーがガラス板の向こう側に立っているのが不思議だった。写真だから仕方ないのか。二次元世界の住人なのか、三次元世界の住人なのか、はっきりしない。よくよく見極めようとして一歩あゆみ寄ると、見たことのない顔が向こう側からわたしを観察していた。それは詩人の顔ではなく、ガラスに映ったわたし自身の顔だった。睫《まつげ》を震わし、唇をかすかに開けて苦しげに呼吸する人間の顔だった。わたし以外の人間はここにはいない。

孤独感が冷気のように下りてきて、背筋がぞくっとした。詩人は初めからここにはいなかったのだ。わたしは誰もいないレストランの窓際《まどぎわ》の席にしなしなと崩れるように腰をおろし、来るはずのない給仕を待った。テーブルにはうっすらと埃《ほこり》が積もっていて指でこすると、窓から差し込む光を反射して、そこだけ濡《ぬ》れ色になった。がちゃんと音がしたので振り返ったが、奥にあるドアは開く気配もない。もしそのドアが突然開いたら、入ってくるのは誰だろう。あの人が入ってくるところを思い浮かべた途端、生暖かい息を頬に感じてぎょっとした。わたしの隣にすわっているのはマヤコフスキーだった。ありえないことだけれども、彼はやっぱりここにいるらしい。

「ドアが開いて、あの人があらわれる」

とマヤコフスキーがぼそっと言った。

「あらわれませんよ。それはあなたがそうなったらいいなと思っているだけでしょう。」

「ドアが開いて、あの人があらわれる。」

「誰があらわれるんですか。」

「僕の親友でもあるし、リーリャの夫でもあるオーシプという男。オーシプとリーリャと僕で三人になる。こっそり浮気していたわけじゃない。僕たちは何も隠さなかった。心臓の中味をぶちまけあって、三人で輪になって肩を抱き合っておいおい泣いた。最後には、三人で愛し合って生きていこうと誓った。」

「それは未来的プロジェクトですね。」

「でも、それは無理だった。三人いると一人が余計者になってしまう。」

「どうして既婚の女性になんか恋したんですか。若きウェルテルの悩みですか。」

軽い調子で尋ねるつもりが妙に真剣な声になってしまった。

「それは多分、ブルジョア生活の檻《おり》から彼女を解放してあげたかったから。でもね、そこには矛盾もある。自分でも気づいていた。彼女に惹《ひ》かれたのは多分、体温があたたかくて命が安定していたから。心が激しく動揺することがあっても、酔いつぶれて戸外で凍え死ぬようなことは絶対にない人だ。心中してくれと言い出すことも絶対にない。でも彼女がなぜ安定したあたたかさを保っていられたかというと、ブルジョア社会に守られていたからかもしれない。そこに矛盾があるだろう。」

「でも彼女は自分の今の安定した生活に満足していなかったんでしょう。」

「どうやら不眠症にかかっていたらしい。特に具体的な不満はないのに、このままの生活を続けていくことはできないという焦燥感に身を焦《こ》がされていた。そんなある日、僕らは出逢った。夫にはないものが僕にはある、とリーリャは思った。でも彼女の夫は僕の親友だった。恋人と同じくらい大切な親友だ。しかも彼女は離婚する気なんかない。離婚して僕と二人っきりで路頭に迷うつもりなんか毛頭無い。だから僕らは三人で暮らすことに決めた。」

「よくそこまで割り切ることができましたね。」

「ところがドアが開いて三人目が入ってくる度にすべてが壊れてしまうんだ。」

なんだかすべてが演劇みたいだ。ドアが開いて誰かが入ってくる。それだけでドラマになる。ストーリーなんかいらない。浮気したとか、二股《ふたまた》かけたとか、別れたとか、そういう筋がなくても、ドアが開いて三人目が入ってくるとドラマが始まる。激しい会話が交わされる。会話の内容はそれほど重要ではない。三人のうち一人が出て行く。あとに残された二人がそれからどうなるかには誰も興味がない。二人は冷蔵庫からパイナップルを出し、皿にきれいに切り分けて、ソファーにすわってテレビを見ながら銀のフォークでそれを食べるだろう。パイナップルはドイツ語の Ananas と同じで、ロシア語でも、アナナスっていうのではないかと思う。この間ロシア人のやっている八百屋に行ったら、客と店の主人が興奮した声で話し合っていた。アナナス、アナナス。アナーキストのアナナス、アンナ・カレーニナのアナナス。パイナップルの名前だけキリル文字で書いてあった。あの人に無理に読ませたら間違えて「アハハック」

と読んでしまうかもしれない。あの人は、ロシアの文字を見ても、これは何という字、などと訊いてみようともしない。初めから読む気などないのだ。

居間でパイナップルを食べるブルジョア夫婦はもう観客を必要としない。芝居を観《み》に来ている観客たちも、家に帰れば同じようなパイナップル、同じようなソファーが待っているから、自分が家で送っているのと同じ日常生活など、チケット代を払ってまで舞台で見たいなんて思っていない。観客の視線は居間に居残る夫婦を離れて、部屋を出て行った三人目を追う。ここからは演劇ではなくて、映画だ。外に飛び出て行った男をカメラが追う。男は街灯に照らされた夜道を急ぎ、路面電車に飛び乗り、二駅乗ると、飛び降りて、酒場に入ってカウンターで透明な液体をぐっと飲み干し、音をたてて硬貨を置いて、すぐまた外に出て、友達の画家のアトリエの戸を叩き、留守だとわかると劇場の裏口にまわるが、守衛が通してくれない。仕方ないので公園のベンチに横になる。

「今はたいへんな時代じゃないか。家の中でパイナップルなんか食べている場合じゃない。外に出ていかないと、だめだよ。」

マヤコフスキーは幅の広い灰色のマフラーを首に何度も巻きながらそうつぶやいた。マフラーをそんなに何度も首に巻いたら、首つり自殺したがっているみたいでおかしい、と笑いながら冗談を言おうとしたが、急に声がかれて出なくなった。失恋とパイナップルの話をしているのかと思ったら、いつの間にか「たいへんな時代」なんていう政治の話に移行している。果物の話は必ず政治の話につながっていく。ヨーロッパの社会主義圏ではバナナやコーヒーが不足していた。パイナップルも不足していたに違いない。そうなると、パイナップルの不足が果たして生活レベルの低さを意味するのかどうかについて議論する必要が出てくる。また不足している物資を楽に手に入れることのできる階級が発生し、不足する物資が多い社会ほど特権階級が目立ってしまうのは何を意味するのかについて考える必要が出てくる。

遠くで爆発音がした。飲みかけのBrombeere（木イチゴ）のジュースをぐっと飲みほして立ち上がって店を出ようと思ったが、目の前にはジュースなどなかった。そう言えばウエイターは来なかった。このレストランはもう営業していないのだ。やっぱりつぶれたのだ。今は夏だということを思い出した。それなのにマヤコフスキーはマフラーを巻いて、冬のコートを着ていた。いつの間にか姿が見えなくなっている。いつ外に出て行ったのだろう。今ならまだ追いつけるかもしれない。

リングの内部は静まりかえって人影はなかった。もしかしたら輪の外に出て行ってしまったのではないかと思って大通りに出てみると、マフラーをなびかせ、遠ざかっていく背中が見えた。その背中は行き交うフォルクスワーゲンの間を悠々とすり抜けて幅の広い道路を渡り、向かい側にある路面電車の停留所に行き着いた。わたしも渡ろうとしたが、車の往来が激しいのでなかなか渡れない。大型トラックが三台続けて視界を遮った後、マヤコフスキーの姿は消えていて、それでもやっと道路を渡ってみると、停留所はチャイコフスキー通りという名前で、その前に酒場があって、ドアがあいていた。中を覗《のぞ》くと、真ん中のテーブルにあの人がすわって、こちらを見ている。そんなはずはない。目をこすって、もう一度よく見ると、そこにすわっているのは、リーリャだった。隣にすわっているきりっとした体格のいい男性が夫のオーシプ・Bだろう。髭《ひげ》の剃《そ》り跡が自信に輝き、瞳《ひとみ》は鋭く光っているが、その光に冷たさはない。割り算に例えると、勝ち気で割っても、責任感で割っても出てしまう余りのような一種のあこがれが瞳に宿っている。胸板の厚さは財産の豊かさに比例し、靴はカブトムシの背中みたいにぴかぴかに磨かれている。

「リーリャ」とその男に呼びかけられると女はすぐにその腕にしがみついて、肩に頬をのせ、「オーシプ」と甘く耳元で囁《ささや》いた。そのくせ、目だけはわたしの方に向けて、媚《こ》びるような視線を送り続けている。リーリャは多分わたしをマヤコフスキーだと思い込んでいるのだろう。夫のオーシプに甘えながら同時にこちらに媚びを送り続けるなんて許せない。

「四時に待ち合わせ場所に来るって約束したのに、こんなところにいたのか」

とわざと夫にも聞こえるようにはっきり言ってやった。もしかしたら四時に来る約束をしたのはリーリャではなくて、マリアという名の昔の恋人だったかもしれないが、そんなことは今はもうどうでもよかった。マヤコフスキーの怒りのエッセンスが胸を満たし、わたしは彼の代弁者として何が何でも今この女を絞ってやりたかった。

リーリャはわたしのセリフを無視して、夫の目の中を覗き込んで、ねばっこく微笑《ほほえ》んだ。オーシプは包み込むような微笑でそれに応《こた》え、それからわたしの方に同じくらいやさしい視線を向けて、

「詩は書けたかい？」

と尋ねた。全く嫉妬《しっと》していない。わたしをマヤコフスキーだと思い込んでいることは確実だが、そのわたしが妻を奪う可能性など計算に入れていないようだった。オーシプの顔はどこか、あの人の顔に似ている。

「いっしょに何か食って行けよ」

とオーシプがマヤコフスキーの顔をしたわたしに言った。わたしはあいている三つ目の椅子にすわった。真紅の薔薇の花束をリーリャに直接手渡すのは気がひけたので、

オーシプに渡した。すると彼は顔を輝かせて、

「すばらしい薔薇が書けたね。君にしか書けない薔薇だ。しかも個人的な薔薇だという感じを与えない。社会全体を変えていくような薔薇だよ。これはほんの感謝の気持ちだ」

と言って、ポケットの中から無造作に札束を出して、こちらに差し出した。わたしは思わず受け取ってしまった。どこの国のお金か知らないけれども、辞書みたいに分厚い札束をもらうのは生まれて初めてなので胸がどきどきした。わたしの演じるマヤコフスキーは恋敵にお金をもらって喜んでいる情けない男だ。

「随分痩《や》せたな。ちゃんと食事しているのか。今日は奢《おご》るから、栄養のあるものをたっぷり食べて行けよ。」

オーシプは本心から心配してくれている。あの人がいつもわたしの体調を心配してくれるように。でも今のわたしは恋敵なのだ。そう思うと無性に腹が立ってくる。リーリャはブルジョア的生活のむなしさを我慢しているうちに追い詰められ、発作でも起こしたように詩人の身体にむしゃぶりついていった日のことを忘れたわけではないだろう。それなのに、何事もなかったかのように、すました顔をして夫に寄り添っている。

この男がマヤコフスキーよりも優れている点は、定収入があるとか、小さな用事を頼みやすいとか、清潔だとか、子供が好きだとか、そういう種類のことだろう。いずれにしても詩人が羨《うらや》ましがらなければいけないような種類のことではない。わたしは意地悪な気持ちになってこう言った。

「あなたの奥様はボヘミアンに憧《あこが》れたり、危ない性愛に溺《おぼ》れたがったりするような側面があるんですよね。ある日、発作的に芸術家と駆け落ちしてしまうんじゃないですか。」

夫は、はっはっはと笑って妻の肩を抱き、

「そうなのかい。困った子だね」

と言った。わざとらしい言い回しだけれど、本人は芝居をしているつもりはないようだった。

その時、オーシプの革鞄《かわかばん》が脇《わき》のテーブルに置いてあるのが目に入った。ビジネスマンが持っているような鞄だった。チャックがあいていて、中に入っている本の背表紙が見えた。トルストイとドストエフスキーの名前が金色に光っている。オーシプはどちらの文豪も同時に愛しているんだろうか。そういう人にはこれまで会ったことがない。鞄に重みを加えるために二冊適当に選んで持ち歩いているのだろう。それともお守りみたいに本を持ち歩いているというだけで安心するのだろうか。わたしはなんだかむしゃくしゃしてきた。マヤコフスキーなら腹を立てて、その鞄をテーブルから払い落としてしまったかもしれない。

　その時リーリャが椅子の背もたれに身をゆだねて足を組んだ。スカートの裾《すそ》がめくれて、下着の縁を飾るレースのところまで魚の腹のような白い太股《ふともも》がまる見えになった。リーリャは花束から薔薇を一本抜いて、自分自身の太股をくすぐり始めた。まなざしだけは、しっかりこちらに向けている。花弁が犬の舌のように太股の肌を舐《な》める。薔薇は少しずつ上にずれていって、スカートの中に潜り込み、股《また》の間をくすぐり始めた。夫の位置からはこのいたずらは見えない。マヤコフスキーは挑発されているのだ。何か言わなければいけない。口をあけたら、ひどい侮辱の言葉が飛び出してきそうだ。リーリャは、それを狙《ねら》っているのかもしれない。夫と間男が喧嘩《けんか》するところを見物したいのかもしれない。愛されている証拠として喧嘩の光景をむさぼり食うつもりかもしれない。その手には乗らない。わたしはリーリャを無視してオーシプに余裕を持って微笑みかけ、

「君がいなければ詩が書けない。君ほど大切な人間はいないという気がする」

　と言った。するとオーシプはロバのようにやさしい顔になって、

「君との友情は、実はどんな恋愛感情よりずっと深いんだよ」

と答えた。女性との性愛に振り回されて生きている自分にうんざりして、男の友情を足場として固めたいという気持ちはオーシプの本心の一つだろう。いくつも本心があるだけで、嘘をついているわけではない。

リーリャにはそういうことは理解できないようで、不愉快そうに眉《まゆ》をひそめたかと思うと、手に持っていた薔薇を床に投げ捨てて、ハイヒールの踵《かかと》でぐいぐいと踏みにじった。

「何してる。もったいないじゃないか」

と怒鳴って、オーシプが薔薇を拾い上げた。リーリャはふんと鼻をならして、

「これだけたくさんあるんだから一本くらい捨てたってかまわないでしょ。代金は払ったんだから、どう扱ったってあたしたちの勝手でしょ」

と言い放った。

「詩も書けないくせに、寄生虫みたいに人の金を使って生きているだけだろう。」

わたしは、ひどい言葉で目の前にいる女性を侮辱してしまった。その女は、わたし自身ではなかったのか。わたしは自分が相手だからこそ、そんなひどい事が言えたのだ。リーリャは下手な役者のように、おいおい泣き始めた。オーシプは一瞬迷ってい

たが、こういう場合は妻である女の味方をするべきだと決心したようで、わたしに向かって、

「今すぐここを出て行け」

ときっぱり言い放った。唇がぶるぶる震えていたが、目は全く怒っていなかった。むしろ、これから空腹を抱えて町を彷徨わなければならない詩人を哀れんでいるように見えた。

外に追い出されたからといって悲観する必要はない。わたしは外が好きなのだから。昼間は家の中に二時間以上続けていると、外に出たくなる。詩の言葉たちだって本の中に閉じ込められ、書斎や図書館に閉じ込められているよりも、ポスターになって町に身体をさらしたいことがあるだろう。

路面電車の停留所の壁にポスターが貼《は》ってあった。「薬屋よ、薬を与えよ。毒薬ではなく、この傷を癒《いや》す薬を！」一体何の宣伝だろう。薬品の宣伝だとしたら何だかずれているし、麻薬をなくすキャンペーンにしては凝りすぎている。「不可能な愛は熱を生み、社会はその熱に溶かされて少しずつ姿を変えていく。」映画の広告だろうか。それとも選挙のポスターだろうか。プロパガンダのように固まってしまった文句もほぐしていくと思いも寄らぬところから生まれてきていることがわかることもある。

わたしはあるメッセージをポスターに印刷して、町中に貼ってまわることを思いついた。一人の人に向けて書かれた手紙をポスターにして公《おおやけ》の目にさらすことで、内面と外面がひっくりかえって、町が心の中のようにわたしを包んでくれることもある。そのポスターにはこんなことが書いてある。「二時、三時、四時、ずっと待っていました。でも来ませんでしたね。わたしは町そのものと一心同体になりました。もう家には帰りません。さようなら、さようなら。」

気がつくと森の入り口に立っていた。ふりかえるとマヤコフスキーリングがまだすぐ近くに見えている。戻ろうと思えばまだ戻れる。森と町を隔てる道路が光の帯のように不気味に浮かび上がって見える。あれほど町にしがみついていた自分が、町の外に出ることができるなんて考えてみたこともなかった。意外に簡単に輪の外に出てしまった。町の外は何もない、寂しい場所だろうと何の根拠もなく思い込んでいたけれど、どうやら思い違いをしていたようだ。太陽に蒸された干し草のにおいを蜂《はち》の羽音が濃密に縫い上げていく。土が甘く、風が髪の毛に四本の指を差し入れて戯《たわむ》れて通る度に、頬に快感が走る。肌を撫《な》でてくれているのはどんな季節なのか。気持ちがいい。別れというのはこんなに快い、春のようなものだったのか。

解説

松永美穂

ベルリンには、いったいどれくらいの通りがあるのだろう。市街地図を取り出して、数えてみたことがある。数えることができるのは、ほとんど全ての通りに名前がついており、索引になっているからだ。驚くなかれ、「アーヘン通り」から始まる索引は七十五ページにも及び、ざっと見積もって九千八百から九千九百くらいの通りが載っていた。ベルリンでタクシーの運転手になるには、通りの名をどれくらい覚えているかのテストがあるという話を聞いたことがあるが、いまはナビゲーションシステムがあるから、運転手の苦労も減っただろう。

いまではグーグルマップもあるから、『百年の散歩』に出てくるベルリンの通りを、インターネットで見つけ出すこともできる。たとえばカント通り（目次には Kantstraße と、親切にドイツ語も書かれている）。ベルリン中西部、シャルロッテンブルク地区にあるこの大通りは、ヴィーラントやライブニッツなど学者の名前のついた通りと交差している。カント通りは堂々たる大通りだが、名前を提供した人の知名度と道路の広さ長さは、必ずしも比例しない。たとえばゲーテ通りは、カント通りに比べてずっとこぢんまりした印象だ。

カント通りをストリートビューで眺め、『百年の散歩』冒頭で語り手が座っている「黒い奇異茶店」、いや「黒い喫茶店」（Schwarzes Café、カント通り一四八番地、二十四時間営業）を見つけて店のなかの写真を呼び出すこともできる。そんなふうにしてバーチャルなベルリン散歩も愉《たの》しめてしまうのが、インターネットの便利なところだ。

でも二〇〇六年からベルリン在住の多和田葉子は、『百年の散歩』で採りあげた通りと広場、合わせて十の地点に、実際に足を踏み入れ、ひとときの時間をそこで過ごしたのだった（その点については、多和田さんと対談した際に確認いたしました）。この本のコンセプトは、「人の名前がついた通りもしくは広場に行く」、「そこで起こっていることをリアルタイムで記録する」、さらに「記憶を掘り起こす」……現場の「いま」に、歴史の痕跡《こんせき》や時代の記憶のようなものをぶつけてみる。すると、とんでもない化学変化が起こり、前代未聞《ぜんだいみもん》の風景がそこに出現する。

十九世紀に人口が急増し、大都市として爆発的な発展を遂げ、ドイツ帝国の首都になったベルリン。ドイツ皇帝の馬車が、ブランデンブルク門を通過して王宮を目指した。貴族もいれば労働者もいる。森鷗外《おうがい》もいれば、アインシュタインやマレーネ・ディートリッヒ、ブレヒトやベンヤミンもいた。ローザ・ルクセンブルクやカール・リープクネヒトがいて、アドルフ・ヒトラーがいた。空襲を受け、何十年もかけて再建された。こう書くだけでも、いかに重い歴史が、そして華やかな文化が、そこにあったかがわかるだろう。第二次世界大戦後、ベルリンは東西に分割された。やがて、東ドイツが建設した壁が西ベルリンを囲んだ。その壁が崩壊して三十年。いまベルリンは、新たな繁栄期を迎えている。王宮が再建中で、目抜き通りには観光客が押し寄せている。

だが、街のあちこちには、戦争や負の歴史を記憶させるためのモニュメントが残っている。今世紀に入って新たに作られたものも多い。たとえば、ブランデンブルク門のすぐ横にある、広大なホロコースト記念碑。サッカー場四面分の場所に、墓石のようにも見えるコンクリートの柱が列をなし、地下には犠牲者の情報を保存したセンターがある。そこから国会議事堂の方向に歩けば、ナチに殺された国会議員の記念碑があり、ベルリンの壁があった時代にシュプレー川を泳いで国境を越えようとして射殺された人々の名を記した十字架もある。本書のなかで言及される「つまずきの石」もあちこちで見ることができる。まるで、ベルリンの街自体が一つの歴史書のようだ。注意深く歩けば、次々と立ち上がってくる物語がそこにある。

だからこそ、散歩者の空想が百年の時空を越えていくことがある。一人で歩いていても、いつのまにか連れができている。脇《わき》に立つのはこの百年間にそこを歩いた、もしくはその通りに住んでいた人物。あるいは、通りの名前になっている人物。「いま」「ここ」を一人で歩く「わたし」に、過去が濃密に絡《から》みついてくる。

エッセイのような不思議な小説だ。通りや広場の名が各章のタイトルになり、語り手の「わたし」はその場所を逍遥《しょうよう》しながら（あるいは立ち止まったり喫茶店に入ったりしながら）人々を観察している。たとえばカント通りの「黒い喫茶店」は、多国籍の客たちで賑《にぎ》やかだ。のっけから「喫茶店」を「奇異茶店」と表記してみせるように、多和田特有の言葉遊びが炸裂《さくれつ》し、つんのめるような感じで言葉が踊っている。「泣く、泣く泣く」、「別宮、別宮浮かん、別空間」、「あこがれの、焦《こ》がれの、焦げついた、じりじり燃える、燃えつきた」、「おつまず、つままず、つつましく、きつねにつまれ、つまらなくなるまで」、などなど。言葉遊びのテンションは、章によって違う。さらに、章を重ねるごとに、季節が巡っていくのがわかる。

語り手は街を歩く一方で、常に「あの人」のことを思い出している。来るのか来ないのかわからない「あの人」。この街歩きが切ないのは、「あの人」が常に不在だからだ。「わたし」がいまいる街区で二人が合流することはけっしてない。「あの人」はベルリンの西部に住んでいるらしく、街の東部にそれほど強い関心はなく、わりと保守的で変化は好まず、合理的で、将来住むならスイス、と考えている。恋する少女のように語り手は「あの人」「あの人」と連発するけれど、男か女かもわからない「あの人」との関係は時間を経るに従って変化し、最初の章の弾むような言葉遊びのトーンが沈んでいく。「あの人」の幻影に伴われた「わたし」の街歩きは、やがて意外な結末を迎える……。

一方の「わたし」はどんな人物なのだろうか。日本国籍で（かつて日本でビザを取って東ベルリンに行った、という記述がある）、かなり前からドイツに住んでおり（三十年前にもカント通りに来たことがある）、執筆するのが仕事、という断片的な情報を集めれば、作者自身の姿が透けて見えてくる。しかし、本書の目的は多和田葉子という作家の日常を記録することではない（彼女の日常について知りたい方には、『言葉と歩く日記』がお勧め）。この本の「わたし」はむしろ、ベルリンの街路に出て、過去のさまざまな人々、できごとや言葉をつなぎ、一種の降霊術のように、心眼で見た風景をそこに再現している。それはまさに、多和田にしかできない言語パフォーマンス、名人芸の舞台でもある！

この本からは、多和田の「ベルリン愛」も伝わってくる。一九八二年、大学卒業直後に渡独し、二十四年間ハンブルクに住んでから、ベルリンに移った。その間、ほんとうにたくさんの土地を、彼女は旅してきた。ドイツ語で書く作家として、日本語で書く作家として、つまりは二言語で書く作家として、ドイツ各地、世界各地に招待され、いまもその旅は続いている。そうした旅やさまざまな出会いから、『エクソフォニー』や『溶ける街　透ける路《みち》』が書かれ、移動中の「あなた」を描く異色の二人称小説『容疑者の夜行列車』や『アメリカ─非道の大陸』が書かれた。『文字移植』や『ボルドーの義兄』、『穴あきエフの初恋祭り』『地球にちりばめられて』なども旅に触発されて生まれた小説群といえるだろう。そのように旅が常態化している多和田が、ベルリンの自宅にいる時間は実は長くはない。しかし、「トゥホルスキー通り」の章では木のメタファーを使い、こんなふうに記している。「わたしは都会の木が好きだ。それぞれが孤独に大陸を歩いて横切って、やっとベルリンに到着したように見える。（中略）そぞろ神にそそのかされて、ついベルリンまで来てしまった木もあるだろう。そして、わたしのようになぜ来たのか説明はできないけれどもベルリン以外のどんな町にも住みたくないといつの間にか思いこんでいる木もあるだろう。」

さあ、この本とともに、わたしたちも散歩に行こう。読書という名の散歩をしながら、言葉の豊かさに酔いしれよう。

（二〇一九年十一月、ドイツ文学者）

この作品は平成二十九年三月新潮社より刊行された。

多和田葉子著

雪の練習生

野間文芸賞受賞

サーカスの花形から作家に転身した「わたし」。娘の「トスカ」、その息子の「クヌート」へと繋がる、ホッキョクグマ三代の物語。

堀江敏幸著

雪沼とその周辺

川端康成文学賞・谷崎潤一郎賞受賞

小さなレコード店や製函工場で、旧式の道具と血を通わせながら生きる雪沼の人々。静かな筆致で人生の甘苦を照らす傑作短編集。

堀江敏幸著

未見坂

立ち並ぶ鉄塔群、青い消毒液、裏庭のボンネットバス。山あいの町に暮らす人々の心象からかけがえのない日常を映し出す端正な物語。

堀江敏幸著

その姿の消し方

野間文芸賞受賞

古い絵はがきの裏で波打つ美しい言葉の塊。記憶と偶然の縁が、名もなき会計検査官のなかに「詩人」の生涯を浮かび上がらせる。

谷川俊太郎著

夜のミッキー・マウス

詩人はいつも宇宙に恋をしている——彩り豊かな三〇篇を堪能できる、待望の文庫版詩集。文庫のための書下ろし「闇の豊かさ」も収録。

谷川俊太郎著

ひとり暮らし

どうせなら陽気に老いたい——。暮らしのなかでふと思いを馳せる父と母、恋の味わい。詩人のありのままの日常を綴った名エッセイ。

池澤夏樹著
きみのためのバラ

未知への憧れと絆を信じる人だけに訪れる、一瞬の奇跡の輝き。沖縄、バリ、ヘルシンキ。深々とした余韻に心を放つ8つの場所の物語。

池澤夏樹著
マシアス・ギリの失脚
谷崎潤一郎賞受賞

のどかな南洋の島国の独裁者を、島人たちの噂でも巫女の霊力でもない不思議な力が包み込む。物語に浸る楽しみに満ちた傑作長編。

池澤夏樹著
ハワイイ紀行【完全版】
JTB紀行文学大賞受賞

南国の楽園として知られる島々の素顔を、綿密な取材を通し綴る。ハワイイを本当に知りたい人、必読の書。文庫化に際し2章を追加。

川上弘美著
なめらかで熱くて甘苦しくて

それは人生をひととき華やがせ不意に消える。わきたつ生命と戯れながら、恋をし、産み、老いていく女たちの愛すべき人生の物語。

川上弘美著
ざらざら

不倫、年の差、異性同性その間。いろんな人に訪れて、軽く無茶をさせ消える恋の不思議。おかしみと愛おしさあふれる絶品短編23。

川上弘美著
猫を拾いに

恋人の弟との秘密の時間、こころを色で知る男、誕生会に集うけものと地球外生物……。恋する瞳がひきよせる不思議な世界21話。

小川洋子著
博士の本棚
『アンネの日記』に触発され作家を志した著者の、本への愛情がひしひしと伝わるエッセイ集。他に『博士の愛した数式』誕生秘話等。

小川洋子著
いつも彼らはどこかに
競走馬に帯同する馬、そっと撫でられるブロンズ製の犬。動物も人も、自分の役割を生きている。「彼ら」の温もりが包む8つの物語。

山田詠美著
ぼくは勉強ができない
勉強よりも、もっと素敵で大切なことがあると思うんだ。退屈な大人になんてなりたくない。17歳の秀美くんが元気溌剌な高校生小説。

山田詠美著
学問
高度成長期の海辺の街で、4人の子供が放つ生と性の輝き。かけがえのない時間をこの上なく官能的な言葉で紡ぐ、渾身の長編小説。

村田沙耶香著
ギンイロノウタ
野間文芸新人賞受賞
秘密の銀のステッキを失った少女は、憎しみの怪物と化す。追い詰められた心に制御不能の性と殺意が暴走する最恐の少女小説。

村田沙耶香著
タダイマトビラ
帰りませんか、まがい物の家族がいない世界へ……。いま文学は人間の想像力の向こう側に躍り出る。新次元家族小説、ここに誕生！

円城塔著
これはペンです

姪に謎を掛ける文字になった叔父。脳内の仮想都市に生きる父。芥川賞作家が書くこと読むことの根源へと誘う、魅惑あふれる物語。

円城塔著
文字渦
川端康成文学賞・日本SF大賞受賞

文字同士が闘う遊戯、連続殺「字」事件の奇妙な結末、短編の間を旅するルビ……。全12編の主役は「文字」、翻訳不能の奇書誕生。

中村文則著
悪意の手記

いつまでもこの腕に絡みつく人を殺した感触。人はなぜ人を殺してはいけないのか。若き芥川賞・大江賞受賞作家が挑む衝撃の問題作。

中村文則著
迷宮

密室状態の家で両親と兄が殺され、小学生の少女だけが生き残った。迷宮入りした事件の狂気に搦め取られる人間を描く衝撃の長編。

平野啓一郎著
日蝕・一月物語
芥川賞受賞

崩れゆく中世世界を貫く異界の光。著者23歳の衝撃処女作と、青年詩人と運命の女の聖悲劇。文学の新時代を拓いた2編を一冊に！

平野啓一郎著
透明な迷宮

異国の深夜、監禁下で「愛」を強いられた男女の数奇な運命を辿る表題作を始め、孤独な現代人の悲喜劇を官能的に描く傑作短編集。

北村　薫著
スキップ
目覚めた時、17歳の一ノ瀬真理子は、25年を飛んで、42歳の桜木真理子になっていた。人生の時間の謎に果敢に挑む、強く輝く心を描く。

倉橋由美子著
大人のための残酷童話
世界中の名作童話を縦横無尽にアレンジ、物語の背後に潜む人間の邪悪な意思や淫猥な欲望を露骨に焙り出す。毒に満ちた作品集。

安部公房著
無関係な死・時の崖
自分の部屋に見ず知らずの死体を発見した男が、死体を消そうとして逆に死体に追いつめられてゆく「無関係な死」など、10編を収録。

安部公房著
燃えつきた地図
失踪者を追跡しているうちに、次々と手がかりを失い、大都会の砂漠の中で次第に自分を見失ってゆく興信所員。都会人の孤独と不安。

伊丹十三著
ヨーロッパ退屈日記
この人が「随筆」を「エッセイ」に変えた。本書を読まずしてエッセイを語るなかれ。一九六五年、衝撃のデビュー作、待望の復刊！

伊丹十三著
女たちよ！
真っ当な大人になるにはどうしたらいいの？マッチの点け方から恋愛術まで、正しく、美しく、実用的な答えは、この名著のなかに。

松浦理英子著

奇貨

孤独な中年男の心をとらえたのは、レズビアンの親友が追いかけた恋そして友情だった。女と男、女と女の繊細な交歓を描く友愛小説。

津村記久子著

とにかくうちに帰ります

うちに帰りたい。切ないぐらいに、恋をするように。豪雨による帰宅困難者の心模様を描く表題作ほか、日々の共感にあふれた全六編。

津村記久子著

この世にたやすい仕事はない

芸術選奨新人賞受賞

前職で燃え尽きたわたしが見た、心震わすニッチでマニアックな仕事たち。すべての働く人の今を励ます、笑えて泣けるお仕事小説。

藤野可織著

爪と目

芥川賞受賞

ずっと見ていたの——三歳児の「わたし」が、父、喪った母、父の再婚相手をとりまく不穏な関係を語り、読み手を戦慄させる恐怖作。

原田マハ著

楽園のカンヴァス

山本周五郎賞受賞

ルソーの名画に酷似した一枚の絵。秘められた真実の究明に、二人の男女が挑む！　興奮と感動のアートミステリ。

原田マハ著

暗幕のゲルニカ

「ゲルニカ」を消したのは、誰だ？　世紀の衝撃作を巡る陰謀とピカソが筆に託したただ一つの真実とは。怒濤のアートサスペンス！

新潮文庫最新刊

越谷オサム著
次の電車が来るまえに
故郷へ向かう新幹線。乗り合わせた人々から想起される父の記憶――。鉄道を背景にして心のつながりを描く人生のスケッチ、全5話。

西條奈加著
金春屋ゴメス
日本ファンタジーノベル大賞受賞
近未来の日本に「江戸国」が出現。入国した辰次郎は「金春屋ゴメス」こと長崎奉行馬込播磨守に命じられて、謎の流行病の正体に迫る。

石原慎太郎著
わが人生の時の時
海中深くで訪れる窒素酔い、ひとだまを摑まえた男、身をかすめた落雷の閃光、弟の臨終の一瞬。凄絶な瞬間を描く珠玉の掌編40編。

石原良純著
石原家の人びと
厳しくも温かい独特の家風を作り上げた父・慎太郎、昭和の大スター叔父・裕次郎――逸話と伝説に満ちた一族の意外な素顔を描く。

小林快次著
恐竜まみれ
―発掘現場は今日も命がけ―
カムイサウルス――日本初の恐竜全身骨格はこうして発見された。世界で知られる恐竜研究者が描く、情熱と興奮の発掘記。

小松貴著
昆虫学者はやめられない
〝化学兵器〟を搭載したゴミムシ、メスにプレゼントを贈るクモなど驚きに満ちた虫たちの世界を、気鋭の研究者が軽快に描き出す。

百《ひゃく》年《ねん》の散《さん》歩《ぽ》

新潮文庫　た－106－2

令和二年一月一日発行
令和四年六月二十五日三刷

著者　多《た》和《わ》田《だ》葉《よう》子《こ》
発行者　佐藤隆信
発行所　株式会社新潮社

郵便番号　一六二―八七一一
東京都新宿区矢来町七一
電話　編集部(〇三)三二六六―五四四〇
　　　読者係(〇三)三二六六―五一一一
https://www.shinchosha.co.jp

価格はカバーに表示してあります。

乱丁・落丁本は、ご面倒ですが小社読者係宛ご送付ください。送料小社負担にてお取替えいたします。

印刷・大日本印刷株式会社　製本・加藤製本株式会社

ISBN978-4-10-125582-8 C0193